전생 흡혈귀 씨는 낮잠을 자고 싶어

8

A transmigration vampire would like to take a nap.

젊은 나이에 목숨을 잃은 명문가의 소년 쿠온 긴지.

그는 이세계에서 절세의 미소녀,
게다가 데이 워커 뱀파이어인 아르제로 전생한다.

검과 마법이 난무하고 몬스터도 있는 이세계.
그곳에서 최대급의 힘을 얻은 아르제가 바란 것은······
'삼시세끼 낮잠 간식 포함으로 누군가가 보살펴주는 생활'?!

느긋하게 낮잠을 잘 수 있는 이상향을 목표로 하면서도
아르제는 차례차례 곤란해 하는 사람들을 돕는다.
맹인 미녀 페르노트 씨의 시력을 회복시켜주고,
항구 마을 알레샤를 괴물의 손길에서 구하고.
여우 소녀 쿠즈하와 만나고, 그녀를 원수의 함정에서 구해내고.
살아있는 재앙, 흡혈 공주 엘시와도 대결한다!

그리고 아르제는 마찬가지로 전생하여 알라우네의 여왕이 된 아오바와 재회한다.
소녀들은 왕국이 습격당하는 사건에 말려들고,
동료들과 함께 사람들을 지키고자 싸우기로!
그 습격 뒤에는 거대 제국 황제의 야망과 세 번째 쿠온의 전생자가 숨어 있었다.

페르노트도 합류하고 적대했던 크롬도 동료가 된 아르제 일행은
반란군의 최정예와 함께 적의 본거지, 제국 수도로 향한다!

아르젠토 ⚜

전생한 흡혈귀 미소녀.
반쯤 자면서 오늘도 뒹굴뒹굴.

페르노트 ⚜

전직 기사. 시력을 잃은 상태
였지만 아르제에게 구원받는다.

쿠즈하 ⚜

여우 수인 소녀. 아르제
에게 구원받고 친해졌다.

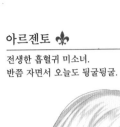

아오바 ⚜

알라우네의 여왕.
쿠온에서 전생했다.

리셀 ⚜

다크 엘프 당주.
강력한 활 사용자.

목차

A transmigration vampire would like to take a nap.

233 흡혈귀 씨의 우울

"그대의 영혼은 세계와 맞지 않았던 것이다."

그런 말을 듣고 나는 다른 세계로 전생을 이루었다. 흡혈귀 미소녀, 아르젠토 밤피르로서.

처음에는 낮잠을 잘 수 있다면 그걸로 충분하다고 생각해서, 삼시세끼 낮잠에 간식 포함으로 보살펴 줄 사람을 찾았다.

그랬는데 어찌된 영문인지 이런 곳까지 와버렸다.

"……저곳이, 제국의 수도인가요."

멀리 보이는 그 도시는 이상하다고도 할 수 있는 모습이었다.

높이 쌓아올린 벽은 이 세계에서 이제까지 봤던 중세 느낌의 석벽과는 크게 달랐다.

금속 재질에, 무언가 기계적인 구조물이 결합되어 있음을 한눈에 알 수 있는 벽. 중세 판타지보다는 마치 SF 세계관에서 온 것같은 인상을 주었다. 변형이라도 하지 않을까.

무엇보다도 이질적인 것은 낮일 터인 하늘에 거대한 달이 떠 있고 수도 상공은 그림자가 진 것처럼 어두웠다.

이야기로 듣기는 했지만 정말로 제국은 항상 밤인 상태인 듯하다.

마치 다시 한번 전생해서 다른 세계로 온 것 같은 착각마저 느끼며 나는 한숨을 내쉬었다.

"지금 당장 돌아가고 싶어……."

"어, 벌써 그러는 거예요?!"

절실하게 중얼거린 말을 듣고 옆에 있는 친구, 여우 소녀 쿠즈하가 딴죽을 날렸다.

"아니 그게, 귀찮은 거 확정인걸요. 저건 뭔가요, 도시라기보다는 요새잖아요……?"

"걱정 안 해도, 지금부터 저기로 들어가는 거야. 들어간 후에는 외부용 방비를 신경 쓸 필요 없어."

가벼운 태도로 말을 꺼낸 것은 전직 왕국 기사라는 직함을 가진 페르노트 씨였다.

긴 전쟁을 벌이던 제국과 왕국, 그중에서 왕국 측 군인이었던 만큼 배짱이 두둑했다.

지금 우리는 제국의 수도를 눈앞에 두고서 행진하는 참이었다.

반란군 멤버들과 함께, 우리는 쿠즈하가 손수 만든 제국의 군복을 입고 있었다.

"복귀하는 병사로 분장해서 안으로 들어간다. 그다음은…… 어느 정도 임기응변이 요구되겠네."

"저 벽이 만들어진 뒤로, 수도 안쪽이 어떻게 되어있는지 알 수가 없으니까."

"가보는 수밖에 없네요! 시온도 수도 밖에 있는 연구소에서 태어났고 거기서 나온 적이 없으니까 거의 몰라요!"

"어째서 의기양양한 거야……."

반란군의 주요 멤버인 긴카 씨나 시온 씨, 크롬도 거친 일에 익숙해서 그런지 부담스러워하는 기색이 없었다.

"……동포들이 무사하다면 좋겠는데요."

"그걸 확인하러 가죠, 리셀 씨."

다크 엘프 마을의 수장인 리셀 씨는 무척 긴장한 모습이었다.

내버려 두면 당장에라도 활을 꺼낼 것 같으니까 진정시키기 위해서 말을 건네뒀다.

"안으로 들어가면 우리 반란군은 황제를 제압하러 나서겠어. 협력자인 너희도 도와줘야겠지만 어느 정도는 마음대로 움직여 주면 돼. 서로의 목적을 위해서 서로의 존재가 도움이 되겠지."

"알겠어요."

"각지에서 반격 작전이 벌어지고 공화국도 우리가 타진했던 그대로 침공을 개시한 데다가 왕국도 대규모로 움직였다. 수도는 아직 허술할 터."

순서를 이야기하는 사이에 우리는 수도 앞까지 왔다.

멀리서도 거대하다고 생각했던 벽은 눈앞에 두고 보니 터무니없이 높았다.

입구로 여겨지는 철문조차 몇 미터나 되고 안의 모습은 전혀 보이지 않았다.

바다 쪽은 벽 없이 비어 있는 모양이지만 그쪽은 배가 없다면 들어갈 수는 없으니까 수도로 들어간다면 이쪽을 이용하게 된다.

"흠, 흠흠…… 우린, 부대 번호 45번! 반란분자를 진압하고 돌아왔다! 문을 열어라!!"

아마도 제국의 말로 긴카 씨가 소리치자 이윽고 철문이 천천히 열리기 시작했다.

우웅, 우웅. 그 소리는 명백한 기계음으로, 눈앞의 기술이 이 세계와는 다른 곳에서 왔다는 사실을 확실히 느낄 수 있었다.

"……가죠. 아르제 씨."

"예. 부탁할게요, 아오바 씨."

나의 과거와 사정을 아는 것은 같은 가문 출신의 전생자인 아오바 씨뿐.

귀찮음을 떨쳐내고자 고개를 끄덕이고 나는 한 걸음을 내디뎠다.

이게 끝나면 느긋하게 낮잠을 즐길 수 있으리라 믿으며.

234 예정에 없던 것

"……이건."

제국 내부로 들어와서 먼저 느낀 것은 적막이었다.

가옥이 늘어서 있지만, 사람의 기척도, 불빛도 일체 없었다.

하늘 위의 달만이 비추는 성 아랫마을은 지독히 꺼림칙한 분위기를 두르고 있었다.

"이건…… 주민을 다른 곳으로 옮겼나?"

"마치 여기가 전장이 될 것을 예상한 것 같네."

"바로 그렇다, 반란 분자 여러분."

"……!!"

들린 말에서 오싹해지는 듯한 감각을 느꼈다.

그 자리에 있는 누구와도 다른 목소리가 들린 방향을 보니 한 번 본 적이 있는 얼굴이 있었다.

"아버님……!"

"쿠로가네 쿠온인가……?!"

"어서 와라. 기다리고 있었다고, 반란군. 그리고, 실패작 인공 정령."

"기다리고…… 있었어?!"

"전력 차이를 생각하면 너희가 취할 수 있는 수단은 너무나도 적어. 그중에서 가장 효과적이면서 빠르게 끝낼 수 있는 것은…… 일점 돌파 정도겠지?"

쿠로가네 씨가 가볍게 손을 내저은 순간, 주위의 온갖 장소에서 적의 기척이 느껴졌다.

태어나면서부터 병기가 될 것이 정해져 있던 사냥개 부대와, 의지를 빼앗아 만들어 낸 흡혈귀 병사들.

그들이 나타나는 것과 동시에 등 뒤의 문이 닫히며 우리는 완전히 갇혀버렸다.

"자, 압살의 시간이야. 국내의 귀찮은 것들을 정리하고, 왕국과 공화국을 요리하고, 다음에는…… 어중이떠중이 소국들뿐이야."

"으…… 전원! 온다!! 퇴로는 처음부터 없어!! 해야 할 일을 잊지 마라!!"

흔들리려던 진형이 긴카 씨의 강한 말로 다잡혔다. 역시나 여기까지 데리고 온 만큼 반란군도 정예들이었다.

"훗……!!"

"아르제 씨?!"

그리고 그 자리에 있는 모두가 움직이기 전에 내가 달리기 시작했다.

비명처럼 나를 부르는 쿠즈하의 목소리를 제쳐두고 나는 눈앞의 상대를 향해 속도를 올렸다.

"쿠로가네 쿠온……!"

과거의 가문 이름인 '쿠온'. 그것을 입에 담는 것을 나는 더 이상 주저하지 않았다.

몸 속에 보관하고 있던 칼을 뽑아들고 달려나간다. 죽이지는 않는다. 무엇보다 내 목적은 무력화. 그것만으로도 전황이 조금은 바뀔 테니까.

"너는…… 그렇군, 그런 것인가. 그럼, 이렇게 할까."

"으, 앗……?!"

풀썩, 몸이 무너져 내렸다.

그것은 급격한 위화감이었다. 마치 머릿속을 직접 뒤섞은 것처럼, 구역질 같은 불쾌감에 시야가 흔들렸다.

이 감각은 기억이 있었다. 과거에 금색 흡혈 공주라 불리는 엘시 씨와 싸웠을 때에 서로의 정신이 뒤섞인 결과, 이쪽의 의식이 '먹힐' 뻔했다.

그때와 같이 자신의 의식이 덧칠되는 감각에 나는 무릎을 꿇었다.

"아, 그, 으…… 이, 이건……?"

"흡혈귀는 마력체, 그리고 마력이라는 것은 정신 에너지야. 그러니까 너희는 미력의 흐름이나 마음이 흐트러지는 것에 약하지. 알코올 섭취가 특히 두드러지는 예시겠네."

조용한 태도로 말을 거듭하며 쿠로가네 씨는 스위치 같은 것을 내게 보여줬다.

"이건 흡혈귀를 그런 상태까지 떨어뜨리기 위한 역장을 발생시키는 도구야. 이미 의지를 빼앗아둔 내 병사에게는 효과가 없지만…… 뭐, 전자파로 기계를 부수는 것 같다고 생각하면 돼. 그렇지, 친척?"

"으……!!"

상대의 눈을 보고, 말을 듣고 나는 자신의 정체가 간파당했음을 이해했다.

"자, 그럼——."

""——액세스!!""

"이런, 너희가 있었군."

내게 손을 뻗으려던 쿠로가네 씨가 자리를 피했다.

한순간 전까지 그가 있던 장소에 몇 줄기 불꽃과 화살이 박혔다.

"아르제 님!"

"아르제 씨! 움직일 수 있는 거예요?!"

"리셀 씨, 쿠즈하……."

도움을 받아서 일어났지만 머릿속이 어질어질했다.

시야가 좁아서, 걱정하는 표정을 짓는 쿠즈하가 어쩐지 멀게 보였다.

"무리해서는 안 되는 거예요! 어째서, 그런……!"

"……쿠즈하에게는, 관계없는 일이에요."

그녀의 손을 뿌리치고 나는 일어섰다.

다리가 떨리고 손에는 힘이 안 들어가지만 상관없었다.

"아르제, 씨……?"

"이건, 제 문제예요……. 이건, 이 일만큼은…… 끌어들여서는, 안 되니까요……."

"세상에, 저는……!!"

무언가 입에 담으려던 기척을 뿌리치듯이 나는 가속했다.

등 뒤에서는 이미 전투의 소리가 들렸다. 그러니까 뒤는 신경 쓰지 않아도 된다는 의미였다.

"꽤나 지독한 눈빛이야. 역시 너는 우리 가문의 실패작 중 하나 인가."

"웃……!!"

대답은 필요 없다고 생각했기에 그저 칼을 붙잡고 가속을 추가 했다.

속도는 떨어진 상태였다. 하지만 그래도 눈앞의 상대는 강한 도구를 가지고 있을 뿐인 인간이다.

그렇다면 그것을 사용하기 전에, 아니 사용하더라도 억지로 굴 복시키면 충분할——.

"——멍청한 녀석."

"윽……?!"

앞만을 보던 내게 그것은 예상조차 못한 공격이었다.

등 뒤에서 목을 때리는 감촉이 무겁게 울렸다.

"아, 크, 으……."

털썩, 그 소리가 자신이 쓰러지는 소리임을 이해하는 것조차 조금 시간이 필요했다.

올려다본 상대는 몇 번인가 부딪치고 싸웠던 상대였다.

"시바, 씨……."

"이 칼의 이름은 『무환(無幻)의 샘』. 네가 가진 칼의 자매도지."

흡혈귀처럼 영적인 존재도 절단하는 칼. 칼등이었음에도 그것 은 확실하게 나를 포착했다.

손에 쥔 『꿈의 수련』의 감촉이 멀어지는 것을 느끼며 내 의식은 느릿하게 사라져갔다.

"아아…… 졸, 려…….”

아무것도 못 하고, 아무것도 붙잡지 못하고, 아무것도 물어볼 수조차 없었다.

어차피 나 같은 '실패작'에게는 여기가 한계였던 거겠지.

눈꺼풀이 무거워지는 감각에 더 이상 나는 거스르겠다는 생각조차 하지 않았다.

미력한 힘으로 『꿈의 수련』을 블러드 박스에 수납한 순간, 내 의식은 어둠 속으로 떨어졌다.

235 멀리 가버린 사람

"아르제 씨……!!"

누가 그 사람의 이름을 불렀는가, 그것조차도 나로서는 알 수 없었다.

그저 아르제 씨가 가버린다. 그렇게 생각했다.

손을 뿌리친 것은 처음 겪는 일. 얼마 전에 돌아보지 않고 가버린 적이 있었지만 이번에는 달랐다.

나는 그 사람의 손을 붙잡았는데, '관계가 없다'라고 하면서 뿌리쳐진 것이었다.

"어째서, 인 거예요……!"

"일어서, 여우 소녀! 여긴 안 돼! 태세를 다잡아야 해!! 리더가 버티는 사이에 벗어나!!"

"앗…….."

의문에 돌아오는 대답은 없이 반란군 누군가에게 손이 붙잡혀서 나는 억지로 일으켜 세워졌다.

쓰러진 아르제 씨가 멀어진다. 멀어져서, 어딘가로 가버린다.

"윽…… 아아아아아아아!!!"

"쿠즈하?!"

이름을 불러준 것은 누구일까.

페르노트 씨일까, 아오바 씨일까.

다른 건 아무래도 상관없다. 내게 가장 소중한 사람이 멀어지려고 하는데, 그런 건 상관없다.

"미수 분신……!"

"진정해, 쿠즈하!!"

"아웃?!"

달려가는 몸을 페르노트 씨가 붙잡고 억지로 잡아당겼다.

"으, 으으으으! 놔요! 놔주시는 거예요, 페르노트 씨!!"

"바보야! 보라고! 돌진해서 이길 수 있는 상대가 아니잖아!!"

"으, 으으으으……!!"

분하다.

무력한 자신이 분하다.

소중한 사람을 지키지 못하는 스스로가 분하다.

무엇보다도 소중한 사람의 의지할 곳이 되지 못했다는 게, 가장 분하다.

"돌진하는 건 내 역할이야……. 크롬, 엄호해!!"

"맡겨둬!!"

『흑요(黑曜)』를 입은 긴카 씨가 아르제 씨를 구하고자 나섰다.

아무도 그것을 막지는 않고 오히려 돕기 위해서 움직이고 있었다.

페르노트 씨도 크롬 씨도, 말이 통하지 않는 리셀 씨조차 사냥개 부대와 흡혈귀 병사들을 제압하러 나섰다.

그것은 마치 나로서는 부족하다고 하는 것만 같았다.

"잘 싸우는구나, 반란군들이여."

"아, 으……."

나쁜 일은 겹친다고 누가 말했을까.

내 마음을 비웃듯이 느긋한 태도로 그 사람은 나타났다.

피처럼 붉은 머리카락을 흔들고, 어쩐지 온화해 보이는 미소조차 띠고서.

"여황제…… 브루트!!"

누군가 이름을 부르자 그에 응하듯이 그녀는 당당하게 고개를 끄덕였다.

"그래, 그렇다마다. 내가 이 나라의 황제. 그러니까 내 목을 취하면 너희의 목적은 달성된다."

"황제님, 너무 앞으로 나오지는 말라고, 제가 부탁하지 않았던가요?"

"괜찮지 않나. 틀어박히는 건 지루해. 게다가 너도 시운전을 하고 싶겠지?"

"……뭐, 그런 일이라면 맡길까요. 지는 이 흡혈귀 아이에게 용건이 있으니까요."

"웃…… 아르제 씨를, 돌려주는 거예요!!"

외친 목소리가 상대에게 닿았는지 쿠로가네 씨가 이쪽으로 시선을 향했다.

"너는 요호인가. 그다지 흥미가 없는 대상이로군. 걱정하지 않아도 앞으로 네가 이 아이와 만날 일은 없으니까, 신경 안 써도 된다고?"

"으…… 아아아아아!!!"

부정의 포효는 어디에도 닿지 않고.

나는 그저 상대가 아르제 씨를 안아 들고 훌쩍 떠나는 것을 보고 있을 수밖에 없었다.

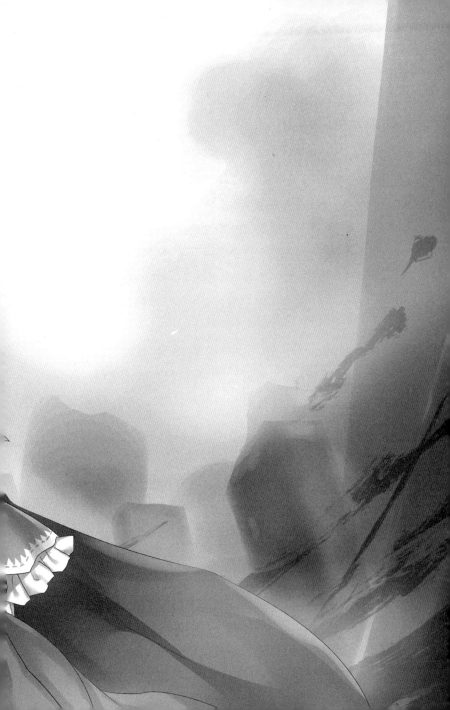

236 짓뭉개진 싹

"자, 그럼 반역자들을 처형하도록 할까."

목소리만으로 모두가 움직일 수 없을 정도로, 강렬한 중압감.

소리치던 쿠즈하조차 황제 쪽을 보고서 굳어 있었다.

……움직이고 싶지만 움직일 수 없어.

왕국의 기사로서 오랫동안 싸움에 몸을 두었다.

그런 내 경험이 그저 경종을 울렸다.

보아하니 제국의 부하인 흡혈귀나 사냥개의 이름을 가진 병사들조차 움직임이 멈췄다.

그만큼 공기가 무거웠다. 모두가 움직일 수 없었다. 움직인다면 그 순간에 목숨을 잃게 될 것 같다는 기분마저 들었다.

"자…… 『흑요』, 였던가. 그걸 작전의 핵심으로 두는 것에는 적잖이 문제가 있지."

"시온이 실패작이니까, 그런가요……?!"

"아니, 시온이라고 했나. 너는 실패하지 않았어. 어엿하게 태어났고, 자신의 의지로 살고 있다. 더없이 훌륭하겠지."

칭찬을 받으리라고 생각하지는 않았겠지. 미니 시온 형태가 된 시온이 눈을 동그랗게 떴다. 그것을 어깨에 태우고 있는 긴카 쪽도 명백하게 동요했다.

"그게 아니다. 『흑요』를 핵심으로 두는 것도 나쁘지는 않아. 하지만 문제가 있지. 그건…… 너를 만들어 낸 아버지가 이쪽이라는 점이다."

"설마…… 동형의 새로운 병기인가?!"

긍정하듯이 브루트가 한 손을 하늘로 뻗었다.

"……액세스."

자아낸 말은 긴카와 시온처럼 공명하는 것이 아니라 그저 울렸다.

번쩍이는 섬광은 붉은색으로, 마치 혈액이 뿜어 나오는 것처럼 흩뿌려졌다.

빛이 사라진 뒤, 그곳에는 갑옷 하나가 서 있었다.

형태는 긴카의 흑요와 무척 닮았지만 새빨간 색깔이었다.

"……붉은, 『흑요』."

"……『홍옥(紅玉)』이라고 쿠로가네는 부르더군. 최신형이다."

아무것도 쥐지 않은 맨손임에도 느긋한 자세.

황제는 그저 양손을 위아래로 들었다. 고작 그것만으로 공기가 떨렸다.

농밀한 마력으로 대기가 진동하는 것이었다.

"와라, 구형. 넌 이미 낡았다. 앞으로 나아갈 내게 필요 없다."

"윽…… 이쪽은 둘이고, 성장도 했어요!!"

"그래……. 간다, 시온!! 그쪽에서 와주다니 바라지도 않았던 일이니까 말이야!!"

내 마법검과 같은, 마력 수속도(收束刀)를 양손에 만들어 낸 『흑요』가 돌격했다.

드래곤의 돌격에도 필적하는 위력의 두 칼날은 확실하게 상대의 몸을 포착했다. 나와 싸웠을 때 같은 조심스러운 태도는 일체 없이 상대를 죽이는 것을 목표로 삼은 일격이었다.

"……그렇군. 확실히 성장은 한 모양이야. 설마 손을 쓰게 될 줄은 몰랐어."

"윽……!!"

그 공격을 『홍옥』은 시원스러운 태도로 받아냈다.

그것도 그저 팔을 들어 올리는, 태연한 동작. 방어했다기보다는 팔을 희생하는 것 같은 수단으로 막아내고도 『홍옥』은 상처 하나도 입지 않았다.

"말했을 텐데. 구식으로는 여기가 한계다……. 하앗!"

"윽…… 긴카 씨!!"

"커헉……?!"

묵직한 타격음에 이어 무언가 부서지는 소리가 났다.

단 일격. 꽂히듯이 틀어박힌 정권으로 긴카는 힘을 잃었다.

무너져 내리는 『흑요』에 시선조차 주지 않고 『홍옥』은 주위를 둘러봤다.

"자. 처형을 계속하지. 아니면 항복해도 상관없다만."

"쿠즈하, 아오바, 크롬도. 리셀과 반란군을 데리고 물러나."

"페르노트 씨?!"

"저건 내가 아니면 시간을 못 벌어. 붙잡아 둘 테니까 태세를 바로잡아."

긴카의 생사를 확인할 여유는 없었다.

적어도 미니 시온이 사라졌으니까 『흑요』의 기능은 완전히 정지했다고 봐야겠지.

그렇다면 지금 이 자리에서 최대 전력은 나.

그리고 이 상황을 뒤집는 것은, 정면에서는 불가능하다.

"뭐든 좋으니까 찾아, 라니…… 별로 하고 싶지는 않은 소리지만, 부탁할게. 일단은 아르제를 우선시하고. 그 아이의 회복 마법이 없으면 무리야."

"……알겠어요! 가요, 쿠즈하."

"아…… 페르노트 씨!!"

쿠즈하가 나를 불렀다.

아아, 지독한 얼굴이다. 친구에게 거절당하고 울다가 부어서는, 지금 역시도 내게 손을 뻗은 채로 멀어져 간다.

……친구는 소중히 하라고 그랬잖아, 바보 흡혈귀.

이곳에 없는 상대를 생각하며 나는 억지로 미소를 만들었다.

"걱정할 것 없어. 이래봬도 성기사니까."

더 이상, 전직이라고 얼버무릴 수 없는 상황이었다.

퇴각하는 반란군들과 그것을 쫓는 적군. 양쪽을 살피던 시선을 돌려, 나는 눈앞의 상대와 마주했다.

제국과는 몇 번이나 격돌했지만, 황제와 직접 대치하는 것은 처음이었다.

"……페르노트 라일리아인가. 현역 시절에는 우리를 꽤나 괴롭혔던 상대지. 설마 너 혼자서 정예 부대를 스물셋이나 박살 낼 줄은 몰랐으니까."

"하, 기억해 주다니 영광이야, 황제님."

"그래, 기억한다. 내 부하의 얼굴, 이름, 가족 구성에 이르기까지 나는 전부 기억한다. 네가 죽인 부대원 모두의 이름을, 이 자리에서 모두 말할 수도 있다마다. 왜냐면 그들 모두는 나의 백성이고 내가 사랑한 자들이니까."

"……그렇게까지 부하를 아끼는데, 어째서 전쟁 같은 걸 시작했냐고."

놀람을 넘어서 나는 전율했다.

상대의 눈에, 말에 막힘은 없었다. 그러니까 이 상대는 자신이 말하듯이, 적어도 보고를 받은 만큼은 내 전과와 그로 인해 사라진 목숨을 모두 기억하고 있다.

죽은 인간을 그만큼 기억하면서 이제까지 진창 같은 전쟁을 계속 일으키다니, 제정신으로 할 짓이 아니다.

"전쟁을 시작한 건 나보다 훨씬 전의 황제다만."

"당신이 끝낼 수도 있었을 테지."

"헛소리를. 아직 아무것도 시작하지 않았다."

내 말에 고개를 내젓고 상대는 자세를 취했다. 오른손을 위로, 왼손을 아래로. 어떤지 연극 같은 행동으로도 보이지만 무시무시할 정도의 살기와 마력을 흘리고 있었다.

"왕국과의 전쟁 따윈 사소한 분쟁. 나는 그 너머…… 세계 전부를 원한다."

"그건 오만이겠지."

"이미 원한다고 생각해 버렸다. 이 세상 전부가 사랑스럽다, 내것이 되지 않는다면 부수고 싶을 만큼."

"……당신이 미쳤다는 건 알았어."

이 상대에게 말은 통하지 않는다.

분명 일그러져 있지만 그것을 관철할 수 있을 만큼의 의지와 힘을 지니고 있다. 아니, 지니고 말았다.

그런 거, 주위에게는 그저 해악에 불과하다. 심취한 인간과, 그를 제외한 이들의 시체만 산더미처럼 쌓일 뿐인, 두려운 존재다.

"……긴카! 들린다면 냉큼 일어나!!"

솔직히 나 혼자서는 무리다.

『흑요』를 입은 긴카를 상대로도 아슬아슬했던 나로서는 이 상대에게 이길 수는 없다.

쓰러져 있는 긴카가 일어나기를 기대하고 나는 검을 뽑았다.

"……시간 벌이 정도는, 해야겠지."

아직 끝이 아니다. 하지만 황제를 내버려 둔다면 언젠가 모든 것은 끝나고 시체가 산처럼 쌓이게 된다.

그러니까 지금은. 지금은, 내가 시간을 벌어야 한다.

237 사라진 의지

어둡고 소리가 없는 세계였다.

아무것도 없다는 자각이 있고서야, 급격하게 공기의 냄새나 소리, 빛을 느끼고서 내 의식은 점차 깨어났다.

그것은 잠에서 깨는 감각과 조금 닮았다.

"으, 아⋯⋯."

눈을 뜨자 그곳은 처음 보는 방이었다.

고개를 돌려 주위를 둘러보니 여기저기에 무언가 기계 무더기가 배치되어 있었다.

그것들이 무슨 용도로 사용되는가, 그것까지는 모르겠지만 적어도 이 세계에서는 볼 수 없던, 이질적인 '기술'의 산물이다.

"깨어났니, 쿠온의 동포."

그 목소리는 가벼운 느낌이라 막 깨어난 머리에는 무척 강하게 울렸다.

또다시 흩어지려고 하는 의식을, 머리를 내저어서 유지시키고 나는 입을 열었다.

"저는, 동포가 아니에요. 필요 없다면서 버려졌으니까⋯⋯."

"뭐야, 정말로 실패작인가. 그렇다면 전생도 납득이 되네."

아직 멍한 시야 속에서, 상대는 느긋하게 어깨를 으쓱였다.

"쿠로가네, 씨⋯⋯."

"그래. 원래 세계에서는 쿠온 쿠로가네였지. 네 이름은?"

"……쿠온, 긴지."

"들은 적 없는 이름이군. 내가 죽은 뒤에 태어났거나, 혹은 이쪽과 저쪽 세계에서는 시간의 흐름이 다를 가능성도 있고, 단순히 몰랐을 뿐일지도 모르지?"

"……아무래도, 상관없어요."

상대의 말에 흥미는 없었다.

어떤 이유로 우리가 서로를 모르는지도, 이쪽과 저쪽의 시간이 어떻게 흐르는지도 흥미는 없었다.

이미 전부 끝난 일이니까.

"무기력하군. 너라면 안개화 정도는 가능하겠지. 도망치려고 해보는 건 어때?"

"……어차피 도망칠 수 없도록 처치가 되어 있을 테니까요."

팔과 다리를 기계적인 구속구로 묶여서 지금 나는 책형을 당하는 짓 같은 상태였다.

쿠즈하가 만들어준 군복은 이미 너덜너덜하지만, 아무래도 상관없다.

……안 되는 거였어.

실패했다. 전생해서 치트 능력을 얻고도, 아무것도 바꾸지 못했다.

아무것도 이룰 수 없었던 사람이 전생해 봐야 그 무엇도 바꿀 수는 없었던 것이다.

어차피 나는 '실패작'이니까.

"하하하, 잘 알고 있잖아. 그럼 나는 어떨까. 네가 봤을 때, 쿠온다울까?"

"……예. 어째서 전생했는지 알 수 없을 만큼."

눈앞의 사람은 어디까지고 쿠온다웠다.

타인을 짓밟고서도 아무런 생각도 하지 않고, 목적을 위해서 수단을 고르지도 않으며, 그 과정에서 누군가가 상처받는 것에도 아무런 흥미도 드러내지 않는다.

솔직한 감상을 이야기하자 상대는 너무나도 즐겁다는 듯이 미소 지었다.

"내 전생의 이유는 단순해. 부족했거든."

"부족했다……?"

"그래. 나는 원래 세계에서도 이렇게 병기 개발에 관여했지."

들뜬 모습으로 근처의 기계를 조작하며 그는 계속 말했다.

"쿠온의 인간으로서 수많은 병기를 개발했지. 상당수는 헛수고였지만."

"헛수고, 였다?"

"응. 그게 그렇잖아. 쿠온에게 거스르는 자 따윈 그 세계에는 없었으니까."

너무도 불길한 예감이 들었다.

오싹한 느낌을 긍정하듯이 그는 미소를 띠었다.

"죽이기 위해서 만들었어. 죽이기 위해서 만들어 낸 병기들이 지만, 아무도 죽으러 오질 않아. 아아, 정말로 시시한 세계였지."

"설마…… 당신은……."

"네가 생각하는 그대로야. 나는 그 세계에 불만을 가지고 있었어. 내가 만든 병기가 아무런 성과도 올리지 못하는 세계에."

상대의 미소는 이제 균열처럼 일그러졌다.

기계 조작을 멈추지 않고 그는 웃었다. 즐거운 듯이, 기쁜 듯이. 혹은 미친 듯이.

"그래서 이 세계는 좋아. 전쟁이 있어. 전과가 있어. 병기의 의미가 있어. 여기라면 나는…… 진정한 의미로, 쿠온으로서 살 수 있어!!"

"다, 당신…… 자신의 증명을 위해서 모두를 죽일 생각인가요?"

"그렇다마다. 그게 내가 전생한 의미니까."

단호한 그 말에 나는 눈앞이 캄캄해지는 듯한 감각을 느꼈다.

……이 상대는, 안 돼.

이 사람은 너무도 위험하다.

전생한 뒤의 삶은 자유롭게 살아라, 그런 말을 들었다고 생각한다. 그도 그것은 마찬가지겠지.

그리고 그 자유의 결과, 그는 세계를 전부 부술 수도 있는 길을 걷고 있었다.

"어슬렁어슬렁 찾아와서는, 바보 같은 녀석들이야. 네 동료들도 전부 내 전과로 올리겠어."

"윽……!!!"

"이런, 이게 네게는 중요한 부분이었나."

몸을 움직이려고 해도 그럴 수 없었다.

당연하다. 나는 지금 구속되어 있다. 그리고 이것을 빠져나가더라도 그는 얼마든지 대항책을 준비해두었을 테지.

그럼에도 움직이지 않을 수가 없었다. 설령 구속에서 벗어나지 못할지라도 그대로 있을 수는 없었다.

"읏…… 부탁, 이에요…… 쿠즈하한테는…… 다른 사람들한테는, 지독한 짓, 하지 마세요……."

"타인을 위해서 그렇게 말할 수 있나. 그렇다면 역시 너는 쿠온으로서 부적격이었겠군."

"부탁해요……. 저는 어떻게 되어도 상관없으니까…… 다른 사람들은…… 부, 부탁이에요……."

정신이 들자 나는 그에게 머리를 숙이고서 애원하고 있었다.

이 이상, 모두가 말려들게 만들고 싶지는 않았다. 나 같은 걸 위해서 상처받게 만들고 싶지는 않았다.

이 세계에는 고마운 사람들이 잔뜩 있다. 다들 자신만이 아니라 타인을 위해서 진심으로 움직여 주는, 고마운 사람들이다.

다들 나보다도 훨씬 좋은 사람이고, 나 같은 것을 위해서 상처받아서는 안 된다.

하물며 이것은 나만의 문제이니까.

"……뭐든 하겠다고 이해하면 될까, 그건."

"아, 예……. 그러니까 다른 사람들은……."

"후후, 좋다마다. 필요 이상으로 저항하지 않는다면 네 동료들은 그냥 보내주지."

상대가 나를 향해 천천히 손을 내밀었다.

싫어, 그런 목소리를 목구멍에서 억누르고 나는 눈을 감았다. 적어도 눈을 감지 않고서는 비명을 지를 것만 같았으니까.

"나 이외의 전생체는 처음이야. 의지를 부수기까지 시간이 걸릴 테니까 이것저것 데이터라도 받아둘까?"

"윽, 싫어⋯⋯ ㅇㅇㅇㅇ윽⋯⋯!"

자신의 신체를 조사하는 감각에 몸을 떨며 나는 굳게 입을 다물었다.

적어도 내 의지가 빨리 부서져 버리기를 기도하며.

자신이 어쩔 도리도 없는 실패작이었다는 사실을, 나는 받아들였다.

"……지독한 상황이네요."

말하고 싶지 않고, 말해서는 안 될지도 모른다.

그럼에도 약한 소리가 새어 나오고 마는 것을 막을 수 없었다.

주위에는 부상당한 사람들뿐이고, 회복할 수단은 없고, 고작해야 알라우네인 내가 만들어 낼 수 있는 피로 회복 효과가 있는 과일을 먹이는 것 정도.

멀리서 들리는 전투의 소리는 낙오된 아군인가, 혹은 시간을 벌기 위해서 저 자리에 남아준 페르노트 씨의 것인가.

우리, 아르제 씨 일행의 여행에 함께한 동료들은 흩어지지는 않았지만, 두 사람 모두 지독한 얼굴이었다.

리셀 씨는 아무런 이야기도 없이 그저 힘껏 손을 움켜쥐고서는 고개를 숙였고, 쿠즈하는 계속 울고 있는 모양이었다.

"……긴지 씨."

이미 내 목소리를 듣는 사람 따윈 없겠지.

그러니까 나는 거침없이 그의 이름을 입에 담았다.

"……바보 같은 사람."

그 사람은 항상 그랬다.

다정한 것 같으면서도 어쩐지 고집스럽고, 남의 이야기를 듣지 않고, 평소에는 느긋하게 있는 주제에 정신이 들면 멋대로 자기가 하고 싶은 일을 정해서는 사라져 버린다.

그런 그 사람은, 쿠온이라는 세계에서 사라졌다.

그리고 이번에는 이 세계에서도 사라지려 하고 있었다.

"몇 번이고 나만 내버려 둔다니, 그리 두진 않을 테니까요."

나를 홀로 만드는 것뿐이잖아.

전생 전의 세계보다도 훨씬 좋은 사람들이 함께 하고 있는데, 그는 어느샌가 또 혼자가 되려 하고 있었다.

내가 혼자가 되는 것도, 그가 혼자가 되는 것도 더는 용서할 수 없다. 허락하고 싶지 않다.

설령 미움을 사더라도, 귀찮은 여자라고 여겨지더라도 상관없다.

쿠온의 세계에서 좀 더 빨리 그를 구해야 했다고, 감옥을 부수고 억지로라도 손을 끌어당겨야 했다고, 나는 죽을 만큼 후회했다. 그리고 그를 따라가고자 목숨을 끊었다.

"윽……!"

죽는 것보다도 괴롭고 힘든 일이 있음을 나는 이미 알고 있다.

소중한 사람에게 손을 뻗지 못한 무력한 심정을 두 번 다시 느낄 생각은 없다.

호흡을 가다듬고, 달빛을 들이마시고, 나는 해야 할 일을 명확히 했다.

"우선은 아르제 씨 구출. 상황은 그다음에 타개할게요."

개인적인 감정임과 동시에 이것은 중요한 일이었다.

아르제 씨의 마법이라면 주요 전력 모두를 무한까지는 아니라도 계속 회복시킬 수 있다.

그러니까 그녀가 있는 것만으로 병력의 차이는 메워진다. 반대로 말하면 그녀를 탈환하지 않고서는 우리는 한 사람씩 구석으로 몰려서 끝날 뿐이다.

"……소중한 핵심이 붙잡히다니, 귀찮은 일을 해주시네요. 정말이지."

그러니까 그만큼 혼자서 떠맡으려 들지는 않을지 걱정했는데.

정말로 언제나 남의 이야기를 들어주질 않으니까.

나중에 꼭 잔소리를 해주자 결심하고 나는 쿠즈하의 어깨를 두드렸다.

"쿠즈하, 가죠."

"……어디로, 말인가요."

"그야 당연하죠. 아르제 씨를, 구하러."

침울해하는 아이에게 일어서라는 말을 건네는 것은 솔직히 힘겨웠다.

하지만 그녀도 위험을 알고서 이곳에 온 것이다. 일어서지 않으면 곤란하다. 이대로 있으면 모든 것이 끝나버린다.

"……저, 아르제 씨한테…… 아르제 씨가…… 관계없다고…… 으, 으으……."

나를 올려다보는 여우색 눈에서는 뚝뚝 투명한 물방울이 흘러넘치고 있었다.

그녀의 입장에서 보면 그것은 버려진 것이나 마찬가지겠지. 친구가 자신을 의지해 주지도 않고 손을 뿌리쳐 버렸으니까.

……정말로, 좋은 친구예요.

쿠온의 세계에 이런 좋은 사람은 없었다. 있었다면 틀림없이 긴지 씨는 좀 더 다른 방식으로 살 수 있었을 테지.

그런 상대의 손을 뿌리치다니 정말로 바보 같은 사람이다.

나는 그녀가 망가지지 않도록 감싸듯이 끌어안고 말을 건넸다.

"아르제 씨는 말려들지 않았으면 했던 거예요. 당신도, 우리도. 그러니까 혼자서…… 자기만 상처받으면 된다고 생각해서 가버렸어요."

"그런…… 그런 건——."

"——어머? 무척 침울한 얼굴이네?"

쿠즈하가 무언가 말하려던 순간, 목소리가 들렸다.

그것은 들은 적 있는 목소리로, 지독히 달짝지근하고 부드러운 늪 같은 목소리였다.

좋지 않은 예감과 함께 돌아보자 그곳에는 금색 머리카락의 소녀가 있었다.

만월의 빛을 등으로 받으며 균열처럼 입술을 일그러뜨리고 그녀는 웃었다.

"안녕."

"금색, 흡혈 공주…… 엘시……."

최악의 타이밍에 성가신 녀석이 나타났다.

"후후, 나를 기억해 주는구나. 기쁘네, 무척."

"당신, 어째서 이곳에……!"

"아르젠토는 감시하고 있는걸. 언제 어디서 무엇을 하는지……
제대로 시간을 맞춰서, 나도 이렇게 여기로 왔다고?"

"……안타깝지만 아르제 씨는 여기에는 없어요."

"그래, 알고 있어. 보고 있었으니까."

내가 노려봐도 시원스러운 표정을 띠고, 그녀는 느긋한 태도로
우리에게 다가왔다.

엘시의 이름을 아는 반란군 사람들은 명백하게 경계의 기색이
짙어졌고 리셀 씨도 활을 들었다.

"——!!"

"——."

"——……."

무언가 대화가 이루어지는 모습. 리셀 씨는 멍한 표정으로 활
을 내렸다.

"당신…… 고대 정령 언어를, 사용할 수 있나요?"

"물론. 그 정도로 살아왔는걸."

"……무슨 소릴 한 건가요."

덩굴을 뻗어서 전투태세를 취하며 나는 방심하지 않고 말을 던
졌다. 마음을 놓았다가는 무슨 짓을 할지 알 수 없는 상대에게 경

계는 당연했다.

상대는 아르제 씨와 같은, 붉은 눈으로 즐겁다는 듯이 호를 그린다.

"걱정할 것 없어, 나쁜 이야기는 아니니까. 도우러 왔으니 그만 두라고 그랬을 뿐이라고?"

"도우러……?"

"너도 나와 백작 사이에 인연이 있다는 것 정도는 알겠지?"

"……그런 모양이네요."

공화국 수도에서 본 『검정 백작』이라 불리는 흡혈귀와 눈앞의 엘시.

두 사람 사이에, 과거에 무슨 일이 있었다는 것은 짐작이 갔다. 물론 짐작이 가는 것뿐이지 흥미는 전혀 없지만.

내 대답에 그녀는 천천히 고개를 끄덕였다.

"그래. 그러니까 이해가 일치하거든. 양쪽 다 결과적으로 제국과 싸우게 될 거라면 협력하는 편이 낫겠다고 생각해서."

"……신용할 수 없어요."

사실은 그때 아르제 씨와 그녀가 나누는 대화를 조금 훔쳐 들었으니까 그런 약속이 있었다는 건 알지만, 설마 진심이라고 생각하지는 않았다.

오히려 이런 귀찮은 상황에서, 가장 성가신 타이밍에 방해한다는 생각뿐이었다.

"안 해도 돼, 나도 해달라고 생각하진 않으니까."

날카로운 내 시선을 받고서도 가벼운 태도로 대답하고 엘시는 걸어갔다.

적지임에도 그녀의 분위기는 가벼웠다. 자신의 힘에 어디까지고 자신이 있는 거겠지.

모두가 그녀에게 주목하면서도 움직이지 못하는 가운데, 엘시는 쿠즈하 앞에 멈췄다.

"……꽤나 지독한 얼굴이네, 새끼 여우?"

"당신, 은……."

"고개나 숙이고 있을 여유가 있다면 일어서. 네 소중한 친구가 위험하다고?"

"……하지만, 저는……."

"후후, 아니면…… 내가 아르젠토를 신부로 삼아버려도 돼?"

"으……!!"

쿠즈하의 눈에 명확한 의지가 깃들었다.

여우를 내려다보는 흡혈 공주의 눈에는, 말과는 달리 예전에 만났을 때 같은 불쾌한 느낌은 없었다.

"나는 포기 안 해. 어디까지고 내가 하고 싶은 걸 관철하겠어."

"그건……."

"옛날에는 그러지 않았거든. 나중에 죽고 싶을 만큼 후회했어."

"으……!!"

"너는 어때? 하고 싶다고 생각한 것을 하지 않아서…… 두 번 다시 손에 넣을 수 없게 되어버린 게 있어?"

조용한 말투로 이야기하는 엘시를 보고 나는 한 가지를 느끼고 있었다.

……똑같군요.

쿠즈하가 어째서 아르제 씨와 친구가 되었는지는 들었다.

어머니에게 '기다려'라는 말을 듣고서 그녀는 계속 기다렸고 결과적으로 어머니는 목숨을 잃은 것이다.

그리고 나도 긴지 씨에게 손을 뻗으려 했고, 그 손이 닿기 전에 그는 사라져 버렸다.

엘시의 과거를 나는 모른다. 알고 싶다는 생각도 없다.

그럼에도 지금 그녀의 눈에 깃든 감정을 나는 알고 있었다.

울고 싶어져서, 목숨을 버리고 싶어져서, 몸을 태워버릴 만큼 스스로를 고통스럽게 만드는 것.

그 감정의 이름은, 후회다.

"……이미 몇백 년도 전의 일이야. 하지만 그래도…… 매일, 혹시 그때 이렇게 했다면, 그런 생각을 해."

"엘시, 씨……."

"……너는, 어때?"

"저는…… 저, 는……!!"

엘시는 손을 내밀지는 않았다.

필요 이상의 다정함이나 친근한 태도는 없었다. 우리는 결국에 이해가 일치할 뿐이지 친구는 아닌 것이다.

하지만 쿠즈하에게는 그것으로 충분했나 보다.

"웃…… 웃기지, 말라고요!!!"

포효는 드높이 울려 퍼지며 밤의 공기를 흔들었다.

숨어 있는 상황을 완전히 무시한 목소리지만 아무도 그것을 책

망하지는 않았다.

일어선 쿠즈하의 눈은 아직 물기가 차 있었지만, 강한 의지가 번뜩였다. 이제는 누구의 손도 빌리지 않고 설 수 있을 정도로.

"뭔가요! 말하고 싶지 않은 것 같아서 안 물어봤는데, 결국 그렇게 혼자서 가버리고……. 친구인 거예요! 저는! 그 사람의! 아르제 씨의! 친구!!"

"쿠, 쿠즈하, 아무리 그래도 좀 진정해 줄래?"

"진정하고 있을 수 없어요!!"

이익―, 이를 드러내며 쿠즈하는 으르렁거렸다.

적에게는 진즉에 발견되어 기척이 다가오는데도 감정의 폭발은 멈추지 않았다.

"저는 그 사람 곁에 있겠다고, 그렇게 결정한 거예요! 이제 싫어해도 상관없어요, 목덜미를 붙잡아서라도 데려오겠어요!!"

"여기 있다! 반란군 잔당이――."

"――시끄러운 거예요!!"

동료를 부르려던 적에게 새끼 여우가 불꽃을 던졌다.

가옥에 격돌한 불은 순식간에 번지며 대소동이 벌어졌다.

마치 격정처럼 맹렬하게 타오르는 불꽃을 등 뒤로, 쿠즈하는 반란군을 둘러보고 입을 열었다.

"여러분. 도움을 부탁드려요. 제 친구를, 구하고 싶은 거예요!"

"……그래, 그러네."

"그 아가씨도 이제 우리의 동료야."

"귀중한 회복 담당이고."

"나, 그 아이가 다리를 고쳐줬어. 지금 이렇게 서 있을 수 있는 건 그 아이 덕분이야."

"그럼 이번에는 우리가 구할 차례로군."

"그러네. 그 아이, 우리 애를 자주 돌봐줬으니까 사라지면 우리 애가 슬퍼해."

"나, 작업 중에 배꼽시계가 울린 적이 있는데 그 아이가 손수 만든 빵을 줬어."

"무슨 부러운 일을 맞닥뜨린 거냐. 너, 나중에 창고 뒤로 와라."

"바보, 이 싸움이 끝나면 반란군은 해산이야. 창고 따윈 없어진 다고."

잠시 웃음이 터지고, 반란군 모두가 일어섰다.

다들 부상을 당했음에도, 아직 눈에 힘이 깃들어 있었다.

회복 담당은 없다. 리더도 쓰러졌다. 상황은 나쁘다. 하지만 아무도 무기와 의지를 놓지 않았다.

"잔당치고는 꽤나, 투지가 남아 있네."

"그래! 틀림없이 리더도 아직 싸우려 할 거라고!"

"그렇다면 우리도 아직 패배할 수는 없지."

"……갈게요! 자, 당신도 도와주는 거죠, 엘시 씨!"

"……쿡쿡. 당연하지."

엘시가 머리카락을 쓸어올리자 그 틈새로 붉은 파편이 떨어졌다.

핏덩어리 같은, 짙은 붉은색. 그것들이 터지며 무수한 생물들이 출현했다.

몬스터나 생물을 억지로 이어놓은 것 같은, 키메라라 부르는 게 걸맞은 존재들. 그것들을 사랑스럽다는 듯이 바라보고 엘시는 입을 열었다.

"내 부하들이야. 반란군들은 습격하지 않도록 말해뒀으니까 걱정 말고 가도록 해."

엘시가 손가락을 흔들고 그것을 신호로 무수한 몬스터들이 풀려났다.

아무리 무서울지라도 지금은 조금이라도 손길이 필요했다. 원군으로서는 의지가 되겠지.

"그럼 나는 마음대로 움직이도록 하겠어."

"……고마워요."

"후후. 이해가 일치하는 것뿐이니까 신경 안 써도 돼."

싱긋 웃더니 금색 흡혈 공주는 도약했다. 그대로 나부끼는 금발이 밤의 거리로 사라졌다.

정말로 필요 이상의 협력을 할 생각은 없다, 그런 의미겠지. 우리도 신경 쓰지 말고 내버려 두면 될 듯했다.

"……쿠즈하."

"예, 아오바 씨! 옷 갈아입죠!"

"어, 지금 말인가요?!"

"건전한 정신은 건전한 옷에 깃들어요! 이미 잠입 작전은 실패했으니까 원래 옷으로 돌아가야 하는 거예요!! 예, 그러는 편이 기합이 들어가요!!"

"아, 알겠어요!"

잘은 모르겠지만 굉장히 사나운 기세라서, 의욕이 생겼다면 다행이었다.

반란군 사람들과 허둥지둥 옷을 갈아입으며 나는 앞으로 할 일을 생각했다.

"……반드시 구해낼게요, 긴…… 아니. 아르제 씨."

더 이상 당신은 혼자가 아니니까.

240 두 번 다시는

"웃기지 말아요!!"

험한 말이라고 생각하지만, 자신을 막을 수가 없었다.

방해되는 것을 쳐내며, 나는 낯선 거리를 달려갔다.

"아르제 씨 바보, 아르제 씨 벽창호, 아르제 씨…… 으음으음, 게으름뱅이!"

이 자리에 없는 상대를 욕하며 나는 차례차례 나타나는 제국 사람들을 물리쳤다.

마법을 던지고, 발차기를 날리고, 분신으로 막으며, 그저 앞으로.

"쿠, 쿠즈하, 엄청 화났는데요……."

"당연한 거예요! 지금만큼은 아르제 씨라고 해도 저—얼대로 용서 안 해줄 거예요!!"

따라오는 아오바 씨도 리셀 씨도 완전히 나를 보고서 기겁한 기색이지만, 알 바 아니다. 어쨌든 나는 화가 난 것이다.

뒷일도 앞일도 주위도 알 바 아니다. 지금은 그저 이 분노에 내 맡기고 돌진한다.

"리셀 씨! 앞이 방해되는 거예요!!"

"―, ―!"

말은 안 통하지만, 번개 화살이 날아간 것으로 전해졌다. 그럼 된 거예요.

정면의 흡혈귀 병사들이 감전으로 몸을 펄떡 젖히며 쓰러졌으니까 거침없이 짓밟고 달려갔다.

"아오바 씨, 위에서 화살과 투석인 거예요!!"

"아, 예! 지켜라, 나의 덩굴!"

기대한 그대로 해주었기에 원거리 공격을 가하던 상대에게 불꽃 마법을 내뿜었다.

겸사겸사 가옥에 불을 질러서 혼란을 일으켰다. 누군가의 집일 테지만 아무도 없다고 하니까 신경 쓰지 않았다.

"쿠즈하, 조금 아르제 씨랑 닮았네요……. 거침없는 모습이라든지……."

"그런 사람이랑 같이 취급하지 마시는 거예요!"

아르제 씨와 달리 나는 조금 더 친구를 소중히 여긴다. 지금도 그를 위해서 달려가고, 방해되는 것은 때려눕히고서라도 나아간다. 그것뿐인 이야기다.

"아가씨, 그 은발 로리 아이가 있는 곳은 알아?!"

"냄새는 익숙해요!!"

"어, 응……. 사이가 좋구나……."

"지금은 사이가 나쁘니까 잔소리를 하러 가는 거예요! 주변, 부탁할게요!!"

""""맡겨둬!!""""

반란군 여러분도 아르제 씨를 구해내기 위해 협력한다. 다들 다쳤는데도 미소로 나와 함께 달려간다.

……경애받고 있는 거예요.

나만이 아니다. 아오바 씨도 리셀 씨도 페르노트 씨도, 반란군 여러분도 다들 아르제 씨를 나쁘게 생각하지 않는다.

아르제 씨의 회복 마법이 있다면 이 상황이 나아진다는 것도 있겠지. 하지만 가장 큰 이유는 모두가 아르제 씨를 좋아하니까.

그 사실을 아르제 씨는 모른다. 알아주려고 하지 않는다.

"더 이상, 그러면 안 되는 거예요……!"

전에는 그걸로 됐다고 생각했다. 그 사람의 과거에 무슨 일이 있었을지라도 언젠가 알아주면 된다고, 그런 생각을 했다.

하지만 더 이상 그래서는 안 된다. 이제 그만 깨달아 주지 않으면 곤란하다. 이런 식으로 몇 번이나 내버려지는 입장이 되어봤으면 좋겠다.

"이제는…… 돌아봐 줬으면 해요!!"

그를 위해서 지금, 나는 달리고 있다.

거부당했더라도 관계없다. 내가 아르제 씨의 손을 잡고 싶다.

"……약속, 했던 거예요!!"

아르제 씨가 괴로울 때, 반드시 곁에 있겠다고 나는 약속했다.

지금 아르제 씨는 홀로, 누구에게도 이야기하지 않고, 자신 안에 있는 '무언가'와 싸우고 있다. 그것에 우리가 말려들지 않기를 바라서 홀로 가버렸다.

……그런 거, 괴롭지 않을 리가 없잖아요!

혼자서 떠안게 두지 않겠다. 설령 그것이 아르제 씨가 바라지 않는 일일지라도.

이제 나는 소중한 사람을 두 번 다시 잃고 싶지는 않다.

"저기인 거예요!"

멀리 보이는 것을 나는 노려봤다.

마을 중심이 아니라 거기서 벗어난 곳에 있는 건물. 탑처럼도 보이는 그곳에서 아르제 씨의 냄새가 났다.

명백하게 경비로 보이는 병사들이 있는 모습을 봤을 때, 아마도 병기 연구 시설일까.

우리 모습을 보고 전투태세에 들어간 병사들에게 나는 마법을 구사하고자 집중했다.

"방해하지——."

"——흘러라."

"윽?!"

아는 목소리가 들린 순간, 경비병이 쓰러졌다.

눈 깜박할 시간, 소리조차 없이 그것을 해치운 상대는 가벼운 태도로 내게 손을 든다.

"여, 늦었네."

"크롬 씨?!"

"정말이지. 이러니까 밤피르 말고 다른 녀석은 곤란하네, 나보다도 늦기만 하니까."

"크롬 씨, 아르제 씨가 있는 곳은······."

"흐흐——응, 이미 확실히 안다고."

가벼운 태도로 크롬 씨는 종이 한 장을 꺼냈다.

"이미 한 번 잠입해서 지도도 그렸어. 밤피르가 있는 곳도, 침입 루트도 알아낸 만큼 기록해 뒀지. 남은 건 그 녀석을 빼내기 위한 인원이 필요했는데……."

"지금, 왔군요."

빠르다고는 생각했지만, 이야기까지 빨랐다.

크롬 씨는 반란군과 우리를 향해 씨익 웃었다.

"그 바보를 구하자고! 그 녀석이 없으면 회복이 곤란하니까 말이야!"

돌아온 대답은 모두가 승낙을 의미하는 것.

흐름이 이쪽으로 오는 것을 느끼며 나는 크롬 씨에게 질문했다.

"크롬 씨, 아르제 씨한테 가는 가장 가까운 길을 가르쳐 줄 수 있는 거예요?"

"……그러네. 네가 가는 게 낫겠지. 우리가 양동이 되어주겠어."

"고마워요……!"

많은 사람들의 도움으로 나는 아르제 씨 곁으로 다다르려 하고 있었다.

나 혼자서는 부족하고, 하지만 그걸로 충분한 것이다.

미숙하고, 부족하고, 폐를 끼치고, 그런데도 손을 잡아주는 사람들이 있다. 그 사실을 가장 소중한 내 친구에게 전하러 가는 것이다.

"아르제 씨…… 지금, 갈게요."

내디디는 한 걸음을 나는 더 이상 망설이지 않았다.

241 첫 싸움

"······으, 아."

목소리가 새어나왔기에 자신이 아직 '부서지지 않았다'는 사실을 깨닫고 만다.

차라리 부서지는 게 편할 텐데 아직도 내 마음이 남아 있다.

눈을 감은 채, 그저 어둠 속에서 수많은 사람들을 생각했다.

"······미안해요."

사죄에 돌아오는 말은 없고, 추억 속의 모두가 보일 뿐이었다.

쿠즈하는 울고 있을까. 페르노트 씨나 아오바 씨는 화내고 있을지도 모른다. 리셀 씨도 슬퍼할까.

크롬이랑 반란군 여러분에게도 폐를 끼치고 말았다.

"······어째서."

내가 사라졌다는 사실에 다들 슬퍼한다는 걸 알고 말았다.

나처럼 아무런 도움도 안 되고, 뭐든 귀찮아하고, 의욕도 없고, 폐를 끼치기만 하는 존재를 모두가 소중하게 대해주었다는 사실을 싫어도 깨닫고 만다.

그런 가치, 내게 있을 리가 없는데. 다들 다정해서 손을 내밀어 준다고 생각해 버린다.

"어째서······!"

어금니에 힘이 들어간 것은 아주 잠깐.

헛수고임을 이해하고 나는 힘을 뺐다.

"헛수고야……."

아오바 씨와 만났을 때부터 알고 있었다.

설령 전생해서 치트 능력을 얻었을지라도 나는 어차피 그 세계에서의 실패작.

무예를 배우지 않은 아오바 씨조차 전생하면서 그만한 능력을 얻은 것이다. 그것이 진짜 쿠온이라는 존재.

나는 실패작이고, 그저 주어진 능력을 휘둘러서 어떻게든 살아남았을 뿐.

그런 내가 그 세계에서 쿠온으로 살았던 사람을 상대로 이길 수 있을 리가 없었다.

물을 것도 뭣도 없었다. 쿠로가네 씨한테 나는 제대로 상대할 가치도 없을 법한 존재였던 것이다.

"웃……."

내가 할 수 있는 일은 이제 그저 모두가 무사하기를 기도하는 것뿐.

부디, 쿠온의 힘을 잘 알고 있는 아오바 씨가 모두를 데리고 도망쳐주지 않았을까 하는 기대를.

"……다들, 제대로 도망쳤을까."

"당신을 두고 도망칠 리가 없잖아요."

"?!"

그것은 여기 있을 리가 없는 목소리였다.

이곳은 쿠로가네 씨의 연구소 안이라 들어올 수 있을 리 없다.

하지만 있을 수 없는 그 목소리의 주인이 다가오는 기적이 확실하게 느껴졌다. 냄새도, 목소리도 내가 착각할 리가 없다.

그도 그럴 게, 여태까지 계속 함께 여행을 했으니까.

"……쿠즈하?"

눈을 뜨면서 이름을 부르자, 눈 앞에는 쿠즈하가 있었다.

사람의 모습이 아니라 여우의 모습으로 군데군데 더러워진 것을 보기에는, 틀림없이 사람은 지날 수 없을 법한 좁은 틈새를 빠져나와서 여기까지 왔을 테지.

여우의 모습에서 인간의 형태로 변한 쿠즈하는 내 구속에 손을 댔다.

"……그때와는 반대네요."

그 말에 떠오른 것은 쿠즈하의 구속을 풀었을 때였다.

영주가 걸어놓은 그녀의 저주를, 치유 마법의 힘으로 자유롭게 풀어줬었다.

빠득, 그런 소리를 내며, 나를 묶고 있던 구속이 부서졌다.

"예, 이걸로 풀렸어요."

"……고마워요."

자유로워진 몸 상태를 확인해보니 불편한 곳은 없었다.

묶여서 조사받는 것 이상의 일은 당하지 않았으니까 당연한가.

"아르제 씨, 저는——."

"——쿠즈하는 빨리 여기서 도망치세요."

상대가 무언가 말하기 전에 나는 말을 던지고 일어섰다.

쿠로가네 씨는 내 몸을 조사했다. 아직 움직일 수 있고, 움직여야만 한다.

"아니…… 아르제 씨?!"

"여긴 위험해요. 저는 할 일이 있으니까요……."

"자, 잠깐 기다려 주시는 거예요!!"

"못 기다려요."

이야기할 것은 없고, 할 일은 많고, 시간이 아깝다.

……발은 묶어둬야지.

쿠온에게는 절대 이길 수 없다.

그러니까 나는 모두가 도망칠 시간을 만든다.

도망친 뒤에 모두가 어떻게 될지는 모른다. 하지만 쿠온의 힘을 알게 된 뒤라면 거스르는 짓은 안 하겠지.

블러드 박스에서 『꿈의 수련』을 꺼내고, 너덜너덜해진 제국의 군복을 평소의 옷으로 바꾸었다.

이길 수 있다고 생각하지는 않는다. 하지만 모두가 도망치기 위한 시간을 만들어야만 한다. 그러지 않는다면 다들 살해당하고 만다. 도망치기는커녕 이런 식으로 날 구하러 와버렸으니까.

"……미안해요. 하지만 나는 모두 상처받지 않았으면 하──."

"──웃기지 말라고요!!"

"……?!"

놀란 것은 멱살을 붙잡혔기 때문이었다.

손에서 떨어진 칼이 바닥에 떨어지며 메마른 소리를 냈다. 쿠즈하는 여우색 눈에 눈물을 글썽이며 나를 노려봤다.

"어째서 당신은 아무런 설명도 해주지 않는 거예요?! 어째서, 혼자서 가버리려고 하는 건가요!!"

"······설명할 수 없는 일에, 모두가 말려들게 만들고 싶지 않으니까요."

"웃····· 어째서······."

"모두를 끌어들이고 싶지 않아요. 이건 제 문제이고······ 쿠즈하하고는, 관계없으니까요."

"윽!!"

짝, 메마른 소리가 울렸다.

그것이 쿠즈하가 내 뺨을 때린 소리임을 깨닫는 데에는 조금 시간이 걸렸다.

"관계없지 않아요! 저는 당신의 친구인 거예요! 친구가 곤란해한다면 돕는 게 친구인 거예요!!"

"곤란하지 않고, 도와달라는 생각도 없어요. 그저······ 더 이상, 이 일에 엮이지 않았으면 할 뿐이에요."

얻어맞은 뺨의 열기와는 대조적으로 내 마음은 시어 있었다.

담담하게 말을 꺼내고 나는 쿠즈하의 손을 뿌리치려고 했다.

"안 놔요······. 설령 미움을 사더라도!"

"······끈질기네요."

어째서 이 아이는 알아주지 않는 걸까.

이만큼 말했는데도 몇 번이고 몇 번이고, 끈질길 정도로 손을 내밀어서 떨어지려 하지 않는다.

아아, 정말이지. 귀찮네.

"이제 절 신경 쓰지 말아요. 저 같은 건 게으르고, 뭐든 귀찮아하고, 사라진대도 문제없는, 아무런 가치도 없는——."

"——웃기지! 말라고요!!"

"웃!"

같은 말을 더욱 강하게 던지고, 이번에는 반대쪽 뺨을 조금 전보다도 세게 때렸다.

쿠즈하는 마치 자기가 맞은 것처럼 커다란 눈물을 흘리며 내게 소리쳤다.

"가치라면 있어요! 없어지면 곤란해요! 확실히 게으르고, 뭐든 귀찮아하지만…… 설령 아르제 씨 본인이 그렇게 생각하더라도, 그런 표현은 화낼 거예요!!"

"……시끄러워요."

"시끄럽다고요……?!"

"어째서, 그렇게나 끈질긴가요!"

스스로도 놀랄 만큼 나는 거칠게 말했다.

얻어맞은 것은 아프지만 화가 난 것은 그쪽이 아니었다.

몇 번을 떼어내려고 해도, 떨어지려고 해도 이렇게 매달리는 것이 싫었으니까.

"이제 그만 내버려 둬요! 도움 따윈 필요 없어요! 저한테는 쿠온과 맞설 힘이 없고, 있다 하더라도…… 쿠온이 다른 사람들에게 상처를 주는 건 싫어요!"

"아르제 씨……?"

"그러니까, 저는…… 혼자면…… 혼자면 돼요! 나만 상처받으면 돼!! 다들 이렇게나 따듯하고…… 미처 갚을 수 없을 만큼 고맙고! 그런데 나는, 모두를 지켜줄 수도 없어서!! 그러니까 적어도 적어도 모두가 도망칠 시간 정도는……. 그러지 않으면 그 감옥보다, 캄캄했던 그 시절보다 훨씬 더 비참하니까!!"

"……아르제 씨."

"쿠온 가문은 위험해요! 뭐든 짓밟아 버릴 수 있으면서, 짓밟기를 주저하지 않아요! 저는 모두가…… 그런 것에 부서지길 바라지 않아요! 그러니까……!"

스스로도 이제는 무슨 소리를 늘어놓는 것인지 알 수가 없었다. 그저 말이 쏟아져 나오는 게 그치지 않았다. 멈출 수가 없었다. 자신이 무슨 생각을 하는지도 모르는 채, 나는 외쳤다.

"그러니까 나 혼자면 돼! 혼자서, 그 무렵처럼, 캄캄해도! 이 이상의 희생은…… 이 이상, 모두가 상처받는 건…… 싫어……!!"

"아르제 씨."

"앗……."

뺨에 손이 닿고서야 간신히 싱대가 나를 보는 것을 깨달았다.

"……저는, 아르제 씨한테 구원을 받았어요."

"갑자기, 무슨 이야기를……."

"어머니를 잃고, 가장 슬프고 힘들어서…… 눈물을 흘리던 그때, 아르제 씨는 곁에 있어 줬어요."

"그게, 어쨌다는 건가요……."

"……그 후, 결심한 거예요. 이 사람이 울고 있을 때, 반드시 곁에 있을 수 있는 친구가 되자고."

쿠즈하의 손이 뺨보다도 위로 올라왔다.

눈 밑에서 닦아 올린 것은, 이제까지 흘려 본 적이 없었던 것.

"……지금 아르제 씨, 울고 있어요."

"아……."

말을 듣고서야 간신히 이해할 수 있었다.

어느샌가 시야가 흐려져 있었다. 울 것 같은 얼굴의 쿠즈하가 일그러져 보였다.

그녀가 말했듯이 확실히 내 눈에서는 눈물이 흐르고 있는 것이었다.

"어, 라…… 이상, 하네…… 어째서, 이런……."

가문에서 요구하는 결과를 낼 수 없었을 때도, 주위에서 차가운 시선을 보냈을 때도, 쿠온에게 필요 없다는 취급을 당했을 때도, 지하에서 누군가와 이야기를 나누었을 때도 이렇게 되지는 않았다.

눈물 같은 건 이미 몇 년이나, 마지막으로 흘린 게 언제인지도 잊었을 만큼 흘리지 않았는데.

뜨겁게 흐르는 것은 틀림없는 눈물이었다.

"어째서……."

어째서 나는 울고 있을까.

모르겠다. 이해할 수가 없다. 몇 년이나 흘리지 않았으니까 멈추는 법도 잊어버렸다.

흐린 시야 안에서 이해 불가능한 물방울이 몇 번이고 흘러내렸다.

"……아르제 씨."

쿠즈하는 그저 내 이름을 부르고 안아주었다.

쿠온 긴지라는 버린 이름이 아니라 아르제라는 다시 태어난 내 이름을.

"아⋯⋯."

그녀의 체온을 느낀 순간.

내 목은 이상해졌다.

"으으."

눈물만이 아니었다. 목소리도 제어할 수 없었다. 말을 제대로 이룰 수가 없었다.

괜찮다고 해야만 할 것 같은데 그것을 입에 담을 수가 없었다.

목구멍 안쪽에서 나오는 것은 의미가 있는 말이 아니라 소녀 같은 울음소리였다.

"아, 아⋯⋯!!"

"⋯⋯괜찮은 거예요. 울어도. 당신은 울고, 웃고⋯⋯ 그걸로 충분한 거예요."

머리카락 사이로 손가락이 쓰다듬는 감각이 들고, 나는 마침내 어떤 것도 알 수가 없게 되었다.

그저 솟구치는 눈물과 목소리에 몸을 맡기고, 그저 한결같이 울음소리를 높였다.

태어나서 처음으로 느끼는 것 같은 감정의 폭주를 이해도, 제어도 못한 채, 그저 투명한 물방울을 계속 흘렸다.

쿠즈하는 그런 나를 계속 안아주었다.

242 화해

"……조금은 진정이 된 거예요?"

"……예, 어떻게든."

홀쩍, 코를 훌쩍이며 나는 고개를 끄덕였다.

얼마나 울었을까. 끝나지 않을 것처럼도 여겨진 감정의 폭주는, 조금씩이지만 가라앉고 끝내는 눈물도 말랐다.

"저기, 으음…… 쿠즈하…… 아얏?!"

무슨 말을 하면 좋을지도 모르고서 입을 연 내 이마에 쿠즈하가 딱밤을 날렸다. 화나서 그런지 의외로 셌다.

"멋대로 납득하고, 멋대로 사라지고……. 정말로 아르제 씨는 친구를 사귀는 게 서투른 거예요."

"으…… 미안해요……."

"끌어들이고 싶지 않다, 라니……. 그런 다정함, 필요 없어요. 저는 말려들고 싶어서 여기에 있는걸요."

"하지만 저는…… 모두가 상처받지 않았으면 해서……."

"……아르제 씨, 그건 자기도 포함된다고는 생각하지 않는 거예요?"

"후에……?"

그 말의 의미를 알 수가 없어서 고개를 갸웃거리자 쿠즈하는 절레절레 고개를 내젓고,

"저희도 아르제 씨기 상처받지 않았으면, 그렇게 생각한다는

거예요."

"아……."

"아르제 씨가 저희를 소중하게 생각해주듯이, 저희도 아르제 씨를 소중하게 생각하는 거예요. 그렇지 않다면 이런 곳으로 따라오지는 않아요."

부정하는 말은 나오지 않았다.

나도 이제는 그 말이 진실이라는 것을 알았다.

모두가 여기까지 함께 와주고, 이만큼 제멋대로 행동한 나를 구하러 와주었다.

그런 거, 소중하게 생각해 주지 않는다면, 할 리가 없다.

"아르제 씨는 누군가를 위해서 울 수 있을 만큼 다정하고, 그러면서도 자신을 소모하는 것밖에 모를 만큼 서투르니까…… 내버려 둘 수가 없는 거예요."

"으…… 미안, 해요……."

"다른 사람들한테도 제대로 사과해야 돼요. 하지만 그 전에…… 아르제 씨가 하고 싶은 일을, 도울게요."

"……이, 이제 화내지 않나요?"

"걱정 안 해도, 아직 잔뜩 화났어요."

"미, 미안해요……."

나로서도 쿠즈하한테 혼이 나서 무척 시무룩해져 버렸다.

아무래도 울고 나서 약해졌다고 할까, 평소처럼 있을 수가 없었다. 스스로도 마음의 변화에 당황스러울 정도였다.

……언제부터 이렇게나 자신의 마음을 움직이는 게 서툴러졌

을까.

다시 생각해보면 무척 예전부터 자신의 마음을 제대로 제어할
수 없는 때가 있었던 것 같다.

자각하니 지독하게 부끄러워졌다.

"어, 음…… 쿠즈하, 그게……."

"귀찮은 이야기는 나중인 거예요. 지금은 그 시무룩한 표정을
어떻게든 하는 것부터예요."

나와 달리 쿠즈하는 무척 상쾌한 모습이었다.

그녀는 자신의 옷을 가볍게 스르륵 흐트러뜨리더니 여우색 눈
을 이쪽으로 향한다.

"말하고 싶은 것도, 묻고 싶은 것도 잔뜩 있어요. 하지만……
우선은 화해를 위해서, 이 피를 아르제 씨한테 줄게요."

"흐, 흡혈을 해라, 그런 이야기인가요?"

"예. 그게 말이죠, 아르세 씨는 사기가 먼저 밀하질 잃는길요.
좀 전의 전투로 지치기도 했을 테니까 흡혈은 중요한 거예요."

"……하지만 친구한테 피를 빼는 건……."

"친구니까, 인 거예요."

주저하는 내 손에 쿠즈하가 손을 겹쳤다.

작고, 하지만 따뜻하다. 마치 그녀의 마음처럼.

"폐를 끼치더라도, 싸우더라도, 어쩔 수 없는 사람이라고 생각
해도…… 그래도 좋다고 생각하는 거예요. 그러니까……."

"쿠즈하……."

"……오세요, 아르제 씨."

손을 당기는 것에 나는 이제 거스르지 않았다.

머릿속에 스치는 것은 아이리스 씨에게 들은 말. 누군가를 의지해도 된다고, 그렇게 말한 것을 떠올렸다.

"……고마워요, 쿠즈하."

끌어안기는 것을 기쁘다고 느끼며.

소중한 친구의 목덜미에 나는 송곳니를 박았다.

"하, 으……!"

귓가에서 익숙한 목소리가 났다.

이제까지 몇 번이나 들어서 너무도 익숙한 목소리.

펄쩍 뛰는 몸을 끌어안고 나는 그녀에게 상처를 만들었다.

가득 넘쳐 나오는 혈액을 입에 머금자 마치 그녀의 다정한 마음처럼 달고 뜨거웠다.

"음, 크…… 쪼옥……."

매달리듯이 빨고, 나는 목을 몇 번이고 울렸다.

……맛있어.

상대의 체온을 거두어들이고 내 것으로 만드는 감각.

배 속에서 온도가 퍼지고 마음까지도 충족된다.

안겨 있는 감촉에 편안함을 느끼며, 나는 더 이상 거리끼지 않았다.

이제까지 계속 함께 여행을 한 친구에게 처음으로 송곳니를 박은 감각이 너무나도 흥분을 부추겼다.

"으, 아…… 아르제 씨…… 읏……."

"쪼옥, 꿀꺽…… 으음, 후아…… 쿠즈하, 맛있어……."

목으로 넘기는 소리가 몇 번이고 울리고 쿠즈하의 작은 몸이 떨렸다. 촉촉한, 황홀한 것처럼 들리는 목소리가 났다.

달콤한 목소리와 피의 맛에 뇌가 저려서 나는 더욱 많은 혈액을 원했다. 더 달라고 재촉하듯이 상처에 혀를 미끄러뜨리자 더욱 강한 단맛이 넘치고 입 안에 더욱 깊게, 농후하게 퍼졌다.

"쪽, 꿀꺽, 꿀꺽…… 푸아…….."

"크, 아…… 아, 아르제 씨…… 으, 아…….."

달콤하고, 다정하고, 뜨겁다.

몸을 떨며 달콤한 목소리를 흘리는 쿠즈하를 참을 수 없이 귀엽다고 느껴버렸다.

꿀꺽꿀꺽 품위 없는 소리를 내며 나는 그녀의 피를 맛봤다.

"하, 아…… 아르제 씨…… 좋아, 좋아요…….."

"으음, 쿠즈하…… 꿀꺽, 맛있어, 요…….."

피의 맛노, 목소리도, 온기도 전부 끌어안아주고 싶다.

나를 받아들여주는 행복을 탐식하듯이 나는 목을 울렸다.

쿠즈하의 체온이, 생명이 뱃속에서 터져서 참을 수가 없었다. 오싹오싹한 것이 온몸을 저리게 만들고 뇌가 행복감으로 가득해졌다.

꿈을 꾸는 기분으로 나는 쿠즈하를 끌어안고 피를 빨았다.

삼킨 피가 뱃속에서 터지는 감각조차 사랑스럽고 참을 수 없었다.

"음, 하아아아…… 쪽, 으응…….."

"……아, 으…… 아…….."

"아…… 미, 미안해요, 쿠즈하! 아픈 거 아픈 거 날아가라!"

나를 받아들여 줬다고는 해도 지나치게 몰두했다.

힘을 잃기 시작한 쿠즈하에게 나는 황급히 회복 마법을 걸었다.

잠시 후, 조혈의 효과가 발휘되었는지 쿠즈하는 한숨을 내쉬고,

"역시 피를 빨리면 체력이 소모되는군요……."

"으음…… 미, 미안해요…… 그게, 조금 과하게 빨았어요……."

"정말이지, 아까부터 사과만 한다고요?"

벌써 몇 번째인 내 사죄에 쿠즈하는 신경 쓰지 않아도 된다는 듯 웃고,

"제가 좋아서 이렇게 한 거예요. 그러니까…… 기쁘게 받아들 여 주는 편이, 기쁜 거예요."

"……고마워요, 쿠즈하."

"예, 천만에요. ……이제 우리한테 감추고 제멋대로 그러기는 없다고요?"

"……예."

아무리 그래도 이렇게까지 하면 둔감한 나라도 이해할 수 있다.

이제 쿠즈하에게 나는 소중한 존재인 것이다. 그러니까 내가 어찌 생각해도 무어라 말해도, 그녀는 멋대로 나를 걱정하고 멋 대로 따라온다.

내가 스스로를 가치가 없다고 생각해도 상대는 그리 생각하지 않고 소중하게 여겨준다.

그것이 얼마나 고마운 일인지 간신히 깨달을 수 있었다.

"……더 이상 두고 가지 않아요."

그리고 그것은 틀림없이 나도 마찬가지다.

쿠즈하가 위험에 처한다면 설령 그녀가 괜찮다고 해도 나는 평온하게 있을 수 없겠지.

그녀가 운다면 설령 그녀가 내버려 두기를 원한다고 해도 곁에 있고 싶겠지.

그건 좀 전까지의 쿠즈하와 같이, 어쩔 수 없는 일이다.

"친구, 니까요."

말로는 알아도 이해하지 못했던 '친구'라는 말을, 나는 아마 처음으로 진정한 의미로 입에 담았다.

닿아 있는 상대의 온기가 조금씩 돌아왔다. 고작 그것뿐인 일조차 더없이 안심하고 만다.

눈앞의 상대가 내게 반드시 손을 내밀 거라는 확신이 내 안에 있는 공포를 덧칠하고 지웠다.

"⋯⋯더 이상 떨어지지 않아요. 절대로."

"⋯⋯예. 그걸로 됐어요. 아니, 저도⋯⋯ 그게, 좋아요."

마음속 깊은 곳에서 넘쳐 나온 긍정은 너무도 자연스러워서.

또다시, 말과 함께 눈물이 흘렀다.

"후우…… 조금씩이지만 진정이 됐어요."

"고마워요, 쿠즈하."

"신경 쓰지 마세요."

예전이라면 그 말에 신경을 쓰지 않을 수는 없었을 테지.

하지만 지금의 나라면 그걸로 충분하다고 이해할 수 있다.

플러스마이너스 제로가 아니라도 괜찮은 관계. 그것이 친구라는 것이겠지.

기대기만 해서는 안 되지만 기대는 것은 나쁜 게 아니라고 그리 여길 수 있는 상대, 그리 생각해도 되는 상대인 것이다.

회복 마법이 통했는지 쿠즈하는 자신의 몸 상태를 확인하듯 그자리에서 몇 번 점프했다.

"그럼 슬슬 가요, 아르제 씨. 다른 분들도 아르제 씨의 회복 마법을 생각해서 당신을 구하러 왔어요."

"아…… 그렇군요. 미안해요."

"그거, 저 말고 다른 사람들한테도 제대로 말하는 게 좋아요."

"으…… 그렇게 할게요."

아마도 아오바 씨나 페르노트 씨 쪽은 엄청 화가 났을 테니까 또 제대로 사과해야겠지.

이번 일에 대해서는 내가 전면적으로 잘못했으니까 순순히 혼나도록 하자.

"자, 언제까지고 답답한 표정으로 있지 말고, 얼른 가요."

"……사과할 때를 생각하면 마음이 무겁지만, 어쩔 수 없네요."

신기한 기분이었다.

조금 전까지 나는 쿠온 가문에 겁먹어서 모두가 도망쳤으면 좋겠다고 생각했다.

그런데도 지금은 밖으로 가서 전투가 벌어질지도 모른다는 것보다도 동료에게 사과하는 것이 귀찮다고 느껴버렸다.

틀림없이 페르노트 씨라든지, 엄청 길게 잔소리할 테니까. 아오바 씨도 굉장히 화를 내겠지. 어떻게 용서를 받을까.

"……후훗."

친구에게 혼이 나고, 울었다.

고작 그것뿐인 일인데 무척 상쾌해진 기분이었다.

"그런데 쿠즈하, 여긴 어딘가요? 정신이 들었더니 구속되어 있어서 잘 모르겠는데."

"탑 같은 곳의 위쪽이에요. 정확한 위치는 모르겠지만 무척 높이 올라왔어요."

"흠…… 일일이 계단으로 내려가는 것도 귀찮네요."

아마도 이만큼의 기술을 도입했다면 엘리베이터 같은 것도 있을지도 모르겠지만, 그것을 찾는 것도 번거롭고 빨리 모두와 합류하고 싶다.

귀찮다고 느낀 시점에서 나는 얼른 움직이고 있었다.

쿠로가네 씨는 나를 단순히 구속했을 뿐이고 물건을 빼앗는다든지 그러지는 않았다. 아마도 그럴 필요는 느끼지 못했을 테지.

"……『꿈의 수련』."

스르륵 공기를 흔들며 칼을 뽑았다.

손 안에 깃든 감촉이 뜨거워진 마음을 식히듯이 기분 좋았다.

"아르제 씨, 어떻게 할 생각——."

"——귀찮으니까 단숨에 가죠."

말 그대로 단숨에 갔다.

칼을 박은 것은 바닥. 뽑을 때처럼 끝부분이 스르륵 바닥을 뚫었다.

형태가 없는 것을 벤다는 효과 이전에 『꿈의 수련』은 단순한 칼로서도 뛰어났다. 흡혈귀의 완력과 내 속도로 사용하면 발밑에 있는 얇은 철판을 베는 정도는 대수롭지도 않은 일이었다.

내가 바란 그대로 바닥판이 빠지고 우리는 그 바닥과 함께 아래층으로 낙하했다.

"……아르제 씨, 화려하게 행동할 거라면 그 전에 설명 해주시는 거예요."

"어, 아아, 미안해요, 그만……."

"뭐, 확실히 빠르지만…… 밑에 사람이 있었다면 어쩌려는 거예요."

"아—, 듣고 보니 그러네요……."

쿠즈하 말대로, 이걸로 내려가는데 바로 밑에 누군가 있었을 경우에 깔려버린다.

다행히도 지금은 아무도 없었던 모양이지만 아군을 짓뭉개 버렸다가는 큰일이니까 이건 그만두는 편이 나을까.

"어쩔 수 없네요, 걸어갈까요…… 응……?"

"……맡아본 적이 있는 냄새가 나요."

서로가 같은 반응을 하고 말았다.

감도는 냄새는 친근한 것은 아니지만 어디선가 맡은 기억이 있는 것이었다.

주위를 둘러보니 다수의 감옥 같은 것이 늘어서 있었다.

"……여긴 감옥?"

나 말고도 흡혈귀를 붙잡아서 병기로 만들어낸 것이다. 붙잡은 흡혈귀를 보관해두기 위한 공간이 다수 있어도 이상하지 않았다.

그렇다면 어쩐지 그렇게 느껴지는 이 냄새는──.

"──다크 엘프 여러분, 인가요?"

"영주님의 손님……?!"

"아…… 역시."

리셀 씨가 다스리는 엉지에서 사냥개 부대는 다크 엘프들을 붙잡아갔다.

짧은 시간이었지만 그곳에서 지낸 다정한 시간은 잊지 않았다.

무엇보다도 그들은 리셀 씨가 되찾으려고 하는 주민들이다. 여기서 발견할 수 있었던 것은 행운이었다.

다크 엘프 하나가 우리를 발견하자 감옥 안에서 다크 엘프들 몇 명이 얼굴을 내밀었다.

"어째서 이곳에 손님이……?!"

"으음…… 리셀 씨랑 같이, 구하러 왔어요."

"영주님께서, 와주시었나……."

"예. 그러니까…… 가죠, 여러분."

대답은 굳이 들을 것까지도 없겠지.

싸우지 못하는 사람도 있겠지. 둘러보니 아이도 있고 모두들 지친 얼굴이었다. 틀림없이 좋은 건 못 먹었을 테고 불안해서 변변히 잠도 못 잤을 터다.

그럼에도 그들의 눈빛은 강했다. 조금 전까지의 나보다도 훨씬 아름다운, 포기를 모르는 눈빛이었다.

"감옥을 부술게요!"

"예. 부탁해요, 쿠즈하."

쿠즈하와 협력해서 다크 엘프들이 잡혀 있던 감옥을 모조리 부 쉈다.

당연히 그들에게 무기 따윈 없었다. 하지만 마법은 특기인 사 람이 많을 테니까 충분히 의지가 된다. 지키면서 간다는 생각보 다는 전력이라고 판단해도 되겠지.

"건강해져라."

회복 마법을 걸어주면 감금 생활로 피폐한 마력과 체력도 조금 은 돌아온다.

무언가 저주가 걸려 있을지도 모르니까 그것을 지우는 의미에 서도, 나는 다크 엘프들에게 회복 마법을 펼쳤다.

"자, 그럼……."

"탈주 개시, 예요!"

"우리도 싸우자고!"

"손님에게 도움만 받을 수야 없으니까 말이지."

"다 같이 영주님께 돌아가는 거야!"

어느샌가 무척 떠들썩해져 버렸다.

하지만 그것이 지금은 신기하게도 싫지 않았다.

도저히 낮잠을 잘 수 있을 분위기가 아닌데도 어쩐지 기쁘다는 생각마저 드는 내가 있었다.

"……후후."

"무슨 일인가요, 아르제 씨?"

"모르겠어요. 하지만…… 아마도 틀림없이 이건 나쁘지 않은 기분이에요."

내 안에 태어난 감정을 스스로도 이해할 수 없었다. 말로 할 수가 없으니까 설명할 수도 없었다.

모르겠지만 불안은 없다. 가슴 안에 깃든 온기는 놓고 싶지 않다고 여겨지는 편안함이었다.

"……아아."

쿠온 가문에서는 이런 기분을 느낄 수 없었다.

그 세계에서는 한 번도 진심으로 웃은 기억이 없다.

그런 나를 보고 도와주려고 하는 사람이 있었다. 지금이라면 알 수 있다.

고용인으로 시중을 들어준 류코와 꽃을 계속 전해준 아오바 씨.

나는 그런 다정한 마음도 깨닫지 못하고 그 세계를 떠나버렸다.

"……이걸 위해서, 였군요."

간신히 내가 전생한 것에 납득이 갔다.

나는 틀림없이 이 마음을, 가슴의 이 온기를 알기 위해 이 세계로 찾아왔다.

쿠온이 지배하는 세계에서는 결코 얻을 수 없는 것을 얻기 위해서. 쿠온이라는 감옥 안에서 나가기 위해서.

"가죠, 여러분!!"

알겠다는 말이 날아오는 것을 기분 좋다고 생각하며 나는 누구보다도 앞으로 나섰다.

가슴속에 차오른 감정. 그 이름을 찾으러 가기 위해.

244 도망치는 것과 막는 것

"방해되는 거예요! 밀어붙이겠어요!!"

말 그대로 쿠즈하는 눈앞의 장해물을 힘으로 파괴했다.

쿠로가네 씨의 연구소 내부에는 인간 병사는 없고 기계적인 시큐리티가 많이 배치되어 있었다.

알기 쉽게 말하면 오토 록 도어나 시릴 대금고에서 본 골렘 같은 방어 로봇인데, 다시 말해서 고열에 약했다.

덤으로 다크 엘프들이 아군으로 있으니까 더는 막을 수 없었다. 각자가 울분을 풀겠다는 듯이 마법을 펑펑 쏴주니까 상대가 척척 부서져 나갔다.

······할 일이 없네요.

용기를 내서 앞으로 나신 것은 좋은데, 솔직히 내가 하는 일은 가끔씩 부상당한 사람을 회복시키는 정도였으니까 어느샌가 쿠즈하 뒤로 물러났다.

"아르제 씨는 이다음에 잔뜩 일을 하게 될 테니까 마력을 보존해 주세요!"

"뭐, 바깥이 지독한 상황이라는 건 어찌어찌 알겠어요."

상대할 것을 결심했다고는 해도 쿠온이 얼마나 성가신지는 잘 알고 있었다.

이 세계에서는 초미래 기술이라고 해도 될 기계 문명을, 쿠로가네 씨는 도입했다. 게다가 마법 따위도 조합해서 『흑요』라는 강력한 아티팩트까지 만들어 냈다.

쿠온에서는 실패작이라 불린 나조차 전생 과정에서 기이할 수준의 치트 능력을 획득했다. 간단히 이기는 건 무리겠지.

내 회복 마법이 도움이 될 때가 온다. 그리 생각해서 지금은 다른 사람들이 장해물을 파괴해 주니까 순순히 따라가자. 솔직히 귀찮고.

"그건 그렇고 손님, 이렇게 화려하게 부숴도 되는 걸까⋯⋯?"

"괜찮아요, 아마도 이 세계의 사람들에게는 변변치도 않은 연구를 하고 있을 테니까."

중요한 연구 성과이고 경우에 따라서는 이 세계의 문명 수준을 크게 올릴 수 있을 테지만, 쿠로가네 씨의 모습을 보아하니 위험한 것뿐일 테니까 부숴버리는 편이 낫겠다는 판단이었다.

당연히 그만큼 진척은 늦어지겠지만 위험한 것을 방치한 뒤에 사용해봐야 성가실 테니까 어쩔 수 없다.

"여기까지 인간의 병사를 사용한 방어가 없다니⋯⋯!"

위험을 느낀 순간, 생각하는 것보다도 먼저 몸이 움직였다.

뽑은 칼날이 날아온 화살을 쳐서 떨어뜨렸다. 날카로운 소리가 울리고 그것을 신호로 하여 전체의 걸음이 멈췄다.

"⋯⋯이건."

"그래. 우리다. 만에 하나, 탈출을 기도할 때에 대비해서 우리가 있다는 거지. 아버님은 황제님 곁으로 돌아가셔서 자리를 비웠으니까."

"⋯⋯시바 씨, 인가요."

그늘진 곳에서 느긋한 움직임으로 나타난 것은 사냥개 부대를 지휘하는 대장 격, 시바 씨였다.

삼인일조 전투를 특기로 하는 사냥개 부대. 시바 씨 뒤에는 당연하다는 듯이 스피츠 씨와 아키타 씨가 이미 임전태세에 들어가서,

"설마 정말로 탈환하러 올 줄은 몰랐는데…… 이건 이것대로 재미있겠어."

"이봐, 죽이지 말라고 아키타. 아버님께 질책을 당할 테니까. ……뭐, 다리 하나 정도는 부수는 편이 좋겠지만?"

"……그렇게 됐어. 얌전히 있도록 해라, 반란 분자들. 그러지 않는다면…… 우리가 상대하게 되겠지."

시바 씨가 든 것은 내가 가진 『꿈의 수련』의 자매도였다. 그러니까 이름은──.

"──무한의 새치."

"관리하기 귀찮을 것 같은 이름인데요?!"

"『무환의 샘』이다!"

설마 싶었는데 적과 아군 양쪽에서 딴죽이 들어왔다.

"미안해요, 한 번밖에 안 들은 이름이라 기억을 못 했어요. 그게…… 무난한 샘들?"

"아르제 씨, 아르제 씨. 『무환의 샘』인 거예요."

"그거 일부러 그러는 거잖아, 너……."

"아, 괜찮아요. 첫 번째는 일부러 그런 게 아니니까."

이것 참, 이상하네. 쿠즈하도 다크 엘프 여러분도 시바 씨 일행

도, 터무니없는 것을 본다는 듯한 눈빛이었다. 적인데도 사이가 좋네요.

어쨌든 저건 적이다. 그것도 쿠즈하의 미수분신과 동급이나 경우에 따라서는 그 이상의 연계를 취할 수 있는 성가신 적에다, 시바 씨의 손에는『꿈의 수련』의 자매도가 있다.

아마도 저쪽에도 형태가 없는 것을 절단하는 능력이 있겠지. 칼등으로 맞았을 때, 상당한 타격을 입은 기억이 있다.

그렇다면 안개나 그림자가 되어도 저 칼이라면 나를 벨 수 있다는 뜻이다. 물리 회피가 봉쇄된 것이나 마찬가지다.

"스피츠 말대로 다리 하나…… 아니, 그 정도로는 금세 재생할 것 같으니까. 사지를 자르고 아버님께 데려가자."

"……할 수밖에 없겠네요."

아무리 그래도 이 세 사람을 상대하는 것은, 나와 쿠즈하가 아니고서는 불가능하겠지.

다크 엘프 여러분이 강하다고는 해도 그들만큼은 아니다. 굳이 말하자면 한번 패배했으니까 붙잡혔던 거고.

위험한 상대이고 덤으로 무기도 좋은 것으로 바뀌었다. 쿠즈하 혼자서 싸울 수 있을 리는 없다.

"그럼──."

"──기다려라!"

자세를 취하려던 순간에, 기억에 있는 목소리가 날아왔다.

목소리의 주인은 두 동료를 거느리고서, 세 사람은 갑자기 머리 위의 통풍구를 박살내고 우리 앞에 내려섰다.

그대로 세 사람은 물 흐르듯이 포즈를 취했다.

"사슬날의 치와와!"

"폭탄의 닥스!"

"투척 나이프의 테리어!!"

"광대가 왔어……!!"

""""누가 광대냐!!""""

예상도 하지 않았던 세 사람이 눈앞에 나타났다.

……정말이지, 어떻게 된 거야.

우리는 우는 아이도 뚝 그치는 테리어 도적단. 그리 결심하고 한 번은 나라를 버렸다.

그럴 터인 우리가 지금 이곳에 이렇게 서 있었다.

"광대분들, 어떻게 여기에…… 아니, 어째서 여기에?"

"누가 광대냐 멍청이, 죽여줄까?"

덤으로 뒤에서 의욕을 팍팍 깎아대는 치녀가 있으니까 참을 수가 없었다. 솔직히 지금 당장 돌아가서 낮잠이라도 자고서 잊고 싶다.

화를 낼 것만 같은 스스로를 진정시키고 나는 애써 냉정하게 말을 꺼냈다.

"……나도 하나밖에 모르지만 샛길이 몇 개 있거든, 이 도시에는. 거기로는 출입할 수 있어. 그렇다고 할까, 그러지 않으면 유사시에 중요 인물이 도망칠 수 없잖아. ……설마 아직도 쓸 수 있을 줄은 몰랐는데."

우리가 침입을 위해서 통과한 길은, 우리가 이 나라를 나갈 때에 사용한 것과 완전히 똑같았다.

아무리 그래도, 전혀 손대지 않았을 줄은 몰랐으니 맥이 빠졌지만. 아버님에게 우리의 탈주는 아무래도 상관없는 일이었겠지.

빌어먹을 아버지한테 얕보이는 건 화가 나지만 그 덕분에 여기까지 올 수 있었다.

"먼저 말해두지, 치녀. 우리는 널 위해서 온 게 아니야."

"쿠즈하, 저게 츤데레라는 연기예요. 싫다고 계속 그러면서 사실은 좋아한다는 느낌이에요."

"그렇군요, 츤데레, 깊이가 있는 거예요……!!"

"""어린애한테 이상한 거 가르쳐 주지 마!!"""

"굉장히 보호자 느낌의 딴죽이라, 사실은 남을 잘 돌본다는 걸 미처 숨기질 못하네요……."

"""닥쳐라, 치녀!!"""

셋이서 화를 내고서야 간신히 닥쳤기에 나는 한 번 크게 한숨을 내쉬었다.

"제국이 우쭐대는 게 마음에 안 들어서 패러 왔다, 그뿐이다."

"그래. 그러니까 너희는 냉큼 가버려."

"우리는 어디끼지나 제국을 누리는 거니까 말이야!"

"테리어, 닥스, 치와와……."

"친근하게 부르지 말라고. ……우리는 우는 아이도 뚝 그치는 도적단. 그러니까 뺏으러 왔지. 번영이라는 보물을 말이야."

"……그거, 몇 시간 정도 생각한 등장 대사인가요?"

"너 한번 아픈 꼴을 보는 편이 낫지 않겠냐?!"

내가 여기까지 오는 동안에 얼마나 고민했다고 생각하는 거냐, 이 녀석.

생각해보면 정말로 실례되는 녀석이다. 아무리 아니라고 그래도 우리를 광대 취급하고, 무서워하는 척도 안 하고, 그렇다고

매정하게 대하느냐면 그렇지도 않고, 어쩐지 호의적인 취급마저
한다.

이제까지 누구에게서도 받은 적 없는 취급을 불편하게 느끼며
나는 혀를 찼다.

"칫. 됐으니까 냉큼 가라."

"……정말로 괜찮나요?"

"여긴 제국의 무기고야. 그건 보물이 있다는 소리지."

"우리는 우리 일을 하러 왔을 뿐이야, 일일이 신경 쓰지 말라
고. 너도 폭탄으로 확 터뜨려 버린다."

"그래그래, 보물이랑 같이 팔려가기 전에 사라져."

여기까지 말하니까 간신히 납득한 듯했다.

치녀는 작게 고개를 끄덕이더니 우리를 똑바로 보고,

"……위험해지면 제대로 도망쳐 달라고요?"

"누구한테 하는 말이냐. 도적이 도망치는 데 자신이 없겠냐."

"……고마워요, 광대 분들."

부정해야겠다고 생각했지만 이미 상대는 등을 돌렸다.

그 등을 향해 날아가는 화살을, 나는 몸을 돌리자마자 나이프
를 뽑아서 떨어뜨렸다.

"……역시 사냥개 부대 전임 대장님. 지금 그건 회심의 화살이
었는데 말이죠."

"켁. 여전히 말이랑 정반대로 노림수는 솔직한 녀석이야."

"테리어 대장님……."

"시바, 지금은 네가 대장인가."

이름을 부르자 상대는 자세를 낮추고 칼을 들었다.

"어째서…… 어째서 이제 와서 돌아온 겁니까."

"말했잖아. 아버님이 마음에 안 든다. 그래서 박살 내러 왔다."

"우리는 아버님께 만들어졌어! 그런 우리가 그분께 거슬러서 어쩌겠다고?!"

"그러네. 하지만 우리는 아버지가 아니야."

틀림없이 내가 무슨 말을 하는지 모르겠지. 들리지 않는 게 아니라 이해가 안 된다는 의미로.

이해 불가능, 적의, 그리고 무기를 들이대는 상대를 향해 우리도 천천히 날붙이를 들었다.

"시바, 아키타, 스피츠. 너희는…… 우리 수명을 알고 있나?"

"수명……?"

"그래. 우리는 태어난 뒤로 아직 '불과 5년'이야. 그런데 이렇게나 늙었는데 이상하다고 생각히진 않나?"

"그건……."

"듣지 마라, 아키타, 스피츠!! 현혹시킬 생각이다!!"

"……그래. 그렇군. 우리는 너희를 현혹하겠지."

틀림없이 몰라도 되는 일이다.

가축이 자신의 운명을 모르는 것과 마찬가지로.

인간이 자신이 죽을 때를 모르는 것과 마찬가지로.

우리 역시 몰라도 되는 일인 것이다.

"……빠르냐 늦냐, 그 차이다."

고작 그것뿐인 일이다.

우리는 틀림없이 평범한 인간보다도 빨리 죽는다. 그야말로 개처럼 빨리 나이를 먹는다.

그런 식으로 만들어졌다. 그런 식으로 태어났다.

그러니까 우리는 그런 생물이다. 좋아서 그렇게 태어난 것이 아니다. 아버님에게, 쿠로가네 쿠온에게 일찍 죽는 것으로 정해지고 그렇게 태어났을 뿐.

"하지만 살아가는 방법은 스스로 선택해도 되겠지."

우리는 평범한 인간보다도 훨씬 짧은 목숨이겠지. 하지만 그런 건 어디에나 있다.

불과 한 달 만에 죽는 벌레도, 태어나지 못하고 죽는 갓난아기도, 백 년을 못 채우고 죽는 인간도, 수백 년을 사는 흡혈귀도.

이 세계에는 잔뜩 살고, 죽는다. 우리도 똑같이 살고, 죽을 뿐인 것이다.

"우리는, 애완견이 아니야. 들개처럼 산다. 좋아서 흙투성이로 살고, 마음대로 길에서 죽는다!"

"그게 그 생각이, 우리를 버린 이유냐! 이 배신자가아아아!!"

그래, 그렇다. 네 말 그대로다.

우리는 배신자다. 아버님의 기대에 부응하지 못하고, 제멋대로 살고, 지금 또 멋대로 돌아와서 마구잡이로 행동하려고 하는, 빌어먹을 불량배들이다.

마음대로 산다면 아버님 밑에 있겠다는 선택지도 가능했을 텐데, 그러지 않고 이 길을 선택한 것이다.

옳은가 그른가, 그런 게 아니라 우리는 이 길을 고르고 저 녀석들은 저 길을 갔다. 그것뿐인 이야기다.

"……간다, 닥스, 치와와."

"예, 두목!"

"어디까지든 따라가겠습니다, 두목!"

"그래, 그럼……. 말 잘 듣는 동생들에게 가정 폭력이라도 한 방 날려줄까!!"

어느 쪽이 옳은지, 그런 귀찮은 소리는 하지 않고 우리는 앞으로 나섰다.

과거의 모든 것을 이번에야말로 끝내기 위해.

사냥개 따위가 아니라 들개로서 살고 죽기 위해.

246 틀림없이, 자신이 생각하는 것보다도

"으……."

밖으로 나간 순간, 전투의 냄새를 느꼈다.

그것도 무언가 타는 지독한 악취였다.

주위의 가옥은 불타며 격렬해진 전투를 이야기했다.

"이건 무척 지독한 냄새네요. 반란군 여러분은 무사할까요."

"저기, 아르제 씨. 그 냄새는 주로 제가 불을 지른 탓인 거예요."

"……반란군 여러분은 무사할까요."

"으음…… 서, 서둘러서 돕는 게 좋겠다고는 생각하지만, 다들 열심히 하고 있을 거예요! 예, 연기 따위로 쓰러졌을 테고!"

아마도 나를 구하기 위해서 광전사 모드로 들어간 결과라고 생각하니까 반쯤은 내 탓이기도 했다. 듣지 않았던 것으로 해뒀다.

다행히도 거리에는 주민이 없는 모양이라 피난 같은 문제는 없겠지만, 어쨌든 빨리 모두를 회복시키는 편이 나을 듯했다.

"드디어 왔냐, 밤피르."

"아, 크롬."

스르륵, 그림자에서 나타나듯이 크롬이 다가왔다.

그림자화 스킬은 가지고 있지 않을 테니까 순수한 기술과 소리 없이 이동할 수 있도록 해주는 아티팩트의 힘이겠지만 언제 봐도 대단했다.

"크롬 씨, 탑 안에 있었던 게 아닌 거예요?"

"소동이 커졌으니 밤피르가 내려올 거라 생각해서 기다렸지."

"크롬도 저를 찾아줬나요?"

"흥, 네가 없으면 모두를 회복할 수가 없어서 귀찮잖아."

쌀쌀맞은 말이지만 크롬은 부정을 하지 않았다.

그러기는커녕 그녀는 나를 찌릿 노려본다.

"애당초, 그만큼 나한테는 잔뜩 엮어놓고서 막상 자기 일에는 모두를 두고 가다니, 상당히 제멋대로인 행동이니까 말이지?"

"으⋯⋯."

"이 여우가 얼마나 걱정했을 거라 생각하느냐고. 물론 다른 녀석들도 그래. 조금은 생각을 하고 움직여, 바보도 아니잖아?"

"아, 아으으⋯⋯."

"후후, 크롬 씨한테도 잔소리를 듣고 말았네요."

생각하지 않은 부분의 고언이었지만 대답할 말이 없으니까 겸연쩍었다.

덤으로 이번만큼은 쿠즈하의 조력도 없으니까 나는 얌전하게 시무룩해졌다.

너무나도 내가 얌전해서 그런지 화를 낸 크롬 쪽이 조금 당황하는 모습을 보인다.

"뭐야, 평소답지 않게 얌전한데? 확실히 걱정은 했지만 그렇게 침울해하지 마. 보아하니 다친 곳도 없으니까."

"이런저런 일이 있어서, 아무리 저라도 반성했으니까요⋯⋯."

"간신히 당신 입에서 그 말이 나왔군요."

"으, 아오바 씨⋯⋯."

뒤에서 날아든 목소리에 돌아보니 아오바 씨가 우아한 모습으로 서 있었다.

내가 전생하기 전, 쿠온 가문에 있었을 무렵부터의 지인. 그러니까 다시 태어나기 전부터 내가 폐를 끼친 상대였다.

그녀는 전생에서부터 이어진 트레이드마크인 방울을 딸랑딸랑 울리며 이쪽으로 걸어와서 말했다.

"……정말로, 옛날부터 바보라니까요."

끌어안기는 것도 그런 말을 듣는 것도, 각오하고 있었다.

두르는 팔을 받아들이듯이 나도 그녀를 끌어안았다. 살짝 덩굴이 조이는 게 괴로웠지만 그만큼 아오바 씨가 화났다는 의미였다.

순순히 받아들이자는 생각으로 나는 말을 건넸다.

"……걱정을 끼쳤어요."

"예, 그래요. 훨씬 전부터 걱정했어요. 깨닫는 게 너무 늦어요. ……하지만, 좋은 얼굴로 돌아왔으니까 용서할게요."

"좋은 얼굴, 이라고요?"

"예, 예. 긴…… 아뇨. 아르제 씨의 그 표정이야말로…… 제가 계속 보고 싶었던, 단 하나의 꽃이니까요."

"……그런가요."

이곳이 아닌 어딘가라면 꽃을 피울 수 있다고, 일찍이 그녀가 그렇게 말했다.

아오바 씨가 무엇을 말하고 싶었는지 이제야 간신히 이해할 수 있었던 것 같다.

어린애처럼 자기밖에 못 보고, 그런 주제에 타인에게서 거리를 벌리던 나를 걱정했던 것이다.

작은 싹도 아니고 피어 있는 꽃도 아닌 봉오리 같다고, 그렇게 말하면서.

어깨에 닿는 게 따스한 눈물임을 짐작하며 나는 감사와 사죄를 담아 그녀의 몸을 끌어안았다.

서로가 전생하기 전과는 다른 모습이지만 닿는 감촉은 어쩐지 그리웠다.

"……나중에 제대로 책임지게 할 테니까요. 이제까지의 일들 전부요."

"으음…… 뭐, 제가 할 수 있는 일로 괜찮다면."

"예. 당신밖에 못 해요. 그게 당신은…… 제게, 둘도 없는 사람 이니까요."

아아, 정말로.

이렇게나 소중하게 생각해 주는 사람에게 괜히 조심스러워하고 깨닫지도 못했으니까, 스스로 생각해도 둔해 빠졌다.

이래서는 혼이 나더라도, 정말로 어쩔 수가 없다.

"……저쪽도 괜찮은 모양이네요."

아오바 씨의 체온을 느끼며 시선을 향한 곳에는 다크 엘프 주민들이 있었다.

그들이 있는 장소에는 모셔야 할 영주가 있었다.

"……잘 돌아와 주었어요. 늦어져서 미안해요."

"이 일은 영주님 탓이 아니야. 우리야말로 돌아가는 게 늦어져서 미안하네."

"여긴 발레리아의 땅이 아니지만, 영주님께서 계신다면 무엇보다도 안심입니다."

"고마워요. ……그럼 여러분, 은혜를 갚죠. 저를 구하고, 저의 백성도 구해주신 소중한 은인에게."

그들은 앞으로도 이 싸움에 함께해 준다고 한다.

소수정예로 뛰어든 우리로서는 이 상황에서 전력이 늘어나는 것은 고마운 일이었다. 사냥개 부대에게 한 번 패배했다고는 해도, 지금은 우리가 공격하는 쪽이고 영주의 지휘도 내 회복 마법도 있었다. 어떻게든 되겠지.

"으음…… 아오바 씨, 슬슬 괜찮을까요? 질타는 나중에 얼마든지 들을 테니까요."

"……조금 아쉽지만 떨어져 줄게요. 하지만 제대로 반성은 해주세요."

"예. 이번에는 저도 잘못했다고 생각해요."

"호오, 그건 좋은 일이로군."

"앗?! 네구세오까지……?!"

불쑥 튀어나온 건 삐쳐있는 갈기가 특징인 말, 네구세오였다.

아무래도 데려갈 수 없겠다고 생각해서 도시 밖에 두고 왔을 텐데 어째서 이런 곳에.

내 의문에 대답하듯이 네구세오는 나를 내려다보며 말을 이었다.

"흣. 네가 드물게도 울고 있는 기척을 느꼈으니까 말이다. 서둘러서 달려왔다, 그런 거지. 참고로 벽은 뛰어넘었다."

"뛰어넘어……?!"

"……아르제 씨, 이 아이는 정말로 말인가요."

나와 마찬가지로 네구세오의 말을 이해할 수 있는 아오바 씨가 믿을 수 없는 것을 보는 눈빛을 띠었다.

네구세오는 어쩐지 득의양양하게 푸르릉 콧김을 내뺕는다.

"아르제와 계약을 맺었다. 그 정도는 할 생각만 있으면 할 수 있어. 네가 울고 있다면 더더욱."

"……걱정, 해주었나요."

"당연하지. 너는 내 친구야. 걱정하지 않는 편이 이상하다는 것 정도, 이제 좀 헤아려 줬으면 좋겠군."

"아…….."

그 말에 떠오른 것은 그와 한 번 헤어지려 했을 때의 일.

이제 약속은 지켜서 관계가 없기 때문이라고 말한 내게 네구세오는 화를 냈다.

그리고 어째서 화내는지 알 때까지 같이 있겠다고, 그렇게 말했다.

틀림없이 그것은 그에게 내가 친구이고 보답 따위 필요가 없다, 그런 이야기였을 테지.

다른 사람들과 마찬가지로 그때부터 계속 그는 나를 소중하게 생각해 주었던 것이다.

"……그때도, 그런 거였나요?"

"? 어떤 때 말이지?"

"……아뇨. 됐어요. 이제는 알았으니까요."

"그런가, 알았다면 됐다. ……타겠나, 아가씨?"

여전히 말에 어울리지 않을 만큼 점잖고 고상한 목소리로 네구세오는 내게 말을 건넸다.

그의 등에 타는 것을, 그의 걱정에 자신의 무게를 맡기는 것을, 나는 더 이상 주저하지 않았다.

네구세오도 나의 소중한 친구니까.

"부탁할게요, 네구세오. 모두가 있는 곳으로."

"그래. 누구보다도 빨리 데려다주다마다."

말 울음소리가 울리고 검은 말의 몸이 땅을 박찼다.

아직 쿠온을 무섭다고 생각하는 마음은 있었다.

하지만 과거의 일에 겁을 먹어서 소중한 사람들을 버리고 마는 것이 훨씬 무서운 일임을 깨달았으니까.

설령 폐를 끼치더라도 누군가와 함께 가는 것을, 나는 이제 망설이지 않는다.

"쿠즈하!"

"예, 함께할게요!"

내민 손을 당연하다는 듯이 맞잡았다.

끌어올린 친구의 몸은 스르륵 변화하여 작은 여우의 모습이 되었다.

"다녀올게요, 아오바 씨!"

"그래요, 저는 리셀 씨랑 움직여서 여길 휘저을게요. 나중에 합류해요!"

"예! 달려가세요, 네구세오!"

93

"그래…… 떨어지지 마라!"

"으……!"

풍경이 한순간에 빠르게 움직이며 뒤로 흘러갔다.

파트너라고도 해야 할 말의 전력질주 위에서 나는 마력을 자아내고 마법을 구사했다.

"아픈 거 아픈 거 날아가라."

눈에 띈 반란군 동료들에게 차례차례 회복 마법을 걸면서 돌아다녔다.

이곳에 와 있는 모두가, 긴카 씨가 여기까지 데려오기로 선택한 정예들이다. 부상만 사라진다면 금세 기세가 회복되겠지.

"정말이지, 여전히 터무니없네."

"푸힝?!"

"아, 크롬."

태연한 얼굴로 그놈이 네구세오와 나란히 달리고 있었다.

나를 터무니없다고 평가하지만, 인간의 몸으로 네구세오와 나란히 달릴 수 있는 그녀도 무척 터무니없다고 생각한다. 네구세오도, 굉장한 표정을 하고 있고.

"병력을 다시 집결시키는 건 내가 해줄 테니까 너는 적당히 움직여. 쿠즈하, 그 바보 흡혈귀가 너무 바보짓을 하지 않도록 지켜보라고?"

"예, 맡겨주세요. 또 잘못을 저지르려고 한다면 혼을 내서라도 막을 거예요."

"우와, 전혀 신용이 없어……. 마치 크롬의 가슴처럼 없어……."

"너 나중에 패버릴 테니까 기억해 두라고?!"

빡친 느낌으로 외치면서도 크롬이 우리에게서 떨어졌다.

그녀의 뒷모습을 바라보며 네구세오가 어쩐지 애절한 목소리로 중얼거렸다.

"나보다도 빠른 녀석은 생각했던 것보다 많이 있군……."

"세계는 넓은 거예요. 저는 네구세오의 등, 좋아해요."

"오, 그런가?! 그런가~…… 후후, 맡겨둬라!"

여전히 나보다도 훨씬 어른스러우면서도 무척 단순한 말 씨였다.

평소와 같은 대화로 마음을 진정시키고, 나는 자신의 체중을 거리낌 없이 친구의 등에 맡겼다.

247 전장의 금색

"아픈 거 아픈 거 날아가라!"

"아르제 씨, 조금 지나치게 달리는 거 아닌가요……?!"

"괜찮아요! 아까까지 쿠로가네 씨네 건물에서 낮잠을 자서 쌩쌩하니까요!"

"그건 묶여서 기절했다고 해야 되는 거 아닌가요?!"

듣고 보니 그런 것도 같지만 기분은 오름세였다.

그만큼 마음속에 무겁게 존재하고 있던, 전생에서부터 이어진 인연이라고도 해야 할 존재인 쿠온.

생각했던 것 이상으로 무거운 것은 사실이지만, 극복하고 나니 괜히 그런 일로 고민했다는 사실이 바보 같기도 했다.

"이제 세게 소중한 것은 정해졌으니까요."

이제까지 만나고 나를 걱정해 준 모두가 그랬던 것이다.

그 사실을 깨닫지 못하고 나는 여기까지 와버렸다. 자포자기해서는 스스로 나서서 외톨이가 되려고 해버렸다.

그럼에도 다들 나를 도우러 와준 것이다.

그 마음에 나는 이번에야말로 그르침 없이 응하고 싶다.

"아─, 정말 귀찮아! 냉큼 끝내고 다 같이 낮잠을 자고 싶네요!"

"아르제 씨, 틀림없이 분위기가 살짝 이상해졌다고요……?!"

"개운해졌으니까요, 이제!"

"후후, 나한테도 무척 좋은 기분이 흘러들어와서 좋다만……

지치지 말라고, 아르제."

스스로도 자각은 있으니까 성가셨다.

네구세오에게 이동을 맡기고 회복 마법을 거는 것에 전념했다.

전황을 보고 있을 정도의 여유는 없지만 내가 계속 치료를 한다면 반란군 병력은 실질적으로 무한이다. 크롬의 지휘로 서서히 물리칠 것임에 틀림없다.

"아르제 씨, 모두의 회복은 슬슬 괜찮을 거예요! 페르노트 씨 쪽에서 제국의 황제를 막아주고 있을 테니까 다음은 그쪽으로!"

"알겠어요! 안내를 부탁할게요!"

"예! 냄새는 저쪽에서 나는 거예요!"

이럴 때, 쿠즈하의 코는 정말로 의지가 된다.

나도 흡혈귀니까 후각은 날카롭지만, 피랑 불꽃의 냄새가 이렇게까지 가득하면 정확한 판단은 불가능하다.

한편 쿠즈하 쪽은 이런 어수선한 상황에서도 제대로 후각을 활용하고 있었다. 수인 굉장하다.

"으…… 으아, 지금 굉장히 맡고 싶지 않은 냄새가 났다고요?!"

"예?"

항상 예의 바른 쿠즈하가 으아, 라니 별일이다.

친구의 생각지 않은 반응에 물음표를 띄운, 다음 순간.

"안녕, 아르젠토."

"히엑."

들려온 목소리에 전신에 소름이 돋고, 기운이 확 식어버렸다.

네구세오에게도 갑작스러운 일이었을 테지. 그는 풀 브레이크로 감속해서 그 자리에 멈췄다.

끈적거리는 목소리의 주인은 확실히 쿠즈하가 거북해하는 상대. 좀 더 말하면 나도 전력으로 거부하고 싶은 상대이기도 한 흡혈 공주, 엘시 씨였다.

그녀는 아름다운 얼굴을 조금 불만스럽게 일그러뜨리고,

"정말이지, 둘이서 반응이 심하네. 마음에 상처를 받아버렸어. 저기, 아르젠토, 핥아주지 않을래? 마음은 가슴에 있다고 그러니까 그쪽이면 된다고?"

"전력으로 거절하겠어요."

"아르제 씨한테 다가오지 마시는 거예요! 샤악—!"

금색 트윈 테일을 흔드는 흡혈 공주는 여전히 내게 집착이 담긴 시선을 보냈다.

……이것도 올곧다면 좋겠는데요.

그녀가 내게 보내는 감정은 처음부터 아는 바였다. 여하튼 처음부터 '신부로 삼겠다'라면서 들이닥쳤으니까.

공화국 쪽에서는 동성끼리 결혼도 가능하다고 그러니까 아마도 그녀의 구혼이 그렇게까지 이상한 일은 아니겠지.

다만 그녀의 경우에는 그 욕구에 남들을 휘말리게 하는 것에 주저함이 없다. 원한다면 죽여서라도 빼앗으려는 성격의, 지명수배자. 나로서는 전력으로 거부하고 싶다.

외모는 지금의 나와 마찬가지로 절세의 미소녀지만 그다지 엮이고 싶지 않은 상대였다.

"흐흥. 뭐, 됐어. 아르젠토, 어쩐지 전보다 재밌어 보이는걸."

"그런, 가요?"

"그래. 정말로. 함락시키는 보람이 있는 여자아이가 되어줘서, 나도 기뻐."

"아, 그런 반응이군요…….'

재밌는지 어떤지는 제쳐두고 전보다도 적극적이게 되었다는 자각은 있었다. 물론 그것은 이 세계에서 생긴, 수많은 친구들 덕분이지만.

여전히 포기할 기미가 없는 상대에게 살짝 진력났지만, 호전적인 기척이 없다는 사실을 헤아려서, 나는 상대에게 이야기를 건넸다.

"엘시 씨, 약속대로 와줬군요."

"후후, 물론이야. 약속인걸?"

"아르제 씨를 구하는 것에는 협력해 줬다지만 저는 아직 당신을 용서하지 않았어요!"

"자, 자자, 쿠즈하, 일단 진정하죠?"

"……언젠가의 나는 못 지켰지만, 이번에는 늦지 않은 모양이라 다행이야."

그 말의 의미는 모르겠지만 틀림없이 엘시 씨 쪽도 무언가 납득이 갔을 테지.

내게 짓는 미소는 어쩐지 다정해서 평소의 그녀답지 않지만 아름답다고 생각했다.

"쿡쿡…… 사실은 친구도 함께해서 너랑 잔뜩 사랑을 나누고 싶지만…… 지금은 조금 예정이 빡빡해서."

"빡빡하다니⋯⋯."

"말했잖아, 나는 내 목적을 위해 여기에 있다고. ⋯⋯그렇지, 백작?"

엘시 씨가 시선을 향한 곳에 그것은 있었다.

거적때기를 입고 유령처럼 위태로운 모습이지만 새어나오는 마력만큼은 농밀하게 존재를 주장하고 있었다.

"텅 빈 녀석이, 무척 수다스럽게 이야기하는군."

"『검정 백작』인 거예요⋯⋯?!"

"그래. 절찬리에 서로를 죽여대려는 참이야."

아무것도 아닌 일처럼 말하며 엘시 씨는 앞으로 나섰다.

자세히 보니 그녀의 몸에 상처는 없다지만 피로의 기척이 있었다. 말 그대로 불과 조금 전까지 싸웠다는 의미겠지.

하지만 그녀는 통증에 얼굴을 찡그리지도 않고 말을 꺼냈다.

"백작, 너는 어전히 과묵하네? 내 소중한 사람을 죽였을 때는, 조금은 즐거워 보였는데?"

"그래⋯⋯ 그건 좋은 목소리로 울었지."

"죽이겠어."

살기가 한순간에 부풀어 올랐다.

아름다웠던 미소는 균열처럼 흉악해지고, 살의와 동시에 마력도 뿜어 나왔다.

막대한 힘의 격류가 공기를 흔들고 내 피부를 쓰다듬었다. 직접 살기를 마주하지 않은 나조차도 서늘해질 듯한 기척이었다.

"흔적도 없이, 티끌도 없이 완전히 멸해주겠어, 백작."

"……너는, 거기 은색과 달리, 여전히 텅 비어 있군."

"그야, 당연하잖아…… 내 시간은, 너를 죽일 때까지 계속 멈춰 있다고!!"

피로를 날려버리듯이 엘시 씨가 울부짖었다.

"으…… 건강해져라!"

망설인 것은 한순간. 나는 엘시 씨에게 회복 마법을 걸었다.

겉보기에 상처는 없는 모양이지만 조금 전까지 싸웠다면 마력은 소모되어 있을 터. 조금이라도 그것이 회복된다면 편해지겠지.

사실은 서로 적이라고 할지, 다가오는 쪽과 도망치는 쪽이지만, 그녀는 약속 그대로 나를 도우러 와주었다.

무엇보다도 눈앞의 상대는 엘시 씨와 마찬가지로 강력한 흡혈귀 중 하나로 꼽히는 존재다. 개인적인 원한이라고 해도 싸워준다면 든든했다.

"응…… 아, 좋네, 건강해져……. 후후, 다음에는 침대 위에서 걸어줄래?"

"그런 말이나 할 때인가요, 와요!"

"그래, 오겠지. 바라마지 않는 바야. 아르젠토, 여기서부터는 끼어들 필요 없어! 이건…… 내 원한이니까!!"

어디까지고 제멋대로, 흡혈 공주는 앞으로 나섰다.

분명히 나와 마찬가지로 과거의 일에 마무리를 짓기 위해서.

248 공허들의 잔치

아르젠토가 걸어준 회복 마법으로 몸이 가벼워진 것을 자각하며 나는 앞으로 내디뎠다.

"죽어."

"그래, 죽이러 와라. 가능하다면."

원수는 웃지도 않고, 비웃지도 않고 그저 사실로 그리 말하며 나를 맞이했다.

……정말로, 공허하네.

상대가 말했다시피 텅 비고 공허했다.

왜냐면 백작은 아주 오래 전에 꼭두각시가 되었고, 나는 몇백 년도 더 전의 후회에 사로잡힌 그대로.

우리 사이에 있는 것은 누가 듣더라도 성가시구나 싶을 만큼, 아무것도 낳지 않는 오랜 원한 뿐.

사랑하는 이를 빼앗기고 몇백 년이나 계속 헤맸던 불쌍한 공허와, 계속 빼앗다가 끝내는 자신의 의지를 빼앗긴 불쌍한 공허.

"그렇게 살 수밖에 없거든……!"

아르젠토는 변했다. 텅 비었던 그릇에 무언가가 채워졌다. 저 아이의 얼굴을 보면 알 수 있다. 저 얼굴은 둘도 없는 것을 얻은 자가 할 수 있는 얼굴이다.

이제 저 아이는 누군가가 준 공주님 역할로 귀여움을 받을 뿐인 공허가 아니다. 그래, 그런 것도 사랑할 보람이 있어서 좋다.

하지만 우리는 아니다. 우리는 과거를 뛰어넘지 못하고, 변하지도 못하고, 그리고 그것으로 충분하다고 생각하는 공허한 존재다.

그런 우리를 틀림없이 이렇게 서로를 죽이고자 싸우는 편이 어울린다.

"아하핫! 형태도 안 남게 찢어주겠어! 커스 블레이드!!"

원수를 앞에 두고 내 살의는 최고조.

당연히 마음의 힘인 마법도 평소 이상으로 흉악하게 효과를 발휘했다.

저주의 칼날이 사방팔방에서 솟아오르고 백작을 멸하고자 질주했다.

"어리석다."

고작 한 마디를 내뱉고 상대는 맨손으로 칼날을 정면에서 박살냈다.

유리처럼 흩어지고 파편이 된 저주의 빗속에서 백작은 공허한 눈빛으로 말을 꺼냈다.

"이 어찌나 어리석은가. 공주여, 흡혈 공주여. 몇 번을 말하면 알겠느냐. 네 칼날은 내게는 닿지 않는다."

"해보지 않고서는 알 수 없잖아?"

거짓말이다.

사실은 말하지 않아도 알고 있었다.

검정색, 붉은색, 금색. 최강이라 이야기되는 세 흡혈귀 가운데 틀림없이 내가 가장 약하다.

붉은색은 강하다. 딱 한 번만 봤지만 그건 자신의 영지라면 틀

103

림없이 검정색마저도 능가한다.

검정색도 강하다. 지금 바로 눈앞에 있는 상대는, 틀림없이 이 세계에서 최강이라 불러야 할 존재 중 하나. 혼자서, 누구와도 양립할 수 없다는 약점이 있을 뿐.

나는 다르다. 나는 그들처럼 단일 개체로서의 단순한 강함을 가지고 있지 않다.

언제나 자신에게 유리하게 돌아가도록 암약했다. 정면에서 싸우는 것은 반드시 이길 수 있다는 계산이 선 다음.

내 힘으로는 부족한 것을 보충하기 위해서, 불합리를 가하는 자로 남기 위해서 나는 사전 준비를 게을리하지 않았다.

모든 것이 손바닥 위에 올라오지는 않는다는 것을 알면서도, 올려놓기 위해서 계속 생각했다. 약해도 강한 존재로 있기 위해서.

"블러드 케이지."

그러니까 나는 혼자서 싸우지 않는다.

내 손으로 내 취향에 맞게 개조한 몬스터들. 손수 기른 말들을 나는 거리낌 없이 쏟아부어 가며 소환했다.

"공허에, 공허를 부딪치는 것이냐."

"수단을 고르진 않아. 게다가…… 똑같은 사람들끼리, 서로 잡아먹는 것도 괜찮잖아?"

눈앞에 있는 『검정 백작』도 제국에게 노예가 된 존재다. 내가 사용하는 말들과 그리 다르지 않다.

공허들끼리, 발전 없이 싸우는 것도 나쁘지는 않다.

"……그 개는 없는가."

"밴더스내치는 마음에 드는 아이거든. 두 번이나 소중한 존재가 부서진다면 참을 수 없는걸."

무엇보다도 단일 개체로서의 능력은 지금 꺼낸 아이들 쪽이 위다. 지금 그 아이를 꺼내더라도 도리어 방해가 되어버린다.

어느 것이든 단순한 몬스터나 짐승이 아니라 재해라 불릴 정도로 강력한 힘을 가졌던 생물을 소재로 한 합성 마수.

비장의 아이들이지만 상관없었다. 설령 내 모든 것을 써버리더라도 눈앞의 원수만큼은 반드시 숨통을 끊어놓지 않고서는 마음이 풀리지 않는다.

"어리석구나……."

그리고 상대는 내 예상 이상으로 흉악했다.

드래곤 종류나 환수 같은 강력한 힘을 가진 생물들을 소재로 한 내 부하가 차례차례 부서졌다. 그것도 마법조차 사용하지 않는, 맨손을 이용한 타격으로.

그 모습은 나 따위보다도 훨씬 재해라 부르기에 걸맞았다. 이 정도로는 피로하게 만드는 것조차 힘들다.

"공허해, 공허하다. 너도 허무하게 죽도록 해라, 공주여."

시체의 산을 만들어 내며 적이 다가왔다.

드래곤의 비늘도, 환수의 뿔도, 발톱도, 이빨도, 갑각도, 내가 만든 사랑스러운 누더기들을 모두 피와 살점으로 바꾸며 걸어왔다.

내가 만든 모든 것을 '또 다시' 허사로 돌리며 다가왔다.

"그것도 괜찮겠네."

그날부터 나는 죽은 것이나 마찬가지였다.

소중한 사람을 빼앗겼을 때부터 나는 일그러지고 말았다.

그러니까 여기서 죽는 것도 나쁘지 않다. 어차피 그날부터 텅 비었으니까.

"하지만, 그렇다면 너도 죽어……!"

텅 빈 것은 그쪽도 똑같다.

나 이상으로 빼앗는 것밖에는 삶의 방식을 알지 못한, 재해 그 자체. 그렇게 산 끝에 몰려든 개들에게 쓰러졌다.

다른 흡혈귀 병사들과 마찬가지로 이미 옛날에 자신의 의지를 빼앗긴 주제에, 찌꺼기처럼 끈질기게 남은 의식으로 떠벌떠벌 이야기해서 내 마음을 거슬리게 한다.

"죽어, 죽어, 죽어, 죽어!!"

내가 죽는다면 너도 죽어라. 죽어버려라.

산더미처럼 쌓인 이 시체들처럼 엉망이 되어버려라.

그런 생각을 밟아 뭉개듯이 상대는 내가 손수 기르고 애정을 담아서 만들어 낸 마수들을 고깃덩어리로 만들었다.

"……끝인가, 공주여."

"윽…… 으아아아아!!"

내보낸 모든 생명이 죽고, 나는 앞으로 달려갔다.

저주를 담은 마법의 칼날을 손에 만들고, 정면으로 달려든다.

"자포자기인가. 그렇다면 바라는 대로 해주지."

닿으면 그저 부서질 뿐인 상대의 손날에 어울려 주지는 않았다.

"안개화."

"음……?"

내 몸은 한순간에 흩어지며 상대를 통과했다.

"그 정도라면 내 손에 마력을 싣는 것만으로 대응할 수 있다."

"그래, 그렇겠지."

지금 그것을 그저 피했을 뿐이다.

눈앞의 상대를 지나가서 뒤를 잡았을 뿐.

그것도 백작이 곧바로 몸을 돌리며 의미를 이루지 못했다.

"누가 남자 따위를 만지겠냐고. 칼날 너머로도 사양이야. 내가 용건이 있는 건 '이 아이들'이라고?"

안개가 된 육체를 다시 모아서 내려선 것은 피와 살점의 산.

이미 날 위해서 움직일 수도 없게 된, 귀엽고 가여운 말들.

하지만 움직이지 않더라도 이 아이들은 도움이 된다. 아직 이렇게나 따뜻한 걸.

"아핫…… 아하핫! 아하하하하하하하핫!!"

혈액에는 많은 마력이 깃들어 있는 법.

그리고 우리 흡혈귀는 핏속에서 마력을 흡수하는 것이 특기다.

"사체에서 마력을 빨아들이는 건가요……?!"

"후후, 무시무시하지, 아르젠토. 하지만 쓸 수 있는 건 뭐든 쓰겠어! 이 아이들의 피 한 방울까지 내 것이니까!!"

탐욕스럽다고 해도 냉혹하다고 해도 상관없다.

나는 부조리하게 살겠다고 결정했으니까.

무수하게 쌓인 피와 살점의 산에 손을 얹고 나는 마력을 빨아들였다.

"아하하하하핫!!"

나 하나의 힘으로는 백작에게는 대적할 수 없다.

하지만 그런 일은 이제까지 몇 번이나 있었다.

몇 번이나 내몰리고, 몇 번이나 살해당할 뻔했다. 수많은 원한을 사고, 수많은 습격을 당하고, 지금도 쫓기는 몸이다.

그럼에도 나는 부조리할 것을 포기하지 않았다. 설령 단독으로는 뛰어넘을 수 없는 궁지라도 온갖 수단을 다해서 살아남았다.

"나는 살아남은 거야, 너랑 다르게."

백작은 확실히 강하다. 나보다도 훨씬 강하겠지.

그럼에도 그는 패배했다. 제국의 병사들에게 포위당하고, 붙잡히고, 노예가 되었다.

부조리한 존재가 아니라 그저 장난감으로 전락한 것이다.

"텅 비었다면, 적어도 나한테 복수를 당하고 사라져."

사석인 원한을 삶기 위해서, 나는 빨아들인 마력 전부를 소모했다.

"디재스터……!!"

한 번은 부서진 파멸의 마법을 다시 한번 발동했다. 이번에는 그때와는 비교가 안 될 정도의 마력을 실어서, 원수를 멸하기 위해서 부딪쳤다.

나로서는 이것이 가장 큰 기술이다. 평소에는 원하는 것까지 한꺼번에 부수고 싶지 않으니까 사용하지 않았지만, 지금은 관계없다.

내 원념이 소용돌이가 되어 휘감기며 상대에게 들이닥쳤다. 쓸

수 있는 것은 전부 사용한, 진정한, 단 한 번의 전력. 나 하나가 아니라 산더미 같은 목숨을 성대하게 쏟아부은 일격.

"……디재스터!!"

백작의 목소리가 들렸다.

자신의 마법이 너무나도 커서 시야는 가로막혀 있지만, 그럼에도 확실하게 상대의 말이 울렸다. 아마도 대항하기 위해서 마법을 사용했을 테지.

"깨져라…… 부서져라…… 사라져라…… 죽어라!! 내…… 친구의, 원수우우!!"

원한, 저주, 후회, 분노, 슬픔.

수백 년 동안에 쌓인 모든 감정을, 나는 외쳤다.

부디 이 시커먼 감정이 전부 부서져 버리도록, 기도를 담아서.

"아……."

하지만 그것은 이루어시시 않았다.

파괴의 소용돌이 안에서 백작이 나타났다. 마법에 반쯤 부서진 육체로, 그럼에도 내 앞으로 다가왔다.

"공허하구나."

텅 빈 그릇을 꿰뚫듯이.

간단히, 내 몸에 손날이 박혔다.

249 빈 그릇에 채워진 것은

"읏…… 엘시 씨!"

파괴의 파도가 걷히고 시야가 트였다.

엘시 씨를, 『검정 백작』이 꿰뚫고 있었다.

손날은 복부에서 등으로 나와서, 그녀의 피로 새빨갛게 물들어 있었다.

백작의 몸은 너덜너덜해서 당장에라도 부서져버릴 것만 같이 위태로웠다.

하지만 그것은 엘시 씨도 마찬가지였다. 지금 당장 쓰러져도 이상하지 않았다.

"……커헉."

말이라기보다는 소리가 넘쳐흐르듯이, 흡혈 공주는 피를 토해냈다.

"회복을……!"

끼어들지 말라고 그랬지만 역시나 그냥 놔둘 수는 없었다. 저것은 흡혈귀라도 치명상이 될 가능성이 있었다.

마법을 사용하기 위해서 움직이려던 순간, 나는 믿을 수 없는 것을 봤다.

"아핫…….."

웃고 있었다.

선혈로 스스로를 물들이며, 금색 흡혈귀가, 균열 같은 미소를

111

띠고 있었다.

이쪽으로 흘끗 시선을 향한 엘시 씨의 눈에는 다가가기 힘들 정도의 광기가 서려 있었다. 마치 오지 말라고 그러는 것 같아서 나는 더 이상 움직이지 못하게 되어버렸다.

"닿았, 구나…… 남자, 주제에…… 내, 내 몸에…… 크, 윽……."

"끝이다. 네 피를 빨아서 내 상처는 치유할 수 있다.

"아하, 바보구나……. 끝나는, 건, 그쪽……."

"음…… 그, 억?!"

엘시 씨의 그림자에서 스르륵 검은 그림자가 나타났다.

그것은 사나운 이빨로 백작의 몸을 가차 없이 물어뜯었다. 마치 증오를 드러내듯이.

"밴더스내치, 인 거예요……?!"

"그르르르르르르!!"

엘시 씨가 마지막까시 꺼내지 않았떤, 마음에 드는 마수.

백작의 몸을 찢어발기고 쌍두 마견이 드높이 울음을 터뜨렸다.

"당신에게 원한이 있는 건 나만이 아니야……. 이 아이도…… 주인이 상처 입어서, 화가, 났으니까……."

"설마…… 그것을, 마지막에, 사용하다니. 자신의 손으로…… 죽이는 것에, 고집, 하지 않았나……."

"처음에, 말한 그대로야…… 수단은, 고르지 않는다, 고……. 크, 커헉…… 아하, 아하하하……."

"……훌륭하다……."

더 이상 수복은 불가능할 정도로 부서지면서도 백작은 웃었다.

그의 표정은 어쩐지 밝았다. 긴 밤이 밝은 뒤에 눈부신 아침 해를 보는 것처럼 눈을 가늘게 뜨고서 그는 웃고 있었다.

자아낸 말은 어쩐지 안도한 것 같은 분위기조차 있어서,

"아무리, 빼앗아도, 채워지지 않고…… 헤매고…… 그리고, 끝내는…… 이곳, 인가……."

"그래. 계속 빼앗았던 자답게, 더욱 큰 부조리에…… 부서지는 것뿐이야."

『검정 백작』과 『금색 흡혈 공주』.

두 사람 사이에 무슨 일이 있었는지, 이 두 사람이 어째서 전 세계로부터 두려움을 사는 존재가 되었는지, 나는 모른다.

틀림없이 많은 일이 있어서 그렇게 되었을 테지. 몇백 년이라는 시간 안에서 무수한 일이 있었던 결과겠지.

무슨 일이 있었는지는 모르겠지만 이 순간에, 두 사람의 과거에 있었던 무언가가 끝났다는 사실만큼은 나로서도 이해할 수 있었다.

"……아르제 씨는 저렇게 되지 않아요."

"……예, 저도 그러고 싶어요."

그들과 같은 흡혈귀인 나도 저렇게 되지 않으리라고 단정할 수는 없다.

그럼에도 이렇게 손을 잡아주는 사람이 있는 한, 나는 이대로 있을 수 있으리라 생각한다.

백작의 몸이 점차 사라진다. 육체가 재로 변하여 점차 소멸한다.

엘시 씨를 꿰뚫고 있던 팔도, 너덜너덜해진 몸도, 미소를 띤 얼

굴도, 모든 것이 무너져 내렸다.

"……먼저 가겠다, 금색의 공주여."

"그래. 가도록 해……. 나의, 원한을, 가지고…… 말이야…….."

"크크…… 공허에게는, 어울리는군……."

마지막 말을 꺼낸 순간, 바람이 불었다.

백작의 몸은 재가 되고, 그 재와 입고 있던 거적때기 같은 옷을 바람이 휩쓸고 가버렸다.

그곳에 있었다는 증거조차 남기지 않고, 흡혈귀 하나가 세계에서 사라졌다.

"아아…… 간신히, 끝났어……. 나의…… 긴, 악몽……."

만족스럽게 중얼거리고 엘시 씨는 힘을 잃었다.

휘청 기울어진 몸이 백작처럼 땅바닥으로 내던져지지는 않고, 밴더스내치라는 파트너가 그녀의 몸을 받아냈다.

모든 것이 끝났음을 확신하고 니는 엘시 씨에게 다가갔다.

"치료하는 거예요, 아르제 씨?"

사실, 틀림없이 치료해서는 안 되겠지.

그녀는 자신의 원한을 풀었을 뿐, 무언가가 변한 것은 아니었다.

상처가 낫고 건강해지면 또 어딘가에서 반드시 나를 손에 넣기 위해 참견을 할 것이다.

"……예. 내버려 둘 수는 없으니까요."

귀찮다고 생각하면서도 나는 그녀를 내쳐야겠다고 생각할 수는 없었다.

그녀가, 너무나도 행복해 보이도록 잠들었으니까.

피로 더러워지고 큰 상처를 입었는데도 마치 편안한 꿈을 꾸는 것 같은 표정이니까. 마치 태어나서 처음으로 잠든 어린아이처럼.

마찬가지로 과거의 일에 사로잡혀 있던 나로서는 내버려둘 수가 없었다.

"……아픈 거 아픈 거, 날아가라."

어린아이를 대하듯이 다정하게 머리를 쓰다듬고 나는 마법을 구사했다.

따듯한 빛이 엘시 씨를 감싸고 상처를 치유했다. 대량의 피를 흘렸으니까 바로는 어렵겠지만 서서히 기운이 돌아올 터.

"음…… 아……?"

"어…… 정신이 들었나요."

역시나 생명력이 높은 종족인 만큼 복귀도 빨랐다.

엘시 씨는 잃었던 의식을 간단히 되찾았다.

"후후……. 귀여운 종자의 등에 타고, 멋진 신부의 서비스를 받을 수 있다니. 혹시 나, 천국에 온 걸까?"

"그렇게까지 술술 말할 수 있다면 괜찮겠네요."

싱긋 웃는 얼굴은 이미 평소의 엘시 씨였다.

복수를 마쳤다고 해서 무언가가 변한 것은 아니었다.

그녀는 여전히 그녀, 다만 과거에 있었던 무언가를 청산하고 상쾌해졌을 뿐.

"기운이 났다면 놔둬도 괜찮겠네요. 가죠, 아르제 씨."

"어머, 그런 건 안 돼. 놓치지 않을 거니까 잠깐만 기다려, 조금만 더 기운이 나면 아르젠토를 습격할 거니까."

"그런 소리를 하는데 우리가 기다릴 것 같나요?!"

"어머, 어차피 무슨 소리를 해도 가려고 할 테니까 먼저 선고를 해두자고 생각했을 뿐인데?"

아직 제대로 움직이지도 못하는 것치고는 꽤나 기운이 넘치는 모양이었다.

그렇지만 이런 전개는 곤란했다. 치료하자고 결정한 것은 나인데, 설마 이렇게나 금세 건강해진 것은 물론 의욕까지 가득하다니.

이제 와서 치료를 없었던 것으로 돌릴 수는 없고, 움직이지 못하는 상대를 공격하는 것도 꺼려졌다.

……엘시 씨니까요.

애당초 그녀는 내 동료나 친구가 아니었다. 서로의 목적을 위해서 일시적으로 같은 적을 두게 되었다는, 그것뿐인 관계였다.

아직 우리 쪽의 용건이 끝나지는 않은 상황에서 또다시 적으로 돌아오다니 너무도 제멋대로라고 생각하지만 이런 상대니까 어쩔 수 없었다.

그렇다고 할까, 정말로 기운을 차리는 것이 빨랐다. 이미 밴더스내치한테서 떨어져서는 자신의 다리로 서 있었다.

"어쩔 수 없네요, 그다지 쓰고 싶지는 않았지만……."

"어머, 포기해주는 걸까?"

"예, 엘시 씨의 그 성격에 대해서는 포기했어요. 그러니까 조금, 억지로 갈게요."

"허? ……으음?!"

어리둥절한 상대의 입에, 나는 거리낌 없이 내용물이 채워진

작은 병을 밀어 넣었다. 사전에 준비해서 블러드 박스에 보존한 물건이었다.

갑작스러운 일에 아무리 그녀라도 놀랐을 테지. 아마도 반사적으로, 엘시 씨는 안의 액체를 삼키고 말았다.

"음, 꿀꺽…… 콜록, 콜록! 뭐, 뭐야, 이거…… 어, 어쩐지 이상한 맛이……."

"아오바 씨…… 지인이 만든 술이에요."

"헤? 술……."

내 말을 들은 순간, 엘시 씨는 휘청거렸다.

귀여울 만큼 간단히, 그녀는 그 자리에 주저앉고 말았다. 새하얀 뺨은 술기운 때문에 순식간에 주홍빛으로 물들었다.

사실은 공화국에 있었을 무렵에, 흡혈귀는 알코올에 약하다는 이야기를 사츠키 씨한테서 들었다.

아이리스 씨처럼 술을 마실 수 있는 흡혈귀는 적어서 보통은 단 한 잔으로 헤롱헤롱 취해버린다고 한다. 그것을 지금, 실제로 시험해본 것이었다.

"어, 히, 히끅…… 아, 아르젠토…… 이건, 치사하다고……?"

"……굉장한 효과네요."

명백하게 혀가 제대로 돌아가질 않고, 얼굴이 새빨갰다. 일어서려고 해도 그럴 수가 없는지 부들부들 다리를 떨고 있었다.

그것은 이제까지 본 적이 없는 모습의 엘시 씨였다. 최강 클래스의 흡혈귀일지라도 종족적인 약점에는 이길 수 없다는 건가.

엘시 씨를 대비해서 준비한 특별 대책인데 훌륭하게 효과를 발휘했다.

"응, 아…… 수, 술은…… 히, 끅…… 뜨, 뜨거워…… 에헤, 에
헤헤…… 아르젠토……."

"이건 이것대로 내버려 둘 수 없다는 느낌이 되었는데요……."

술의 효과인지, 어쩐지 들떴다고 할까 확 열이 오른 모습으로
엘시 씨가 안겨들었다.

흡혈귀라고는 여겨지지 않을 만큼 체온이 올라갔고, 나까지 취
해버릴 것만 같이 숨결에서 술 냄새가 났다.

그런 모습으로 내게 달라붙은 것이었다. 외모는 절세의 미소녀
이고 당연하게도 이곳저곳이 부드러웠기에 그렇게까지 거침없이
달라붙으면 역시나 두근대고 만다.

"에헤헤…… 아르젠토, 부드러워……. 내 신부가 되어줄래……?"

"후에, 싫어, 잠깐 어딜 만지고…… 아, 냐앗, 버, 벗기려고 하
지 말라고요?! 아, 잠깐 그쪽이 벗는 것도 그건 그것대로 문제니
까요?!"

"우—! 첫날밤—! 첫날밤을 하고 싶은 거야! 벗고 벗기고 꺄꺄
우후후야아아아!"

"아르제 씨, 어떤 의미로는 자폭했다고요?! 그보다도 이 사람,
취해도 귀찮은데요?!"

취한 주제에 무척 정확한 손놀림으로 내 옷을 벗기려고 드니까
방심할 수가 없었다.

전투가 벌어지지는 않았지만 어떤 의미로는 더욱 성가신 존재
를 만들어 내고 말았을지도 모르겠다.

얼굴을 새빨갛게 물들이고서 거의 반라로 내게 다가오는 엘시 씨는 묘한 박력이 있었다. 그렇다고 할까, 무섭다.

"어, 어어…… 밴더스내치, 맡길게요."

"워홍?!"

번역 스킬을 사용할 것까지도 없이, '귀찮은 주정뱅이를 떠넘겼다'라는 표정으로 밴더스내치는 나를 봤다.

물론 그런 것은 완전히 무시하고, 나는 엘시 씨를 그쪽으로 유도하기로 했다.

"자— 엘시 씨, 폭신폭신 밴더스내치에요—."

"꺄아아아, 밴더스내치! 으흐헤헤, 오늘도 폭신폭신하네……. 자— 착하지착하지……. 응— 냄새가 좋아…… 파묻히겠어……."

완전히 취객으로 변한 엘시 씨가 밴더스내치를 폭신폭신 쓰담쓰담 쿵쿵, 마음대로 가지고 놀기 시작했다.

붙잡힌 쪽에서는 귀찮다고 생각하면서도 주인을 함부로 대할 수도 없는 모양이라 숨 막히는 스킨십을 그대로 계속 당했다.

"뭐, 밴더스내치가 있다면 괜찮겠죠. 이번에야말로 페르노트 씨한테 갈까요."

"어, 어어…… 그건 그렇고 정말로 흡혈귀는 술에 약하네요……. 그러니까 아르제 씨도…… 취하면 저를 폭신폭신 쓰담쓰담…… 꾸, 꿀꺽……."

"쿠즈하, 어째서 저를 빠아안히 보는 건가요. 자, 빨리 여우로 돌아가서 네구세오에 타세요."

어째선지 이쪽을 보는 쿠즈하를 재촉하고 나는 네구세오에

탔다.

흘끗 돌아보니 엘시 씨는 기분 좋게 웃고 있었다.

"……잘 됐네요. 엘시 씨."

틀림없이 앞으로도 그녀와 서로를 이해할 일은 없겠지. 혹은 몇백 년 뒤에는 그럴 수도 있을까.

앞으로도 그녀는 세계에게 계속 민폐를 끼칠 것이다. 나는 그런 위험한 존재를 구하고 말았다.

그럼에도 지금 저렇게 진심으로 안심한 것 같은 미소를 띤 엘시 씨를 보고 후회하는 심정은 들지 않았다.

그녀가 아무리 악인이었을지라도 오늘 그녀는 긴 고통에서 해방되었다.

그 사실은 적어도 엘시 씨에게는 구원이겠지. 조금은 변해준다면 기쁘겠지만 역시나 거기까지는 어려울까.

"정말로 괜찮겠나, 아르제. 저 여자는 성가시다고."

"……뭐, 아마도 다음에 만났을 때에 조금 후회할 거라 생각하지만…… 예, 그래도 괜찮아요."

어차피 흡혈귀로서 긴 삶을 살게 된 것이다.

하나 정도, 귀찮다고 생각하는 상대가 있어도 괜찮을 것 같다.

"가죠. 저희에게는 해야만 하는 일이 있으니까."

어차피 내버려 둬도 또 만나러 올 거라면 '안녕'도 '또 보자'도, 굳이 안 해도 되겠지.

엘시 씨에게서 시선을 돌리고 나는 네구세오를 타고 달려갔다.

250   누군가에게 손을 내미는 것

네구세오의 전력질주에 떨어지지 않도록 나는 몸을 푹 낮췄다.

생각지도 않게 발이 묶였지만, 결과적으로 보면 성가신 흡혈귀를 둘이나 정리했으니까 충분하겠지.

백작을 내버려 둬도 위험하고, 엘시 씨는 멀쩡하게 두면 가장 귀찮은 부분에서 방해를 할 것 같으니까.

"쿠즈하, 페르노트 씨는……."

"조금 더…… 아마도 헤어진 곳에서 이동하지 않았어요!"

"……계속, 혼자서 상대를 묶어두고 있다는 건가요."

여기까지 오는 동안에 내가 기절한 뒤로 무슨 일이 있었는지는 대략 들었다.

쿠로가네 씨가 새로이 만든 『흑요』 같은 아티팩트를 입은 황제에게 긴카 씨가 패배했다는 것.

그리고 모두가 도망칠 수 있도록 페르노트 씨가 홀로 황제에게 맞서고 있다는 것.

시바 씨의 이야기로는, 쿠로가네 씨는 황제 곁으로 돌아갔다고 했다.

아마도 신형 병기의 데이터를 가까이서 얻고 싶다든지 그런 이유겠지.

그러니까 그곳으로 가면 틀림없이 마주하게 된다.

"웃……."

121

몸의 떨림은 공포에서 오는 것.

호흡을 가다듬고 나는 앞을 봤다.

……무서워해도 돼.

앞으로 향하겠노라 결심했다고 해서 그걸로 무서운 게 사라지지는 않았다.

쿠온 가문은 내게 너무나도 크다. 전생에서부터 계속 나는 그곳에서 살았으니까 그 힘을 잘 알고 있다.

도망치고 싶다는 생각은 당연하다. 지금도 가능하다면 만나고 싶지는 않다.

"아르제 씨, 떨고……."

"……괜찮아요. 무서울 때에 손을 잡아줄 사람이 있으니까요."

"……! 예, 예! 가요, 아르제 씨!"

무서운 것보다도 훨씬 소중한 존재가 앞길에 있으니까.

나는 더 이상 가는 것을 주저하지 않았다.

"웃…… 페르노트 씨!!"

나는 드디어 보이기 시작한 그녀의 이름을 외쳤다.

저쪽에서 아직 이쪽은 보이지 않는 모양이었다. 아니, 볼 여유가 없는 것일지도 모르겠다.

그녀가 상대하는 갑옷은 붉은 색채. 세세한 디자인은 다르지만 확실히 『흑요』와 닮았다.

피처럼 선명한 색채를 두른 저것이 제국의 수장인가.

"저렇게 될 때까지……!"

페르노트 씨는 여기저기 너덜너덜하고, 빛의 검을 지팡이처럼 사용해서 어떻게든 서 있는 것 같은 상태였다. 그 검도 일찍이 나를 구하러 와주었을 때처럼 눈부신 것이 아니라 당장에라도 꺼질 것만 같을 만큼 약한 빛을 발하고 있었다.

반면에 붉은 갑옷은 아무것도 안 들고 있지만 자세는 무언가 무도와 연결된다는 것을 알 수 있는, 오싹한 자세였다.

페르노트 씨 뒤에는 검은색 갑옷이 쓰러져 있는 것 같았다. 살아 있는지 죽었는지는 모르겠지만 페르노트 씨는 계속 여기서 긴카 씨와 시온 씨를 지키고 있었을 테지.

"네구세오! 쿠즈하를 부탁할게요!!"

붉은색이 파고들기 위해서 자세를 취한 순간에, 나는 움직이고 있었다.

네구세오에서 뛰어내려 전력으로 몸을 앞으로. 첫걸음부터, 가감 없이 신속 극한의 전력질주로 그녀 곁으로 향했다.

소리도, 바람도, 그 무엇도 제쳐두고 나는 그녀 곁으로 질주했다.

"페르노트 씨!!"

"아르제?!"

"음……!"

내가 나타난 것에 놀랐는지 양쪽의 움직임이 멈췄다.

방어를 위해서 뽑은 칼을 들고서 나는 두 사람 사이로 끼어들었다.

"너는 분명히 쿠로가네가 회수한 흡혈귀…… 빠져나왔나?"

"……아르제, 돌아왔구나."

"예. 늦어져서 죄송해요, 페르노트 씨. ……아픈 거 아픈 거, 날아가라."

너덜너덜해진 페르노트 씨에게 망설임 없이 회복 마법을 펼쳤다.

치유의 바람이 그녀의 몸을 감싸고 상처를 메웠다. 옷까지 고칠 수는 없지만 어차피 제국군의 가짜 제복이니까 나중에 갈아입으면 된다.

"……아아, 정말로. 네 마법은 항상 마음이 편안하네."

"그런, 가요?"

"응. 그게 말이지, 나를 구원해 준 빛인걸."

"……저도 같아요."

"어?"

의문을 흘리는 페르노트 씨의 손에 살며시 닿았다.

빛의 칼을 붙잡은 손은 여성스럽게 매끄럽기도 하면서 어쩐지 안심할 수 있을 것 같은 단단한 느낌도 있었다.

닿아 잇는 곳에서부터 열기를 느끼며 나는 말을 꺼냈다.

"예전에 엘시 씨한테 습격당했을 때, 구해줬잖아요."

"……그랬지."

빛을 잃은 그녀의 눈을 나는 치료했다.

내가 엘시 씨에게 더럽혀질 뻔했을 때, 페르노트 씨가 지켜주었다.

계기는 사소한 일. 길에 쓰러진 흡혈귀를 참견쟁이인 인간이 주웠다는, 그저 그것뿐인 이야기.

그런 작은 인연이 이렇게나 소중한 것이 되었다.

"……그때, 쓰러져 있는 제게 손을 내밀어 줬으니까, 그래요. 그러니까, 저도…… 손을 내밀고 싶다, 그렇게 생각했어요."

은혜를 갚고 싶다는 거창한 말을 쓰지 않더라도 그것으로 충분한 것이었다.

다정하게 대해줬으니까 나도 무언가를 하고 싶다, 고작 그것뿐.

"……잠시 안 본 사이에 무척 적극적이 됐구나."

"친구한테 잔소리를 듣고, 진심으로 울어 버렸으니까요."

"후후. 그건 그럴 만하네."

"……슬슬, 이야길 해도 될까?"

"아, 미안해요. 하세요."

기다려 주는 만큼 무척 고지식할지도 모르겠다.

온몸을 감싼 장비 탓에 표정은 알 수 없었지만, 상대는 페르노트 씨의 몸을 위에서 아래까지 바라보더니 갑옷 안에서 한숨을 내쉬고,

"……내가 입힌 상처를 이렇게나 간단히 없애 버렸네. 이런 수준의 회복 마법이라니, 놀랐어."

"내가 말하는 것도 그렇지만, 이 아이는 터무니없거든. 살짝 눈치가 없지만…… 의지가 되는, 내 은인이야."

"……쿠로가네 씨는 어디에 있나요?"

"응? ……부르는 모양인데, 쿠로가네."

가벼운 태도로 황제가 말을 꺼내고 고개를 돌린 곳.

잠시 시간을 두고 파편 뒤에서 쿠로가네 씨가 나타났다.

"……있잖아, 황제님. 일단 나는 비전투원이라 데이터를 얻고

있을 뿐이니까 내가 있는 장소를 알리지 않았으면 좋겠는데?"

"하지만 이쪽은 네게 용건이 있는 모양이다. 그거야, 붙잡힌 뒤의 처우에 불만이 있었다든지 그런 느낌이 아닌가? 너는 사람의 마음을 모르는 녀석이니까 말이야⋯⋯."

"실험체로 붙잡았다고?! 무슨 호텔 숙박객 같은 기세로 항의하러 올 리가 없잖아?!"

"⋯⋯어쩐지, 익숙하네. 그쪽으로 순수한 사람이 있으면 참 힘들지."

"페르노트 씨, 어째서 이쪽을 보는 거예요?"

이상하네, 마치 내가 잘못했다는 것 같다.

어쨌든 예상대로 상대는 이곳에 있었다.

쿠로가네 씨는 내가 이곳에 온 것에 놀라지도 않았는지 차분한 모습이다.

"어떤 심경의 변화일까? 네 마음은 확실하게 꺾였다고 생각했는데."

"⋯⋯그 가문에 없는 것을 저도 발견했을 뿐이에요."

신기한 감각이었다.

이곳으로 올 때까지는 분명히 무섭다고 생각했을 텐데, 막상 상대하고 보니 생각한 것 이상으로 차분한 내가 있다.

무서운 것보다도 훨씬 크고 따뜻한 마음이 가슴속에 있다.

가슴속의 마음에 격려를 받으며 설 수 있다. 무서워하지 않을 수 있다.

설령 내가 그곳에서 멈춰 서더라도 손을 당겨줄 사람이 있다는 것을, 이제는 알고 있으니까.

"아르제 씨, 기다리신 거예요!"

"예, 쿠즈하. 고마워요."

다가와주는 친구와 손을 잡고 나는 쿠온과 대치했다.

"……그렇군. 너는 이제야 그 지하 감옥에서 나왔다는 건가."

"……쿠로가네 씨는, 어떤가요?"

"나는 어중간한 존재야. 인정을 받더라도 휘두를 수 없는 힘에 무슨 의미가 있을까. 그곳은 나를 인정했지만 사용해주지는 않았어. 미술품이 된 칼에 나는 흥미가 없거든. 무기는…… 피로 젖지 않고서는 의미가 없어."

위험하다고 생각했다.

확실히 이것은 어떤 의미로 그 세계에서는 미처 거둘 수 없는 그릇이었다.

쿠온이 지배하여 표면상으로는 평화로운 세계에 전쟁 같은 것은 없다. 병기를 만들어내는 능력에 특화된 그는 쿠온의 일원이기는 했을지라도 결과적으로 연이 없었을 테지.

그렇기에 그는 쿠온으로서 이곳으로 왔다. 아직 전쟁이 필요한 세계에서, 지배자라는 절대적인 존재가 되기 위해서.

"……막겠어요."

"응. 괜찮지, 막아보도록 해. 무엇이든 정면에서 박살 내는 게 우리 가문의 율법이니까. 그래봐야 나는 기술자니까……."

"제왕인 내가 상대를 하지."

"……황제가 싸운다는 것도 어지간하다고 생각하는데요."

"나도 그렇게 생각하니까 죽지 않도록 가장 좋은 무기를 전해 줬다고."

고개를 절레절레, 어깨를 으쓱이는 포즈를 취하면서도 쿠로가 네 씨는 어쩐지 즐거워 보였다.

그리고 붉은색 빛이 앞으로 나왔다. 양손을 위아래로 둔 완전한 전투태세였다.

……굉장한 기백이에요.

표정은 안 보이고 감정은 알 수 없었다.

그럼에도 상대가 농밀한 살기를 던지는 것은 알 수 있었다.

"그 마법은 아깝지만 손에 넣을 수 있을 것은 아닌 듯하네. 그렇다면 적어도 내 손으로 박살 내지."

"……아르제, 거기서 자고 있는 바보를 깨워. 튼튼하니까 틀림없이 살아있겠지. 그때까지는 내가 처리할게. 쿠즈하는 엄호를 부탁해."

"괜찮나요, 페르노트 씨?"

"그래. ……네 얼굴을 봤더니 기운이 났어."

"아니, 그건 회복 마법을 걸어서 그런 게 아닌가요? 그리고 그렇게나 금세 체력까지 돌아오지는 않는다고요?"

"기분 문제야! 멋없는 소리 말라고!"

안 되지. 어차피 나중에 이번 일에 대해서 잔소리를 들은 것은 확정인데 괜히 더 화나게 만들어 버렸다.

혹시 나, 쓸데없이 한 마디가 더 많았던 걸까.

"어쨌든 냉큼 깨워! 알겠지?! 회복되었어도 우리만으로 이 녀석은 버거워!"

"아, 예! 아픈 거 아픈 거 날아가라!"

허둥지둥 회복 마법을 걸었지만 실제로 살아있는지는 알 수 없었다. 갑옷이 해제되지 않아서 부상 정도를 볼 수도 없었다.

그럼에도 내 마법은 확실하게 발동되었다. 문제는 의식을 잃은 경우, 복귀까지 조금 시간이 걸린다는 점이었다.

회복된 마력을 검으로 돌린 거겠지. 페르노트 씨가 든 칼의 빛이 강해졌다.

말 그대로 시간을 벌기 위해 성기사가 돌격했다.

251 당신의 소리

의식은 어둡고 싶은, 물 밑바닥에 잠긴 것 같았다.

……패배했나.

한심하다. 그만큼 호언장담을 해놓고, 사랑하는 사람인 시온 그 자체인 『흑요』를 입고서는 일격에 쓰러지다니.

"……미안해, 시온."

말을 입에 담아 봐도 대답은 없었다.

애당초 이곳은 캄캄하고, 아무것도 없었다. 아마도 죽기 전에 꾸는 꿈 같은 거겠지.

자신이 이야기하고 있는지 생각하고 있는지도 분명하지 않은 세계.

확실한 것은 하나도 없고 그저 후회만이 마음속을 채웠다.

"시온……."

이름을 부른다. 생각한다. 양쪽 모두를 해봐도 반응이 없었다.

어쩌면 그때, 『흑요』가 부서지는 것과 동시에 그녀도 사라져 버렸을까.

……그렇다면 이제 나도 잠들어도 될까.

반란군이라는 장소는 방랑 중에 우연히 몸을 의지한 곳에 불과하다. 그러니까 원래 입장은 크롬과 똑같다. 다른 것은 내가 스스로의 힘을 휘두르는 방식에 의문을 가졌을 뿐.

지금의 지위에 앉은 것은 단순히 이제까지의 지도자가 차례차례 전투에서 쓰러져서 내가 어느샌가 최고참이 되었을 뿐인 이야기다.

미야마 가문은 오랜 기간 혈통을 이어온 집안으로 무예를 중시한다. 하지만 나는 그 무예를 어떻게 휘두르면 될지, 모든 것을 배운 뒤에도 대답을 내지 못했다.

그러던 그때, 나는 그녀와 만난 것이다. 나와 마찬가지로 힘이 있을 뿐, 마치 어린아이처럼 갈 곳을 잃은 시온과.

"……네가 없다면 나는 그저 힘이야."

틀림없이 나는 한 자루 칼로 존재하면 그만이었을 테지.

그저 누군가가 휘두르기만 하고 언젠가 부러져버릴 뿐인 힘의 소모품이었다면 더욱 편했을 것이다.

그리고 그것은 시온도 마찬가지. 마음 따윈 없이 그저 병기였다면 고민할 일도, 울 일도 없었던 것이다.

"아아…… 어째서 나는…… 우리는…… 이런 식으로 태어나고 말았을까…… ."

기왕이면 칼과 칼집이라도 되고 싶었다.

시온과 나, 그저 한 쌍이라면 고민할 일 따윈 없었는데.

사랑하는 사람의 목소리가 들리지 않는다. 고작 그것만으로 내 마음은 점점 식었다.

의식을 놓고 모든 걸 내팽겨 쳐도 되지 않을까 싶을 만큼, 이제는 그 무엇이든 아무래도 상관없었다.

싸우는 이유도, 살아가는 보람도 모두 그녀가 있었기에 존재했다.

시온이 사라진 내게는 아무것도 남지 않았다.

"……시온…… 시온…… 외로워…… 시온……."

"후후. 불렀나요, 긴카 씨?"

"웃……?!"

의식을 버리려던 그 순간, 나는 바라는 사람의 목소리를 들었다.

"시, 시온……?!"

"예―, 항상 생글생글, 긴카 씨의 공주님, 시온이에요―♪"

"무사했나……?!"

여전히 주위는 캄캄해서 아무것도 보이지 않았다.

하지만 목소리만은 들렸다. 방향마저도 불확실해서 환청인가, 그런 생각도 들지만 사랑하는 사람의 목소리가.

시온의 음색에 비장감은 없고 오히려 어디까지고 평소 그대로, 맥 빠지게 밝은 분위기였다.

"무사, 하다고 할끼 현재 급속 수복과 재기동 중이라고 할까……. 참고로 이거, 긴카 씨의 의식에 융합된 시온의 의식이 섞여 있는…… 뭐, 같은 꿈을 꾸는 상태에 가까워요."

"……그런가. 그리고 이렇게 대화를 나눌 수 있다는 건, 너도 회복되고 있다는 의미겠네?"

"예. 시간은 걸렸지만…… 완전히 부서지는 걸 페르노트 씨가 막아줬어요. 그리고 지금, 긴카 씨의 몸을 아르제 씨가 치료해 주고 있어요."

"다들……."

아아, 이 어찌나 한심한가.

내가 포기하려고 했는데 반란군조차 아닌 그녀들이 지금도 싸우고 있다니.

"후후. 긴카 씨는 시온이 없으면 안 되니까요."

"……대답할 말이 없어."

"예. 하지만…… 시온이 있는 긴카 씨는, 무적이에요."

아아, 정말 내가 생각해도 참으로 한심하고 단순하겠지.

조금 전까지 포기하려고 했는데 연인의 목소리가 들린 순간에 의욕이 생긴다니 너무나도 단순하다.

이래서는 조직의 수장 따윈 해낼 수 있을 리도 없다. 얼른 전쟁을 끝내고 물러나도록 하자.

"갈 수 있겠어, 시온?"

"시온……『흑요』도 드래곤의 신체를 바탕으로 만들어졌으니까 반쯤은 생체 유닛이에요. 아르제 씨의 회복 마법으로 수복도 무척 빨라졌어요."

"그런가. 그럼 보답을 해야겠는데."

의식이 또렷해지는지 서서히 꿈속의 시야가 밝아졌다.

그리고 내 눈앞에 사랑하는 사람의 미소가 있었다.

미소를 띠는 시온을 바라보고 나는 거짓 없는 본심을 이야기했다.

"……나는 그저 한 자루 칼로 존재하면 그만이라고, 지금도 생각해."

"하지만 마음이 있으니까 만나고, 사랑을 하고…… 좋아하는 사람과 함께 살 수 있는 거예요."

"······정말로 너한테는 못 당하겠네."

"후후. 시온의 왕자님은 서투르고, 둔감해요······. 하지만 가장 곁에 있어 줬으면 할 때, 이렇게 끌어 안아줘요. 그건······ 칼이 아니라서 다행이라고 생각하기에 충분한 이유라고요?"

시온이 그렇게 말해주니까 나는 살아가는 의미를 발견할 수 있었던 것이다.

그녀가 없었다면 나는 살고 싶다는 생각조차 하지 않았다.

하지만 네가 있다면 몇 번이든 일어설 수 있다.

왕자님은 공주님이 있기에 처음으로 고난에 맞서고 행복하게 살 수 있는 것이다.

"······사랑해, 시온."

"에헤헤, 나중에 현실에서도 이야기해주세요."

의식이 떠오르는 것을 느꼈다.

틀림없이 눈을 뜰 때가 온 거겠지.

"낮잠이 과했어."

자고 있던 만큼, 싸움으로 갚도록 하자.

서투른 나라도 그것만큼은 자신이 있으니까.

252 날아올라, 소리를 질러

"윽…… 이 무슨 말도 안 되는…… ."

틈을 보고 공격할 수도 없을 정도로, 수준 높은 전투였다.

전에 페르노트 씨와 아오바 씨가 『흑요』와 싸웠을 때 이상으로 격렬한 공격과 응수.

이미 페르노트 씨한테는 몇 번이나 회복 마법을 걸었다. 그럼에도 그 회복이 따라가지 못할 정도로 그녀는 육체와 마력을 혹사하며 칼을 휘둘렀다.

성기사로서 왕국에서도 굴지의 실력자였다는 페르노트 씨. 게다가 나라는 무한 회복이 붙어 있는데도 상황은 팽팽하기는커녕 상대가 밀어붙이고 있었다.

엄호를 부탁받은 쿠즈하도 함부로 끼어들 수가 없는지 그 자리에서 굳어버렸다.

내 쪽도 몇 번이고 마법을 거듭 사용하니까 피로가 느껴지고 있었다. 그럼에도 상대는 멀쩡해 보였다.

"호오, 호오, 호오. 자신이 부서지는 것을 개의치 않고 공격하게 되면 역시나 무시무시한 힘을 발휘하는군. 정말로 맨몸이라면 인류 최강이 아닌가?"

"태연한 표정으로 상대해놓고, 잘도……!!"

"아니, 정말로. 쿠로가네가 만든 이것이 없었다면 나도 이기지 못했을 테지. 하지만…… 그 회복은 적잖이 거슬린다. 쿠로가네."

"예예. 사람 참 거칠게 쓰는 황제님이야."

황제가 이름을 부르자 쿠로가네 씨가 품속에서 무언가 장치를 꺼냈다.

그가 가지고 있는 물건은 분명히 본 적이 있었다.

"저건……!"

"한 번 당했으니 알겠지? 이것 참, 이거 백작을 붙잡을 때에 있었다면 정말로 편했을 텐데 말이야. 자, 꾸욱."

"으…… 아아아아?!"

흡혈귀의 상태를 강제적으로 악화시키는 자기장 같은 것을 발생시키는 기계. 원리는 불명이지만 그것도 쿠로가네 씨가 만든 것이라나.

보이지도 않는데다가 유효 범위도 불명이라면 도망칠 방도도 없다. 쿠로가네 씨가 그것을 누른 순간, 머리를 얻어맞은 것 같은 감각에 시야가 일그러졌다.

"아, 그, 으으으……?!"

"아르제 씨! 큭, 그걸……!"

"이런, 넘겨줄 거라고 생각하나? 나도 자기 방어 정도는 하다마다."

쿠즈하가 달려간 순간, 쿠로가네 씨가 반격을 위해서 움직였다.

그가 손가락을 흔든 순간, 하늘에서 상자가 떨어졌다. 그 모습에서 개화하듯이 갈라지며 이윽고 인간 형태로 변형되었다.

연구소에 배치되어 있던 경비용 로봇, 게다가 더욱 크다.

기계 병사는 짐승처럼 울음소리를 터뜨리지는 않고 말없이 칼을 전개했다. 검의 두께는 그녀의 몸 이상으로, 스친 것만으로 잠시도 못 버티겠지.

"뭐, 틈틈이 만든 장난감이야."

"기계, 라는 영문 모를 물건이네요! 그렇다면…… 불타라! 여우불 '봉선화(鳳仙火)'!!"

이제까지의 경험으로 기계의 약점을 이해하고 있는 쿠즈하가 거침없이 불을 퍼부었다.

"어…… 꺄아아악?!"

하지만 기계 병사는 불꽃에도 멈추지 않고 가차 없이 쿠즈하에게 칼을 휘둘렀다.

간발의 차, 아슬아슬하게 쿠즈하는 회피했다.

"아무리 그래도 이만한 규모의 기체가 되면 나도 방화 정도는 신경 쓴다고."

"윽…… 불이 안 통하는 거예요……?!"

"그런 거지. 그러니까…… 몰렸어, 여우 아이."

"어머, 단정하는 건 아직 이르지 않나요?"

"뭐야……?!"

휘잉, 바람 가르는 소리를 내며 날아온 것이 쿠로가네 씨의 손에서 장치를 낚아챘다.

"아오바 씨……!"

"약속대로 합류하러 왔어요."

자랑하는 덩굴을 구불구불 움직이며 아오바 씨가 즐겁게 머리의 방울을 울렸다.

그녀가 이곳에 있다면 주위의 싸움도 진정이 된 거겠지.

빼앗은 장치를 땅바닥에 내려쳐서 박살내더니 아오바 씨는 희미하게 웃었다.

"이걸로 아르제 씨는 복귀. 그리고 그 기계…… 불이 안 통하더라도 번개는 어떨까요?"

"뭐라고……?!"

"……닿아라."

말과 동시에 번개를 두른 화살이 날아왔다.

리셸 씨가 가진 아티팩트 『낙화유혜(落華流彗)』. 마법 그 자체를 화살로 만든 일격은 정확하게 로봇을 꿰뚫고 완전히 파괴했다.

여기저기서 검은 연기를 뿜어내며 기계 병사가 침묵했다.

"윽…… 젠장, 이 자식들……!"

"어머, 이제야 초조해하는군요."

"제 주민들이 당한 굴욕을 갚도록 히겠어요."

나와 같이 쿠온과 인연이 있는 전생자 아오바 씨, 주민들을 빼앗겼던 리셸 씨.

쿠로가네 씨를 방해할 수 있었다는 사실이 기쁜지 두 사람 모두 신이 나서는 이쪽으로 다가왔다.

"아오바 씨, 리셸 씨…… 와줬군요."

"예. 그리고…… 마지막 배우도 깨어난 모양인데요?"

"어……."

아오바 씨의 말과 동시에 등 뒤에서 기척이 있었다.

돌아보니 그곳에는 확실히 예상한 그대로의 인물이 서 있었다.

"……미안하네. 늦어졌어."

"긴카 씨……!"

"살아있었나 보네요. 영웅은 싸우겠다는 의지가 있는 한은 죽지 않는다는 걸까요."

"……나는 영웅같이 멋진 녀석이 아니야."

자조하듯이 웃고 긴카 씨는 말을 꺼냈다.

『흑요』는 해제되어 있지만, 그녀에게 당황한 기색은 없었다.

그것은 즉, 긴카 씨가 사랑하는 사람 역시도 무사하다는 의미였다.

"그리고 나는 영웅 같은 게 필요 없는 세계를 앞으로 만들 거야. 그러니까…… 시온!!"

"예ㅡ! 부르셔서 찾아왔어요ㅡ!"

"『흑요』라고?! 너는 기능을 정지했을 텐데! 성장한 너라도 이론적으로 버틸 수 없는 일격을 당했잖아?!"

"끈질긴 사랑을 이론으로 잴 수 있겠나요! 아버님은 돌머리! 그러니까 애인도 못 만드는 거라고요ㅡ!"

"사랑……?!"

아무리 그래도 그 대답은 예상 못 했는지 쿠로가네 씨는 당황한 표정을 드러냈다.

시온 씨는 평소처럼 긴카 씨에게 매달리듯이 달라붙었다.

그리고 긴카 씨도 그것을 당연하다는 듯이 받아들였다. 공주님과 왕자님처럼 당연하게 붙어 있었다.

"갈까, 시온."

"예, 긴카 씨."

"'액세스.'"

합일을 위한 말이 울리고 빛이 넘쳤다.

시야가 덧칠될 만큼 눈부신 가운데, 그녀들은 하나가 되었다.

눈부신 빛이 걷혔을 때, 그곳에는 검은 갑옷이 있었다.

"……어쩐지 분위기가 다른 것 같은데."

"수복하는 김에 리빌드를 했으니까요!"

어깨 위에 탄 미니 시온 씨의 말대로 『흑요』의 디자인은 바뀌어 있었다.

드래곤의 갑옷을 입었다기보다는 마치 인간형 드래곤이라고 표현하는 게 나을 듯한 모습. 갑옷의 틈은 거의 없어서 장착한 게 아니라 완전히 융합한 것처럼 보이기조차 했다.

전보다도 기계 느낌이 줄고 어쩐지 생물의 느낌이 늘어난 것처럼 여겨지는 모습. 긴카 씨는 주먹을 쥐이가며 상태를 확인했다.

"흠…… 기계 부분은 거의 파손되었으니까 자기 진화랑 나와의 접속도를 높이는 것으로 보충한 거로군."

"후후, 역시 긴카 씨. 그래요, 이것이…… 『흑요』의 최종 결전 폼이에요!"

"이런 짧은 시간 만에 재구축했다고…… 말도 안 돼, 그건! 그런 기능은 어디에도 없었을 터……. 병기가 진화해도 원래부터 없었던 것이 생길 리가……!"

"하지만 현실에서 우리는 진화하고 있지. 설계도 그대로의 성장밖에 없다니 진정한 진화라고 부를 수 없겠지. 한계를 정한 건 너뿐이야.”

말과 함께 『흑요』가 몸을 낮추었다.

명백하게 등 부분에 열기가 깃들어서 돌격을 위한 추진력을 모으는 것을 알 수 있었다.

“페르노트, 그건 우리가 맡지!! 물러나, 네 몸도 한계잖아!!”

“윽…… 맡기겠어! 긴카, 시온!!”

긴카 씨의 목소리를 듣고 페르노트 씨가 거리를 벌렸다.

아직 황제는 지친 기색도 없고 갑옷에는 상처 하나도 없었다. 떨어진 상대를 쫓지 않고 자세를 바로잡으며 상대는 말을 꺼냈다.

“깨어났나, 『흑요』의 주인.”

“그래. 그리고, 간다.”

그 말에 응하듯이 『흑요』가 나아갔다.

스스로를 탄환으로 한 포격 같은 돌격. 전에 페르노트 씨가 막아냈을 때와는 차원이 다른 출력인 그 공격을, 황제는 물러나지 않고 맞받아쳤다.

흙먼지를 일으키고, 그렇지만 날아가지는 않았다. 돌격의 위력은 완전히 상쇄되어 힘이 완전히 맞섰다.

“으, 윽……!”

“……재미있어. 방해가 없는 곳으로 가지.”

“큭…… 우리까지 붙잡고서 날아갈 생각인가요?!”

시온 씨의 말대로 붉은색 갑옷이 등에서 에너지를 뿜어내어 비상했다.

가로막혔던 『흑요』 역시도 하늘 높이 휩쓸려 올라갔다.

"긴카 씨, 시온 씨!"

"괜찮아! 너희는 그 남자를 감시해라!!"

"예! 얼른 정리하고 올게요!!"

더는 아무도 끼어들 수 없는 높이에서 최후의 싸움이 시작되려 했다.

253 좋은 일이었다

"자, 페르노트 씨. 항상 입는 옷이에요. 너무 너덜너덜하니까 갈아입으시는 거예요."

"그래. 고마워, 쿠즈하. 역시 이쪽이 마음 편하네."

평소의 옷을 받고 페르노트 씨는 근처의 파편 뒤로 사라졌다.

잠시 후, 평소 그대로의 모습이 된 페르노트 씨가 돌아왔다.

"아무리 그래도 저런 고공에는 제 회복 마법도 안 닿겠네요."

하늘로 날아간 검정과 빨강을 올려다보고 나는 중얼거렸다.

흡혈귀의 시력으로 충분히 보이지만 저곳으로 갈 생각이라면 나도 박쥐로 변할 필요가 있다.

그리고 그 모습으로 가봐야 도리어 방해가 되어버릴 뿐이겠지.

일단 일부분만 바꿀 수도 있기는 하다지만, 그것도 연습한 것은 아니라서 제대로 움직일 수 있다는 보증은 없다.

"그렇다면 지금은 두 사람을 믿고…… 이 사람을 감시하는 것밖에 없겠네요."

"그러네요. 내버려 두면 무슨 짓을 할지 모르니까요."

"그래. 이런 타입은 본인의 능력이 없는 만큼 어떤 패를 감추고 있을지 알 수 없는걸."

"……이상한 움직임을 보인다면, 쏘겠어요."

"꽤나 미움을 받는군, 나도."

"호의적일 요소가 무엇 하나 없으니까요."

143

모두에게 둘러싸여서도 쿠로가네 씨는 여유를 무너뜨리지 않았다.

조금 전에 긴카 씨가 일어서고 『흑요』가 신형이 되었을 때는 놀란 모양이지만 이미 마음을 가라앉힌 듯했다.

"걱정 안 해도, 이 상태로 움직이려는 생각은 없어. 설령 그녀들이 아무리 강할지라도 신형 『홍옥』의 상대가 되지는 않아. 나는 느긋하게 황제님이 일을 마치고 돌아오는 걸 기다리기로 하지. 그때, 입장이 역전되겠지."

"……약점 하나라도 뱉어내게 만들어야 할까요?"

"헛수고야, 아오바. 이 녀석은 이야기 안 해. 그런 얼굴을 하고 있는걸."

"후후. 역시 성기사님은 사람을 보는 눈이 있으시네."

페르노트 씨의 말에 고개를 끄덕이며 쿠로가네 씨는 근처의 파편에 앉았다.

이만한 적의와, 리셀 씨에 이르러서는 활을 들이대고 있는데도 그의 모습은 평온하기조차 했다.

"……모든 게 끝나면 당신을 구속하겠어요."

"괜찮겠나, 긴…… 아니, 아르제. 지금 여기서 나를 죽이지 않는다면 후회할 거라 생각한다만?"

"그런 판단을 내리는 건 제가 아니니까요."

내가 여기까지 찾아온 것은 그와 대화를 나누기 위해서였다.

전생해서도 또다시 쿠온을 자칭하는 그의 진의를 알고 싶었다.

그리고 그것은 이미 이루고 말았다. 단절이라는 대답을 얻고 말았다.

틀림없이 아무리 대화를 나누어도 우리가 서로를 받아들일 일은 없다.

그렇다면 남은 것은 이 세계에서 사는 사람이 그를 어떻게 하느냐, 그것이겠지.

나는 그저 자신의 투정으로 여기까지 왔을 뿐, 누군가를 심판할 권리 따윈 가지고 있지 않으니까.

"하지만…… 이 이상, 모두를 상처 입히게 두지 않겠어요."

"……그런가. 정말로 너는 그 세계에 맞지 않았을 테지."

"저는, 그걸로 괜찮다고 생각해요."

그 세계에서 살 수 없었으니까 이 세계에 다시 태어날 수 있었다.

과거의 내가 행복했다고는 생각하지 않고, 많은 사람에게 폐를 끼치고, 슬프게 만들기도 했다고 생각하지만.

지금 이렇게, 내가 이곳에 서 있을 수 있는 것은 전생을 할 수 있었기 때문이다.

원래는, 본래대로라면 만날 수 없었다.

하지만 여행 동료만이 아니라 이 세계에 와서 만난 모든 사람들과, 나는 만날 수 있었다.

쿠온의 실패작으로 죽는 것만으로는 얻을 수 없었던 많은 것들을 이 세계에서 얻을 수 있었던 것이다.

"틀림없이 이 세계에 온 것은 제게 좋은 일이었어요."

그저 공허하고 텅 비어서 도저히 살아있다고는 할 수 없었던 존재가, 이렇게 살아있는 것이 기쁘다고 여겨지는 곳까지 올 수 있었던 것이다.

그것은 과거의 괴로움을 자각하거나, 후회하거나, 좋은 일만도 아니었지만, 그래도.

"저는 지금의 제가…… 아르젠토 밤피르가 좋으니까요."

처음으로 자신을 좋다고 생각할 수 있었던, 그 계기를 준 이 세계가 나는 마음에 들었다.

그러니까 가능한 만큼의 일을 하자고 생각한다. 정말로 위태로워진다면 『흑요』 엄호라도 갈 생각이다.

"……긴카 씨, 시온 씨."

말이 닿지 않는다는 것을 알면서도 나는 두 사람의 이름을 불렀다.

하늘 위에서는 검정과 빨강이 몇 번이고 맞부딪치며 비명 같은 격돌음을 연주했다.

254 언젠가 돌아갈 곳

"윽⋯⋯!"

출력의 상승에 스스로가 휘둘리는 것은 자각했다.

시온이 의욕을 발휘해서 『흑요』를 조정해준 것은 기쁘지만 조금 힘에 겨웠다.

단시간의 조정인데도 상당히 출력이 커진 것이었다.

"괜찮나요, 긴카 씨?"

"⋯⋯문제없어. 너를 소화할 수 있는 건 나뿐이니까."

"어쩜, 독점욕이 강한 긴카 씨도 멋져⋯⋯."

"사이가 좋군."

"⋯⋯부럽나?"

"조금. 하지만 나는 지배하는 쪽이 취향이라서 말이야."

그럼 서로를 이해할 일은 없겠군.

납득이 갔기에 더 이상 거리끼지는 않았다.

예상 이상으로 강력해진 출력. 조종하긴 힘들어졌지만, 달리 말하면 기존에 생각하던 것 이상으로 자신이 움직일 수 있게 되었다는 의미였다.

"시온, 마력 수속도의 출력 제어는 맡기겠어. 아슬아슬한 한계까지 끌어올려!"

"걱정하지 않아도 자기 진화하면서 겸사겸사 리미터같이 복잡한 건 폐지해 뒀어요!"

"이 어찌나 말괄량이인지······!!"

남아도는 힘을 제어하는 것을 그만두고 나는 마음껏 휘둘렀다.

양손으로 빛나는 칼을 휘두르자 참격이 빛의 꼬리를 끌며 돌진했다.

이제는 드래곤의 비늘조차 간단히 찢어버릴 정도의 출력. 상대는 그것을,『홍옥』이라는 강화가 있었다고는 해도 맨손으로 받아냈다.

······굉장한 전투 기술이야.

두르고 있는 것이 아티팩트라고 해도 그것은 어디까지나 강화복에 불과하다.

무기를 가지고 있는 만큼 이쪽이 공격 범위가 더 넓다. 그것을 처리하며 앞으로 나오는 것은 상당한 달인이 아니고서는 불가능하다.

이렇게 맞붙어보면 그녀가 그지 옥좌에서 거만하게 굴지만 않고 피가 배어날 법한 수행을 했다는 것을, 간단히 이해할 수 있었다.

"역시나 미야마 본가의 혈통. 잘 단련되어 있어. 그만한 힘을 가진 아티팩트를 이렇게까지 다루다니."

"칭찬해 주셔서 영광이다만······, 그렇다면 냉큼 박살 나주면 고마울 텐데"

"그건 안 되지. 나는 내 세계의 전부를 이 손에 넣기로 결정했다. 그럴 수 없다면 이 세계를 내 손으로 부수겠다고도 결정했다."

"무엇이, 무엇이 당신을 그렇게까지 하도록 만드는 건가요?!"

"······아무것도 가지지 못하고 태어났으니까."

『홍옥』안에 있는 눈동자의 빛이 흔들렸다.

주고받는 공방을 멈추지 않고 황제는 스스로에 대해서 이야기했다.

"나는 선천적으로, 스킬을 가질 힘이 없다."

"무기능자인가……?!"

이 세계에 태어난 이들은 스킬이라는 가호 같은 것을 받는다.

그것은 재능이기도 하고 육성할 수도 있는, 세계의 보조 같은 것이다.

하지만 극히 드물게 그 스킬을 전혀 지니지 않은, 또한 후천적으로 취득하는 것도 어려운 이들이 있다.

그렇게 스킬을 가지지 않은 존재가 그녀라면 더더욱 이상했다.

스킬을 통해서 끌어올린 내 전투 기술에 순수하게 단련한 기술만으로 대응한다? 달인은커녕 하나의 극한에 도달했다고 해도 된다.

서로가 『흑요』와 『홍옥』으로 무장하고 있다는 것을 고려해도 그녀의 전투력은 심상치 않았다.

"나는 이 세계에게도, 부모에게도 축복받지 못했다. 태어나서는 뒷골목에 버려지고, 세계의 가호도 얻지 못했다."

"그러니까…… 미워하는 건가, 이 세계를?!"

"반대다. 나는 사랑해. 이 세계의 모든 것을 사랑하지. 하지만 내가 아무리 애가 타도…… 세계는 나를 축복하지 않는다."

"윽…… 그래서, 손에 넣겠다고……!"

"그래. 다가갈 수 없다면, 손을 내밀어도 뿌리친다면, 손안에서 으스러뜨리더라도 나는 그것을 바란다."

아무것도 가지지 못하고 태어났으니까 모든 것을 바라는가.

아니면 아무것도 가지지 못하고 태어났으니까, 무엇을 바라면 될지조차 모르는가.

판단할 수 없었다. 그녀는 나로서는 이해할 수 없는 사고를 하고 있다. 아니, 이 사고를 이해해서는 안 된다는 생각마저 들었다.

동정도 이해도 해서는 안 되는, 그저 적대해야만 한다는 자신의 직감에 나는 따랐다.

"시온! 에너지는?!"

"충분히 모였어요!"

"그렇다면, 쏜다!!"

기계 부분은 거의 상실했지만 『흑요』의 에너지를 공급하는 것은 주로 드래곤의 심장, 다시 말해서 천연의 노심(爐心)이다.

본래의 드래곤이리면 소용돌이치는 에너지를 드래곤 브레스로 방출하겠지만, 『흑요』는 그 열량을 집약해 발사하는 것이 가능하다. 그냥도 위력적인 드래곤의 숨결을 더욱 고열량으로 발사할 수 있는 것이다.

산을 날리고 바다를 가르는 마무리용 무장 사용을 나는 주저하지 않고 결단했다.

눈앞에 있는 상대는 그렇게까지 해야만 하는 상대라고 생각했으니까.

"그건 좋은 판단이야. 확실히 이 몸에는 마법을 사용할 힘이 없지. 『홍옥』이라는 보조 도구가 있어도 나로서는 드래곤의 마력을 제어하여 발사할 만큼의 스킬과, 무엇보다 경험이 없어."

이것밖에 모른다, 마치 그렇게 말하기라도 하듯이『홍옥』은 주먹을 들었다.

"그렇기에『홍옥』은 모든 권능을 타격과 방어에 전념하고 있다. 정면에서 박살내는 것 말고 나를 막을 수단은 없다."

"그렇다면 그렇게 할 뿐이야……!"

하나로 합쳐진 양팔이 포대를 이루었다.

자신의 팔을 에너지가 통과하는 길로 사용하는, 최대의 화력.

압축된 드래곤의 불꽃은 빛이 되고, 발사되기 전부터 심상치 않은 열기를 방출했다.

"수속, 완료! 쏠게요!!"

"으…… 가라아아아아아아아!!"

공중에서의 초고에너지 발사는 반동으로 내 몸을 크게 후퇴하게 만들었다.

『흑요』의 바이저 너머로도 알 수 있는 격렬한 광량.

시온의 애드립으로 자기 진화를 해냈기 때문이겠지. 수속포의 화력은 이전보다도 더욱 올라갔다. 아마도 지상에서 발사했다면 주변 일대가 초토화되었을 테지.

"……한 팔을 반파시킬 정도의 출력이라니. 훌륭하군."

두렵다.

거짓 없는 전력. 지금의 우리가 발사할 수 있는 최대의 화력을 정면에서 '때려서' 막다니, 제정신으로 할 짓이 아니다.

그것을 해내고서도 우리의 공격을 칭찬하는 황제의 말이 울렸을 때, 나는 공포마저 느꼈다.

아마도 정면에서 정권으로 대응했을 테지. 스스로 추측하고도 머리가 아프지만 그렇게 생각할 수밖에 없었다.

이 여자는 한 점으로 집중시킨 드래곤의 숨결을 정면에서 때려서 해결한 것이었다.

"지금 그걸로 간신히 한 팔이 반파…….. 저, 긴카 씨도 무척 그렇다고 생각했지만, 세상은 넓네요."

"뭐, 기술자의 솜씨가 좋거든. 아무리 나라도 맨몸으로 이렇게는 못 한다고."

"맨몸으로 당해낼 수 있겠느냐!"

막는 것뿐이라면 페르노트도 할 수 있겠지만, 저렇게까지 태연한 분위기는 아니었다.

방어를 해냈다는 것보다도 그것을 아무렇지도 않은 일처럼 취급하는 태도에서, 진정 광기가 느껴졌다.

의지나 용기로 공포를 굴복시킨 것이 아니라, 처음부터 자신의 목숨이 상하는 것 정도는 아무렇지도 않게 생각하는 듯한 상대의 언동이 무엇보다도 두려웠다.

"황제, 너는……. 사람의 마음을 지니지 못한 주제에 지나친 힘을 가진 것 같군."

"너무하네. 이래봬도 부하에게는 경애를 받고 있다만."

"……그게 가장 위험해."

아마도 이 녀석은 위태롭다.

터무니없는 힘과 끝없는 이상을 내세우고 있는 주제에, 위태롭다.

인간다운 마음 따윈 전혀 가지지 않은 주제에, 누군가가 도와주어야만 한다는 마음이 들게 만드는 분위기를 지닌 존재가, 큰 야망을 품고 있다.

그것이 그저 원한다는 순진무구한 바람이기에, 사악보다도 질이 나쁘다고 할 수밖에 없다. 그 욕망이 향하는 것이 세계 그 자체니까.

게다가 그녀가 사람에게 향하는 눈빛은, 같은 존재를 보는 눈빛이 아니라 애완동물을 바라보는 그것이었다.

그리고 그 애완동물에게 물린다면 가차 없이 턱을 부수고, 그럼에도 굴복하지 않는다면 죽이는 것조차 태연한 표정으로 해치운다.

그런 존재는 더 이상, 우리와 같은 사람이 아니다.

"……괴물 자식."

"혹은 신이겠네요. 신도에게는 숭배를 받지만…… 주위에서 보면 사신(邪神)이에요."

"지독한 소리를 하는 모양이군."

신이든 괴물이든, 저것은 여기서 막아내야만 한다.

이 녀석은 자신의 비호 아래에 있는 자에게는 한없는 은총을 베풀지만, 그 이외의 모든 것을 모조리 부수는 위험물이다.

"시온, 최후의 마무리다."

"예. 알고 있어요, 긴카 씨."

반파라고는 해도 상대의 한 팔을 망가뜨렸다.

상대에게『흑요』와 동등한 치유 능력이 갖추어져 있다면, 내버려 두면 수복되어 버린다.

간신히 보인 돌파구를 비집어 열고자 나는, 우리는 돌격을 감행했다.

"오는가, 괜찮겠지."

황제는 물러나지 않고 한 팔을 살짝 내리며 자세를 잡았다.

승리를 위해서 나는 수단을 고르지 않았다. 마력을 수속해서 만들어 낸 칼날로 철저하게, 상대의 망가진 팔을 혹사시키기 위해서 힘껏 움직였다.

화려하지 않은, 적을 무너뜨리는 것만을 노리는 행위. 누군가는 비겁하다고 할지도 모른다.

……전쟁이란 그런 법이다.

역시 내게 영웅이라는 말은 과분하다.

하지만 적어도 지금 이 순간만은, 나와 시온은 두 자루 칼이다.

이 너머에 있는 미래를 둘이서 살아가기 위해.

지금 우리는 아주 한순간만 괴물을 죽이는 영웅이 되자.

"오오오……!"

"하아아……!"

시온과 나, 두 사람의 목소리가 겹치고 칼의 속도를 끌어올렸다.

참격은 날카롭고, 연주하는 격돌은 무겁고, 풍경은 붉다.

이만한 속도와 예리함을 가지고도 상대는 기술로, 힘으로, 장갑으로 이쪽의 공격을 계속 막는다. 그에 그치지 않고 반격까지 때려 박는다.

"흠!"

"컥…… 큭, 통각, 차단!"

"대미지 컨트롤도 이쪽에서 할게요!!"

타격을 받고 의식이 날아가지 않았던 것은 요행이었다.

역시 자기 진화로 방어력이 올라갔다. 그렇다 해도 몇 번이나 막을 수는 없다.

통각 차단은 의식이 날아가는 것을 방지하기 위함. 타격의 대미지는 분명히 쌓이고 있다. 뼈가 삐걱이는 게 어딘가 부러진 모양이지만, 통증은 없으니까 신경 쓰지 않았다.

"그, 오오오오!!"

"좋아, 좋다고! 좋은 부정이다! 박살내는 보람이 있어!"

"즐겁다는 듯이, 전쟁을 하지 마……!!"

입 안의 피 맛을 느끼며 나는 울부짖고 있었다.

이것이 좋을 리가 있겠는가. 이런 건, 이런 싸움은 누군가가 누군가를 해하는 것뿐이다.

서로가 자신의 정의를 내걸고 있다. 어느 쪽이 정답이었는지, 그런 것은 후대의 역사가가 멋대로 논의하겠지.

하지만 이 순간에 흐르는 피는 양쪽 모두 진짜다.

지금 이 순간에, 서로가 아픔을 얻고 주는 우리에게, 정의고 악이고 있겠느냐.

"으아아아아……!"

한계 따위 진즉에 넘어섰다. 아픔은 없지만, 온몸에서 기분 나쁜 소리가 났다.

그럼에도 나는 무기를 휘두르는 것을 그만두지 않았다. 상대의 팔에는 무수한 균열이 있었다. 그것을 더욱 깊이, 더욱 많이, 더욱 부순다.

……아아, 정말로.

어째서 나는 한 자루 칼이 아니었을까.

칼이라면 이렇게 마음이 뜨거워지고, 자신의 사지로 뛰어들 일도 없었을 텐데.

"그, 어……?!"

"박살 나서, 떨어져 버려라아아아아!!"

상대의 한 팔이 드디어 부서졌다.

아마도 『흑요』처럼, 드래곤의 육체와 기계라는 녀석으로 만들어진 『홍옥』의 팔이 분쇄되었다. 피투성이인 본체의 주먹이 허공에 노출되었다.

"흑……!"

갑옷이 박살나며 통증을 느꼈을 테지.

상대가 반사적으로 한 팔을 감싼 순간. 자세가 완전히 무너진 절호의 타이밍을 우리는 놓치지 않았다.

"평화로운 세계를……!"

"행복을……!"

""우리는, 붙잡겠어!!""

살아있는 한, 바라는 것.

칼이 아니기에, 바랄 수 있는 것.

곁에 있는 사랑하는 사람의 기척을 느끼며 우리는 나아갔다.

""가라아아아아아아아아!!""

더 이상 칼날도 아니고 포격도 아니다.

2인분의 감정과 남은 에너지를 모두 담은 전력으로 두들겼다.

"……아아, 역시. 너희는 훌륭해."

온몸을 뒤덮고 있던 갑옷이 벗겨지며 빨강이 추락했다.

깨진 가면 안쪽의 눈은 틀림없는 미소였다.

255 지는 해

"해냈어……!"

결정적이라고도 할 수 있는 일격이 들어가는 것을 나는 눈으로 확인했다.

긴카 씨와 시온 씨의 『흑요』. 그 혼신의 타격이 황제가 두른 갑옷을 박살 낸 것이었다.

"……아니, 떨어지는데요?!"

"윽…… 아오바! 받아낼 수 있겠어?!"

"예예, 맡겨두세요~."

페르노트 씨의 말에 아오바 씨가 응했다.

자랑하는 덩굴을 짜서 즉석 그물 같은 것을 만들었다.

하늘에서 떨어진 세 사람은 땅바닥에 부딪히지 않고 덩굴 안으로 들어왔다. 황제만이 아니라 긴카 씨와 시온 씨도 융합을 풀고 있었다.

"자, 아픈 거 아픈 거 날아가라—."

"……고맙네. 솔직히 이제는 손가락 하나 움직일 여력조차 없었으니까."

"아하하, 시온도 한동안은 못 움직여요—…… 풀썩……."

그만큼 격렬한 전투였으니까 당연하겠지.

이미 결판은 났으니까 천천히 쉬었으면 좋겠다. 회복 마법은 걸었으니까 금세 건강해질 테지만.

"……어째서냐."

의문, 이라기보다는 분노의 말이 울렸다.

몸을 떨며 말을 꺼낸 것은 쿠로가네 씨였다.

"『흑요』의 성능은 『홍옥』의 절반 이하일 텐데……. 애당초 콘셉트가 달라…….『흑요』는 전생자를 도시와 한꺼번에 섬멸하는 것까지 시야에 둔 병기지만,『홍옥』은 황제 전용으로 만든 절대적으로 안전한 캡슐이자 절대로 지지 않기 위한 무장이야……. 정면에서의 전투라면『흑요』가, 아니, 현존하는 병기나 개인이 이길수 있을 리가……!"

"아르제 씨, 저 사람 뭔가 잘 모를 소리를 꺼냈어요……. 전생이라느니 섬멸이라느니……."

"아―, 어―…… 전문용어 같은 거라고 생각해요."

혼자서 생각에 들어가는 건 상관없지만 그걸로 이 세계에 이상한 정보가 넘어온다면 설명이 귀찮으니까 내 쪽에서 적당히 얼버무려두기로 했다.

……역시나 충격이 컸나 보네요.

쿠로가네 쿠온. 그는 기술자다.

게다가 쿠온으로서 완성된 존재. 뛰어난 능력을 지녔다.

우리가 원래 있던 세계와 비교하면 문명 수준이 현저하게 낮은이 세계에서 기계 문명을 확립시켰다.

그것만이 아니라 마법이나 아티팩트같이 우리가 원래 있던 세계에 없는 기술마저 도입하여 새로운 병기를 만들어 낸 것이다.

틀림없는 천재, 혹은 괴물이라 불러도 된다.

"기술자가 자신의 병기 스펙을 잘못 보다니, 미쳐버릴 일일 테니까요."

아오바 씨의 말이 옳겠지.

그에게 이 결과는 있을 수 없는 일.

자신이 만들고 자신이 우열을 붙인『흑요』와『홍옥』. 그 둘이 맞부딪쳐서『흑요』가 이긴 것은, 그로서는 도저히 인정할 수 없는 일이었던 것이다.

"네가 입은 그건, 뭐냐……. 정말로 내가 만든 것이냐……?!"

"……사람은 태어날 방법은 고를 수 없어. 하지만 살아갈 방법은 고를 수 있지."

아아, 정말로.

이 어찌나 눈부신 말일까.

내가 쿠온 긴지로 태어난 것은 내가 바란 것이 아니었다.

하지만 내가 아르센토 뱀피르로서 살아온 것은 나 자신이 선택한 일이다.

내게 건네었을 리가 없는데도, 그 말이 가슴으로 쿵 떨어졌다.

"사람은…… 사람은 그래! 하지만『흑요』는 병기다! 감정을 탑재했을 뿐인, 앞길이 결정된……."

"몇 번이든 말하지. 한계를 정해둔 것은 너뿐이야."

"그래. 그 앞은…… 우리가 정하는 거예요, 아버님."

"감정이, 마음이 있다면 그건 이미 병기가 아니라 생물이야. 내가 두른 것, 그리고 시온이 두른 것은……."

"이 사람과 함께 살겠다고, 이 세계와 함께 있겠다고 결심한,

각오예요!!"

전생 따위 안 해도 이 사람들은 충분히 강하다.

흔들림 없는 말과 의지가 울리고 누구도 그것을 부정하지 않는다.

그런 가운데 단 하나, 부정하지는 않지만 적의를 드러낸 자가 있었다.

"……그렇군. 확실히 내가 실패했던 모양이야."

"아버님……?"

"내 일은 병기 개발. 그런데 생물을 개발해 버렸어. 그건 확실히 실패였군. 사냥개 부대도 『흑요』도, 정신성이라는 것을 전쟁에 써먹을 수 있는가 하는 시험이었지만……. 병기로 쓰기에는 좋든 나쁘든 불안정했다는 건가."

"웃……. 아직도 뭔가 할 생각인 거예요?!"

"큭……!!"

기적으로 위험을 탐지했으리라.

리셀 씨가 당기고 있던 활시위를 가차 없이 놓았다.

본래라면 어깨를 꿰뚫고 무력화시키는 궤도. 정확한 조준이었으나 무언가에 막혀버리면서 무력화되었다.

"뭐야……?!"

"아직 이런 감추어 둔 수단을……?!"

"보여주지. 진정한, 결전 병기라는 녀석을."

쿠로가네 씨의 눈에 깃든 감정은 이제 이해 불가도, 분노도, 초조도 아니었다.

그것은 하나의 대답과 각오를 얻은 사람의 눈이었다.

꾕음과 함께 대지가 갈라졌다. '쇳덩어리'가 무수히 나타났다.

그렇다, 쇳덩어리다. 그것들은 지면을 파괴하면 갑자기 나타났다. 그중 하나가 발사된 화살을 물리적으로 튕겨내어 무효화한 것이었다.

"역시 병기에 감정은 필요 없었군."

"쿠로가네 씨……!"

"……각오를 가지고 상대하지. 나도 쿠온의 인간답게 모든 것을 유린하겠어."

전혀 즐겁지 않은 시간은 아직도 이어지는 모양이었다.

256 최종병기

"……말도 안 돼."

망연자실한 페르노트 씨의 목소리가 내 귀에 닿았다.

마음은 알겠다. 나조차도 이것이 낮잠을 자는 동안에 꾸는 꿈이라면 얼른 깨고 싶다는 생각을 하겠지.

나타난 무수한 철의 정체는 부속이었다. 그것들은 자신이 있어야 할 곳을 아는 것처럼 하나하나, 열심히 자신들의 몸을 맞대었다.

그것만이 아니었다. 도시의 방벽으로 설치되어 있던 벽조차도 부품 단위로 무너지고 다른 모습을 이루고자 모여들었다.

"저건 뭐인 거예요……."

완성된 모습은 그저 이상하다고밖에 말할 수 없었다.

올려다봐도 체구가 너무 높아서 전체를 파악할 수가 없었다.

쿠온이 있던 세계에서조차 저런 것은 없었다. 저만한 질량을 견딘다는 것이 물리적으로 어려웠으니까.

그것이 가능하려면 마법이나 아티팩트라는, 세계의 법칙을 바꿀 수 있는 것이 필요하겠지.

우리가 원래 있던 세계의 상식으로는 따라가지 못하고, 이곳 이세계의 문명 수준으로는 성립할 수가 없다.

우리가 있던 세계의 기술력과 이세계라는 법칙이 조합되어, 그것은 처음으로 존재할 수 있게 되었다.

"철의…… 거인……!!"

리셀 씨가 입에 담은 그 평가가 그것을 표현하기에 가장 적절했다.

겉보기에는 거칠고 갑주 같은 모습. 하지만 그것은 그곳에 있는 것만으로 충분한 위협이었다.

"이런 병기까지 만들다니……. 저 사람, 이 세계의 문명 단계를 몇 단계나 넘어서 뛰어 올라간 건가요?!"

"뛰어 올라갔다고 할까, 그 옆에 엘리베이터를 만들어서 날아간 느낌이네요……."

저런 거, 걸어가는 것만으로 도시를 파괴할 수 있다.

저런 거, 나타나는 것만으로 전의를 상실한다.

우리만이 아니라 크롬 쪽도 사냥개 부대도 이 광경을 보고 있겠지.

"……이르제 씨! 저쪽의 황제가 없어요!"

"윽…… 이 소동을 틈타서 도망쳤나요?!"

"아, 걱정할 것 없어. 『홍옥』의 오토 모드로 이쪽에서 회수했을 뿐이야."

"쿠로가네 쿠온……. 네놈, 아직도 포기하지 못하겠나!"

"포기고 뭐고, 그저 병기에게 감정이 불필요하다는 결정적인 데이터를 얻었을 뿐이잖아."

아득한 하늘 위에서 쏟아지는 목소리는 신처럼 오만했다.

"말했잖아. 입장이 역전된다고. 지금부터 너희가…… 쫓기는 쪽이다."

천천히 거인이 다리를 들어 올렸다.

병기라기에는 너무나도 느리지만 압도적으로 큰 질량을 지녔다.

실제 속도는 느린데도 엄청 빠르게 보일 만큼, 한 걸음의 보폭이 너무나도 컸다.

"윽…… 도저히 저걸 막을 수 있으리라고는 여겨지지 않아."

"물러난다! 시온, 피난을 권고하면서, 어깨에 멜 수 있을 만큼 메고서 탈출하자고!!"

"알겠어요! 서둘러서 다시 합일할게요!"

"몇 명은 제 덩굴로 옮길게요! 가능한 한 멀리…… 저것에게 짓밟히지 않을 곳까지!! 자, 리셀 씨도 타요!"

"큭…… 네구세오! 쿠즈하!!"

"알겠다! 타라!!"

"아, 예! 변화할게요!"

저런 질량을 성벽에서 어떻게 할 수 있을 리도 없다. 선택한 것은 만장일치로 일시 철수였다.

"이미 수도는 붕괴…… 아니, 변형되었다고 하면 될까? 어쨌든 목적은 달성했다! 전속력으로 이탈하자고!!"

울리는 목소리만 남겨두고 우리는 그 자리에서 등을 돌렸다.

257 신에게 기도하지 않는 자들

"⋯⋯아아, 아아."

이 무슨 목소리냐. 이게 내 목소리인가.

지독하게 쉬어서 스스로도 동요했음을 깨닫고 말았다.

쿠온의 여유 따윈 전혀 없는, 부끄럽기 짝이 없는 모습이었다.

"⋯⋯잘못 봤어."

인정해야만 한다.

쿠온 가문은 힘이 있는 자를 항상 인정했다.

그것은 딱히 굴복시키는 것만이 아니다. 확실히 우리 혈통은 거의 근친혼으로 핏줄을 이었지만, 외부에서 유력한 피를 받아들이는 경우는 있었던 것이다.

그러니까 쿠온으로서 나는 이 상황을, 『흑요』가 초래한 결과를 인정해야만 한다.

"이 철거인, 『골리앗』을 사용한 시점에서 수도는 사실상 붕괴. 이 전쟁은 우리의 패배다."

수도를 하나의 병기로 만드는 것은 이른바 최종수단이다.

그리고 그런 결정적인 패를 나는 지금 사용해버렸다.

결과적으로 적은 도망쳤지만, 수도를 잃었다.

수도가 사라진 이상, 제국이라는 나라는 붕괴한 것이나 마찬가지.

이 『골리앗』은 정말로 최후의 수단이었던 것이다.

부품은 지하에 보관하고, 동력은 이 수도를 뒤덮은 밤을 부르는 아티팩트의 힘을 에너지로 유용.

거대한 이동 요새이자 결전 병기이기도 하지만, 반대로 말하면 모든 것을 짓밟아버리니까 제압에는 맞지 않다. 완전한 '섬멸' 병기다.

"……응, 으응."

"아아, 깨어났나, 황제님."

"쿠로가네, 인가……. 여긴……."

"전에 말했던 최종 병기야. 한동안은 움직일 수 없을 테니까 거기서 느긋하게 앉아 있도록 해."

내가 개발한 『홍옥』은 황제의 몸을 지키기 위한 것이기도 했다. 파손과 맞바꾸어 그녀의 부상은 한쪽 팔과 복부의 골절로 그쳤다.

적절한 처치를 해두면 문제없다. 애당초 『홍옥』의 주인이 된 시점에서 치유력은 평범한 인간의 몇 배나. 실명 스킬이 없더라도 외부에서 보조는 받을 수 있다.

내 등 뒤에 설치된 옥좌에 앉은 채로 그녀는 입을 열었다.

"수도는 함락되었나."

"그야 네가 쓰러졌으니까. 사실상 이 나라는 멸망했어."

"……마음대로 안 되는군."

손바닥에서 흘러내리는 것을 퍼 올리듯이 그녀는 허공으로 손을 뻗었다.

"한번 손에 넣었을 터인 것조차 이다지도 간단히 사라져 버린다. 그리고 그것을 참을 수 없다고 생각하는 내가 있어."

"그렇다면 참지 않으면 되겠지."

나는 이 세계에서 고아로 태어났다.

당연하겠지. 나는 전쟁을 바랐다. 그렇다면 전쟁이 있는 나라에서 태어난다. 그리고 전쟁이 있는 나라에 고아 따윈 내다버릴 만큼 많다.

그녀도 그중 하나였다. 무수하게 있는, 이름도 없는 고아 중 하나.

다만 나와 그녀가 결정적으로 다른 것이 있었다.

……축복이다.

나는 전생자다. 말하자면 신의 축복을 받고 약속된 성공이라는 레일 위에 실렸다.

하지만 그녀는 누구에게도 축복받지 못하고, 이 세계의 스킬이라는 시스템에서도 벗어나 있었다.

틀림없이 그녀는 사후에 전생자가 되겠지. 영혼이 세계에 맞지 않는 것이 전생의 조건이라면 그녀는 분명 조건을 충족한다.

"……빌어 처먹으라지, 그딴 세계는."

시스템 에러로 잘못 태어난다니, 그런 결함품 세계를 준비해 두고서는 잘도 지켜본다고 지껄이는구나. 뭐가 신이야. 웃기지 마라.

새로운 목숨으로 멋진 인생이라니 듣기에는 좋지만, 설령 대신할 목숨을 받더라도 원래 있던 세계의 마음은 것들은 결코 이룰 수 없는 채로 남는다.

아아, 그렇다. 너희 신들이 말하는 그대로 전생한다 해도, 원래 세계에서의 모든 것은 어떻게 되나.

그녀의 바람은 이 세계에서 이루어져야 한다.

나는 바람을 이루지 못하여 전생하고서야 손에 넣을 수 있었다. 그렇다고 전생에서 느낀 무력함이 그냥 사라지겠느냐.

"뭐, 괜찮아, 황제님. 너한테는 내가 있어. 병력은 일시적으로는 병기로 보충할 수 있어. 잃은 백성은 어딘가에 있는 새로운 백성으로 회복하면 돼. 아니면 패잔병이 다시 네 밑으로 모일 때까지 내가 지키겠어……. 아니, 차라리 눈앞의 방해꾼을 모조리 저세상으로 보내버릴까."

"……맡길게, 쿠로가네. 너는 나의…… 최초의 부하니까."

"맡겨둬, 나의 황제님."

상사의 허가를 얻었으니까 나는 인정사정 보지 않기로 했다.

자, 지금부터가 진정한 최종 결전이다.

258 이제는 쿠온이 아닌 것

"……상황은?"

"어, 어떻게든 사망자는 없는 상황이야……. 하아아, 뛰어다니니까 역시나 지치네."

"잘했어, 역시 크롬."

"칭찬하지 말라고. ……아직 끝난 게 아니잖아."

크롬의 말이 옳다. 아직 끝나지는 않았다.

떨어진 곳에서 봐도 여전히, 철의 거인이라고 불러야 할 그 형체는 너무나도 크게 느껴졌다.

멀리 있음에도 올려다봐야 하는 거체를 응시하며 페르노트 씨가 묘한 표정으로 중얼거렸다.

"……산이라면 벨 수 있지만 저건 산보다 크니까 어렵겠는데."

"페르노트 씨가 벨 수 없다고 그랬어요……?!"

"있었군요, 페르노트 씨가 무리라고 생각하는 게……."

"쿠즈하, 아오바. 너희는 나를 뭐라고 생각하는 거야……?"

다들 의외로 기운이 있는 모습이라 다행이지만 상황은 좋진 않았다.

페르노트 씨가 말했다시피 저건 정면으로 어떻게 할 수 있는 게 아니었다.

저건 사람 대 사람의 전시대적인 전쟁이 아니라 병기 대 병기의 세계에서 온 기술의 집약체니까.

이 세계에 전차나 전함 같은 대형 이동 병기는 없다. 있어도 대포가 고작이라, 철의 거인에게 대항할 방법이 없다.

기대할 수 있는 것은 마법을 이용한 공격이지만 저런 크기의 상대에게 어중간한 불꽃이나 번개는 안 통하겠지.

"……설마 저런 것까지 있다니."

제국 수도가 소멸, 이라기보다 변형되어 항상 밤을 초래한다는 아티팩트의 효과는 사라졌는지 하늘에는 태양이 떠 있었다.

햇빛을 등지고 선 거인의 모습은 어쩐지 신성하게 보이기조차 했다.

"엘시 씨, 괜찮을까……. 아니, 그런 생각을 할 때가 아닌가."

갑자기 해가 떠버렸으니까 조금 걱정이지만 밴더스내치도 붙어 있고, 무엇보다 그다지 신경을 쓸 여유도 없었다. 떠오른 걱정은 금세 옆으로 쫓아버렸다.

어떻게 할까. 그리 생각한 참에 목소리가 쏟아졌다.

"반란군 제군. 잘했다고 칭찬해 두지. 흡혈귀 병사도 전손, 사냥개 부대도 진압. 그리고 수도 포기. 이 전쟁은 너희의 승리다."

"아버님……!"

"하지만 개인의 승리는 나의, 아니, 우리의 것으로 하겠다. 이것이 현재로서는 나의 최고이자 최대의 걸작……『골리앗』이다."

거대한 철 인형이 손을 가볍게 휘둘렀다.

고작 그것만으로 가까운 산이 날아가고 빈터로 변했다.

움직이는 것만으로 경이로운 질량의 맹위가 그곳에는 있었다.

자신감에 찬 목소리로 쿠로가네 씨가 말을 이었다.

"도망친다면 괜찮겠지. 순종한다는 것도 아직은 받아들이겠다. 하지만 싸우겠다고 한다면…… 시체도 남지 않는 것 정도는 각오해둬라. 그럼…… 최종 결전이라는 녀석을, 시작할까."

일방적으로 말을 던지고 상대의 목소리는 끊어졌다.

아마도 마법이나 도구나, 그 양쪽으로 우리에게 말을 건넸을 테지만 너무나도 일방적인 선언이었다.

"으…… 저, 저렇게 큰 거, 어떻게 하면 되는 거예요?!"

"……접근하는 편이 안전할지도 모르겠네요."

"아르제 씨?! 진심인 거예요?!"

딱히 자포자기해서 그러는 건 아니었다.

저런 크기다. 한 걸음은 크지만 자잘하게 움직이기는 어려울 터. 그렇다면 저 팔다리를 빠져나가서 파고드는 편이 위험은 적을지도 모른다.

무엇보다도 따로 무장을 탑재한 것처럼 보이지는 않는다. 포격 하나라도 날아온다면 그것만으로도 도시가 하나 궤멸하겠지. 이쪽에 쏘는 것만으로도 이길 수 있을 텐데, 포격을 가할 기미가 없어 보였다.

……섬멸해 버려서는 의미가 없으니까?

황제의 목적은 단적으로 표현하면 세계 지배다.

하지만 공터로 만들어 버린다면 지배할 여지도 없다.

그러니까 필요 최소한의 사양만 탑재하지는 않았을까.

"……쿠로가네 씨도 쿠온이라고 할 수 없을지도 모르겠네요."

정말로 쿠온 가문의 사람처럼 행동한다면 그럴 일은 없다.

173

타인을 신경 쓰면서 바람을 이루고자 한다? 그것은 진정한 쿠온이라고는 할 수 없다.

그에게도 쿠온 이외에 무언가, 소중한 것이 있을지도 모른다.

"……어쨌든 저걸 어떻게든 해야만 해요."

"어떻게든…… 다가간 다음의 책략은 있어?"

"저런 철의 거인은 사람이 안에 들어가서 조종해요. 반대로 말하면, 안에서 조작하는 쿠로가네 씨를 제압해 버리면……."

"그 시점에서 기능 정지, 그런 의미인가. 그렇구나, 그거라면 아직은 어떻게든 될 것 같은데……."

"저렇게 커다란 것의 어디에 있는지 아는 거예요?"

"으음, 아마 얼굴이나 가슴, 아니면 배 쪽일 거라 생각해요."

어디까지나 예상이지만 아마도 신체의 중심부나 시야가 좋은 장소에 컨트롤 룸이 있을 터.

공중선이 가능한 병기가 없는 이 세계에서는 지면에서 높은 쪽이 안전할 테니까.

"저런 크기라면 반대로 민첩하게 움직이기는 어려울 테고 포격을 날릴 기미도 없으니까, 긴카 씨한테 날아서 가달라고 하든지 제가 박쥐로 변해서——."

"——아르제 님! 뭔가 와요!"

리셀 씨의 말에 반사적으로 나는 그쪽으로 시선을 향했다.

"……우와, 저런 건 있구나……."

대지를 가득 메울 듯한 로봇의 무리.

이제 사람 병사는 필요 없다고 선언하는 것처럼 기계 병사들이 철의 거인에서 발진했다.

각각 무장을 한 채로 나타난 인형들. 그중에는 포탑을 장비한 기체의 모습도 있었다.

"……이래서야 함부로 날아갔다간 조준 사격을 당하겠는데."

"어느 정도 근처까지 가서 단숨에 날아갈 수밖에 없겠네요."

"으음…… 그러니까, 저 무리한테 돌격한다는 거지?"

"전부 쓰러뜨릴 필요는 없다, 그렇게 생각하면 편할지도 모르겠네."

"아니아니, 페르노트 씨. 그건 조금 지나치게 긍정적인 거 아닌가요……?"

크롬과 아오바 씨가 미묘한 표정을 띠고 있었지만, 그것밖에 방법이 없다는 것은 본심이었다.

저런 크기의 상대에게 어중간한 마법은 통하지 않는다. 『흑요』의 포격이나 페르노트 씨가 전력을 발휘한 빛의 검으로도 효과가 있을지는 미묘하겠지.

그렇다면 우리가 할 수 있는 일은 조종사를 붙잡는 것 말고는 없다.

"……크롬, 반란군의 전력은?"

"거기 바보가 회복시켜 줬으니까 전사자 없음. 다들 아직 의욕이 넘친다고."

"리셀 씨, 저것과 싸울 생각인데요……. 다크 엘프 여러분은 괜찮을까요?"

"저희 다크 엘프 일동은 은인을 위해서라면 언제든지 활도, 마법도 얼마든지 휘두를 거예요."

숫자는 상대에게 뒤처지지만, 이쪽도 아직 어떻게든 움직일 수 있을 듯했다.

차갑게 불어오는 바람은, 기계의 쇠 냄새를 싣고 있었다.

"……정말로 지금부터가 최후의 결전이네요."

스스로에게 이야기하듯이 그리 말하고 나는 한 걸음을 내디뎠다.

평소처럼, 귀찮은 일을 끝내기 위해서.

259 그럴지라도

"공격—!!"

"하나— 둘— 셋—!!"

말 없는 기계를 상대로 반란군은 기세 좋게 돌진했다.

내 마법으로 다소 회복되었다고는 해도 다들 만전의 상태는 아닐 터인데, 모두가 두려움 없이 앞으로 나아갔다.

당연히 상대는 기계의 무리. 다소 마법을 쓸 수 있더라도 정면에서는 밀리고 만다.

그럼에도 모두는 나서기를 두려워하지 않았다. 그것은 틀림없이 나라는 회복 담당이 있다는 이유만이 아니겠지.

"이기고 끝내자고, 다들!"

"그러네, 이기고 나서 맛있는 밥을 먹고 싶은걸!"

"그래, 아무도 빠지지 말고 그러자고!!"

아아, 정말로 이 세계의 사람들은 강하다.

그들을 제쳐두는 것이 아니라 그들이 뒤에서 밀어주는 것처럼, 나는 앞으로 뛰어들었다.

"방해예요⋯⋯!"

이미 『꿈의 수련』은 뽑았다. 그리고 상대는 인간이 아니다.

그러니 칼을 내지르는 것을 망설이지 않았다.

기계 병사가 무수한 쇠 부스러기로 변한다. 그것이 무너지고 있을 때, 난 이미 다음 걸음을 내디뎠다.

"아르제 씨, 움직임이 날카로워졌네요."

"망설이는 걸 그만뒀으니까 그런 걸까요."

내 전생을 아는 아오바 씨가 하는 말이다. 틀림없겠지.

쿠온의 일원으로서는 칼을 그렇게까지 잘 다룬다고 할 수는 없겠지만 흡혈귀의 속도와 완력이 있다면 더없이 충분했다.

덤으로 이번 상대는 기계라서 거리낄 필요는 없었다. 긍정적인 된 것도 물론 이유겠지만, 무엇보다 사람의 목숨을 생각하지 않아도 된다는 사실이 칼을 휘두르는 손에 가속을 붙였다.

"저는 이제 그 가문에 미련은 없지만, 아르제 씨는 제대로 매듭을 지으려고 하는 거군요."

"그런 멋있는 건 아니에요. 그저 저 사람을 막고 싶을 뿐."

"당신이 자신의 뜻이라고 말하는 것만으로도 제게는 돕기에 차고 넘치는 이유예요."

말을 건네며 아오바 씨는 팔을 휘둘렀나.

양팔에서 덩굴이 뻗어 나와서는 차례차례 기계를 휘감았다.

"길을 열게요. 앞으로 가세요."

"고마워요……. 쿠온 사람은 거북하지만 아오바 씨는 역시 좋은 사람이네요!"

"……정말이지, 그러는 거 치사해요."

뭐가 치사한지는 모르겠지만 시간이 없으니까 개의치 않았다.

추가로 감사는 나중에 얼마든지 할 수 있으니까 지금은 눈앞의 일에 집중하기로 했다.

"아르제 님, 미흡하나마 도움을."

"리셀 씨! 다크 엘프 여러분은 괜찮나요?"

"다들 제가 없어도 어엿한 전사니까요."

리셀 씨는 말하기가 무섭게 『낙화유혜』를 들었다.

당연히 그곳을 노리고 무수한 공격이 쇄도했지만, 그것들은 전부 덩굴에 막혔다. 아오바 씨의 엄호였다.

"감사합니다, 아오바 님."

힘껏 당긴 활시위에서 마력의 화살이 생겨났다.

파직파직 격렬한 소리를 내는 그것은 보라색 번개의 화살이었다.

기계에게는 특효라고도 할 수 있는 과잉 전류. 리셀 씨는 평소처럼 호흡을 가다듬고는 한순간 틈을 둔 다음.

"부탁드립니다."

축문 같은 말과 함께 번개가 돌진했다.

번개 마법의 화살은 직선상만이 아니라 주위의 기계까지 끌어들이며 확실하게 길을 열었다.

"무운을, 아르제 님."

"고마워요, 리셀 씨."

짧은 말이지만 그것으로 충분했다.

엄호 덕분에 열린 길을 나는 거침없이 달려갔다.

목표로 하는 장소는 아직 멀고 적은 무수히 많았다. 다다를 수 있을까, 그런 마음마저 들지만 약한 소리는 제쳐두고 앞으로 나아갔다.

"여어, 뱀피르."

"크롬?! 『흑요』쪽은 괜찮나요?!"

"저런 일 대 다수라면 오히려 내가 끼어드는 게 긴카랑 시온한테 방해가 되니까. 손길이 필요한 쪽을 도우러 왔지."

말하기가 무섭게 크롬은 흔들, 사라졌다.

"흘, 러, 가, 라!"

다음 순간에는 소리도 없이 로봇들이 박살났다.

속도만이 아니라 쇠를 파괴할 정도로 강력한 공격. 이것도 크롬이 나와 헤어진 뒤에 연구한 성과겠지.

"자, 가라! 얼른 끝내고 돌아와!"

"예, 금방 또 만나요!"

등을 때리는 감각과 함께 크롬은 떨어졌다. 분명히 그녀는 유격 요원이 되어 여기저기를 돕고 있겠지.

……모두가 도와줘.

앞으로 가라고, 그리 말하며 뒤에서 밀어준다.

혼자가 아니라고 생각하는 것만으로, 실감하는 것만으로, 이렇게나 따뜻한 감정으로 가슴이 터질 것만 같았다.

괴로운 것 같은, 애절한 것 같은, 하지만 마음은 편해지는 것 같은 신기한 감각.

팽팽하게 잡아당기듯이 칼이 점점 예리해졌다. 이제는 사고가 움직이는 것보다도 먼저 칼끝이 움직이고 있었다.

"뒤쪽은 신경 안 써도 돼, 아르제."

"페르노트 씨!"

"네가 해야만 하는 일이잖아?"

"……예."

여전히 자세하게 이야기할 수는 없었다.

전생 같은 설명을 시작한다면 복잡해질 뿐이고 자칫하면 또 성가신 일이 된다.

그럼에도 페르노트 씨는 아무것도 묻지 않고 검을 들어주었다.

"네 등, 지켜줄게."

말 그대로 등 뒤에서 무수한 소리가 났다.

그것은 칼날이 바람을 가르는 소리, 이어서 딱딱한 것이 무너지는 소리였다.

볼 것까지도 없이 그녀가 뒤에서 크게 활약해주는 거겠지.

"……어쩐지 페르노트 씨한테는 보호를 받기만 하네요."

"내 눈이 보이는 건 네 덕분인걸. 하지만 이제는 그것만이 아니라, 너를 내버려 둘 수가 없게 되었어."

"으음…… 고마워요."

"……됐으니까, 가."

뒤에서 웃는 기척이 느껴지는 것을 자각하며 나는 앞으로 나섰다.

이렇게나 기쁜 마음을 가슴에 품고서 칼을 휘두르게 되다니, 신기했다.

쇠로 된 잔해의 산을 만들며 나는 계속 걸음을 옮겼다.

"아르제 씨, 기다리는 거예요!"

"쿠즈하!"

"후후, 이제 오지 말라고 그러진 않겠죠?"

"……물론이에요."

뒤에서 밀어주는 것이 아니라 손을 잡았다.

부드럽고 다정한 감촉. 지금이 전투 중이라는 것도 잊어버릴 만큼 가슴속이 따뜻했다.

"전력으로…… 갈게요! 칼바람!!"

쿠즈하는 불꽃이 아니라 바람의 마법을 사용했다.

아마도 조금 전의 로봇이 내화성이었으니까, 물리적으로 부수려는 모양이다.

그 앞에 보이는 풍경 역시도 무수한 기계라서 곤란했지만 가야할 곳은 정해졌다.

"웃…… 에에잇!"

극한의 속도라고는 해도 이렇게나 눈앞에 철로 된 벽들이 있어서는 달릴 수 없었다.

뒤를 보지 않고 전방의 길을 비집어 여는 것에만 집중했다.

"큭…… 분신도 이미 전부 사용하고 있는데요……!"

"숫자가 니무 믾네요……!"

쓰러뜨려도 쓰러뜨려도 줄어드는 것 같지가 않았다. 오히려 늘어나는 듯한 느낌마저 들었다.

어쩌면 저 『골리앗』, 경비용 로봇을 탑재한 게 아니라 저 안에서 새롭게 로봇 병사를 제조하는 것은 아닐까.

목적은 섬멸이 아니라 쿠로가네 씨 확보지만 적의 숫자가 너무도 많았다. 물리적인 양의 벽에 밀려서 생각하는 것처럼 앞으로 나아갈 수가 없었다.

"으…… 다른 사람들도 무사하다면 좋겠는데요……!"

이미 다른 사람들의 모습은 보이지 않았다.

틀림없이 다들, 모두가 싸우고 있다. 조금이라도 수를 줄여서 앞으로 나아가는 나와 『흑요』를 엄호하려 해주고 있었다. 들리는 전투의 소리와 목소리가 그것을 가르쳐 주었다.

"방해하지…… 마!"

또 하나, 앞을 가로막은 기체를 파괴했다.

무수한 무기를 이용한 공격이나 오폭을 거리끼지 않은 포격을 맞닥뜨리며, 그럼에도 우리는 앞으로 나아갔다.

목표인 『골리앗』은 아직 멀었다. 그렇다기보다 그것 자체가 너무 커서 가까워지는 감각이 그다지 없었다. 발밑까지 앞으로 어느 정도일까.

"허, 허억…… 허억…….."

"웃…… 건강해져라!"

숨이 턱 끝까지 오른 쿠즈하를 보고 나는 광범위한 회복 마법을 아낌없이 사용했다.

적한테 생물이 없다면 무차별적으로 사용해도 효과가 있는 것은 아군뿐이다. 틀림없이 멀리 있는 다른 사람들한테도 전해질 테지.

"미, 미안해요, 아르제 씨…….."

"회복 마법을 걸어도 마력이나 체력이 바로 돌아오는 건 아니니까요. 계속 싸우고 있으니까 어쩔 수 없어요."

"잘 버티는군, 반란군 제군."

"쿠로가네 씨……!"

놀라는 목소리에 악의는 없고 오히려 감탄의 기색조차 보였다.

앞에서 오는 적에게 대응하며 나는 그의 목소리를 들었다.

"회복 마법이 있다고는 해도 잘 하고 있어. 하지만 이쪽은 지치지도 않고 얼마든지 만들어 낼 수 있는 군대라서 말이야."

"윽…… 역시 전투하면서 양산을……."

상대는 지금 이 순간에도 기계 병사를 새로 만들고 있는 모양이었다.

소재를 어디서 가져오느냐는 의문은 있지만 성가신 것은 틀림없었다.

"기계는 지치지 않아. 잠들지 않아. 실수를 저지르지도 않아. 하지만 너희는 지치고, 잠이 들고, 실수도 하겠지? 애당초 이런 질량을 상대로 승부를 도전하는 시점에서 실수지만…… 과연 언제까지 버틸 수 있을까?"

"윽…… 막겠어요, 반드시!"

"……반드시, 그건 기계에게 어울리는 말임을 가르쳐 주지."

거리가 가까워지면서 내 말이 들렸는지 명확한 대답을 던졌다.

그리고 방어선의 움직임이 바뀌었다. 명확하게 나를 성가신 적으로 결정했는지 공격의 밀도가 올라간 것이었다.

"웃…… 아르제 씨?!"

"쿠즈하는 조금 더 쉬도록 해요."

막 회복 마법을 걸었다. 아무리 내 근처에 있었다고 해도 그렇게나 금세 정상으로 돌아올 수는 없다.

나도 친구를 지켜야지. 소중한 사람에게 보호를 받기만 하는 것은 싫으니까.

"부탁할게요, 『꿈의 수련』."

아끼는 칼의 이름을 부르자 대답은 없었지만, 감촉은 분명했다.

닿지 않은 것조차도 절단하는 칼은 흡혈귀의 육체 기능으로 휘두르자 적의 포격을 튕겨내고 철의 육체를 간단히 잘라버렸다.

쇄도하는 모든 적을 나는 가차 없이 베었다.

"윽…… 허억, 허억…… 큭…… 아직……!"

숨이 가쁘고 명백하게 움직임이 나빠지고 있다는 것을 알 수 있었다.

하지만 그런 것은 분명히 모두 마찬가지다.

모두가 지치고, 상처를 입고, 그럼에도 아직이라 외친다.

포기의 말은 들리지 않는다. 귀에 닿는 것은 철을 부수는 소리와 앞으로 나아가겠다는 의지가 담긴 목소리뿐이었다.

"아직 지지 않아! 아직 포기하지 않아! 아직 설 수 있어! 아직 갈 수 있어! 그러니까……!"

"헛수고다! 전격전을 상정한 너희로서는 압도적으로 숫자가 부족해! 물량에 짓뭉개져서, 끝이다!"

"윽…… 그래도! 그럴지라도!"

스스로도 놀랄 만큼 가슴속이 뜨거운 것을 알 수 있었다.

전생에서는 계속 포기만 하고, 자기 자신에게도 기대 따윈 안 했는데.

소중한 사람과 함께 있으면서 태어난 이 열기의 이름을 나는 아직 모른다.

그러니까 그것을 알기 위해서 나는 앞으로 나아간다.

이름 없는 감정을 움켜쥐고, 앞으로.

"이제 나는…… 그 감옥에서 나가겠다고, 결심했어요!"

다정하게 등을 밀어주는 사람이 있다.

따듯하게 지켜봐 주는 사람이 있다.

이 손을 붙잡아 주는 사람이 있다.

귀찮게 하더라도 받아들여 주는 사람이 있다.

기쁠 때, 함께 웃어주는 사람이 있다.

슬플 때, 곁에서 울어주는 사람이 있다.

아아, 정말. 이 세계의 사람들은 내게 행복만을 준다.

그러니까 나도 이 세계에 태어나서 행복하다 말하고 싶다.

과거의 아픔이나 후회는 지울 수 없고, 과거의 일은 이야기할 수 없고, 가끔은 소란스럽다고 생각하기도 하지만.

"나는…… 아르젠토 밤피르로서, 살기로 결심했으니까!"

"윽…… 그리 간단히 바뀔 수 있겠느냐아아아!!"

그 말은 나를 향한 것인가, 스스로를 향한 것인가.

부정의 말에 응하듯이 기계 병사들의 포신이 내게로 향했다.

"큭……!!"

쌓인 피로감에 회복 스킬을 구사하더라도 회피가 어려워지고 있었다.

나는 그럼에도, 힘이 약해진 손으로 칼을 붙잡았다.

그리고 무수한 포격음이 울렸다.

"어······?!"

"뭐야······?!"

쿠로가네 씨와 내 반응은 똑같은 놀라움에서 비롯되었다.

포격이 날아온다고 생각한 다음 순간, 날아간 것은 기계 병사들 쪽이었던 것이다.

정확하게는 나를 공격하려던 로봇이 아니라 멀리에 있는 다른 무리가 날아간 모양이지만, 쿠로가네 씨에게는 예상 밖의 일이었는지 나를 향하던 공격은 멈췄다.

"포격, 이라고?!"

"대체 어디서······?!"

"앗! 아르제 씨, 저기인 거예요!"

쿠즈하가 가리킨 곳은 바다 방향이었다.

반사적으로 그쪽을 돌아보고 나는 경악했다.

"배······?!"

"저 깃발은······ 공화국과, 왕국의 마크인 거예요!"

어느새 그곳에 나타났을까.

바다 위에는 배가 몇 척이나 떠 있고, 그것은 수평선 너머까지 계속 이어졌다.

"바다에서 증원?! 그럴 리가! 해로 쪽의 침공은 엄중히 경계 중이고, 애당초 이 세계의 바다는 해마(海魔)족들의 정원인데······!"

"……해마……, 아……."

해마족이라면 지인이 있다.

공화국과 왕국에도 지인이 있다.

그리고 이만큼 큰 규모의 공동 작전을 진행할 수 있을 법한 사람을 나는 알고 있다.

"크틸라, 아키사메 씨, 스바루 씨…… 제노 군."

이제까지 만난 수많은 사람의 얼굴이 떠올랐다. 어쩌면 알레샤의 영주, 사마카 씨도 왔을지도 모른다.

"……약속을, 완수해 줬구나."

그날, 제노 군은 분명히 내게 약속해 주었다.

반드시 내가 유리해지도록 뭐든 해내겠다고.

틀림없이 우리가 여기까지 오는 동안에도 많은 이야기가 있었고, 그것을 제노 군이 필사적으로 정리했고, 늦지 않은 것이었다.

"극…… 아직이다! 아직, 우리가 진 게 아니다!"

"포기를 못 하네요!"

"너희랑 똑같아! 포기할 수 없는 이유가 있다!!"

그렇다. 쿠로가네 씨에게도 이유가 있다.

그러니까 나도 쿠로가네 씨도, 아니, 이곳에 있는 모두가 물러나려 하지 않는다.

모두가 명확한 의지를 가지고 맞부딪친 결과가 이 전장인 것이다.

"방해되는 쪽부터 정리해 주지……!"

바다의 증원에게 반격하고자 『골리앗』에서 나온 것은 비행선

무리였다.

"윽…… 위험해!"

하늘에서는 위험하다.

이만한 규모의 전투에서 제공권을 장악하는 것은 중대한 의미를 지닌다.

바다에 떠 있는 배도 육지를 걷는 보병도, 하늘에서 폭탄을 투척하면 한시도 못 버틴다.

이 세계라면 마법도 있지만, 그것을 사용할 수 있는 사람만 있는 것도 아니다.

하물며 고공에 존재하는 쇳덩어리를 격추시키다니, 어지간한 출력이 아니고서는――.

"――하늘은 내 영역이지."

목소리가 울리는 것과 동시에 빛이 질주했다.

하늘을 꿰뚫듯이 발사된 열선은 비행선을 휩쓸고 한꺼번에 격추했다.

폭발의 꽃이 무수하게 피고 그것을 배경으로 하듯이 검은 갑옷이 하늘을 나아갔다.

"『흑요』……?! 나는 건 위험하다고……!"

"알고 있어. 저 거인에게 다다르는 건 혼자서 괜찮겠지?"

"그렇다면 우리는 미끼 역할을 할게요!"

말하는 동안에도 무수한 포격이 하늘을 날아가는 『흑요』를 향해 발사되었다. 게다가 지상에서만이 아니라 비행선에서도 말이다.

그것들을 재빨리 빠져나가서 반격까지 하며 긴카 씨와 시온 씨는 외쳤다.

"저 원군은 네가 데려왔을 테지, 아르제!"

"그러니까, 가세요! 배한테도 지상의 아군한테도, 하늘에서는 손을 대게 두지 않을 테니까요! 당신이 하고 싶은 일을⋯⋯!"

"읏⋯⋯ 예!"

그렇게까지 말한다면 나도 응해야만 한다고 생각했다.

두 사람의 말이 등을 밀어주어 나는 또다시 달려갔다.

"쿠즈하!"

"예, 여기에 있어요!"

조금 기운이 났는지 쿠즈하도 늦지 않게 따라와 주었다.

배의 포격은 아군에게 맞지 않도록 배려하는 모양이라 멀리 있는 기계 병사들이 날아갔다. 직접적인 엄호는 안 되겠지만 숫자가 줄어드는 것은 고마웠다.

적 가운데 원거리 공격이 가능한 것들 다수는 『흑요』를 노리느라 나를 향한 공격의 밀도가 내려갔다.

그리고 하늘의 폭격은 『흑요』가 막아주니까 걱정할 필요는 없다.

하늘에 대한 걱정을 놓아두고, 나는 쿠즈하와 함께 앞으로 돌진했다.

261 미래로 가는 자들

"하하하…….."

자신이 초래한 성과에 메마른 웃음이 흘러나왔다.

왕국과 공화국의 해군, 그리고 해마 군대. 게다가 제반 경비는 전부 시릴 대금고가 댄다는 커다란 무대는 순조롭게 준비되었다.

이것도 전부 아르제 씨라는 공통적으로 도와야 할 존재가 있었기 때문이겠지.

규모가 너무 커져서 제국 해군을 여유롭게 물리쳤을 때는 '조금 과했을까?' 같은 생각을 했을 정도였다.

실제로 와보니 제국 수도의 전력은 보시다시피 터무니없는 수준이었기에 결과적으로는 잘 됐다고 할 수 있었다.

"우와, 저건 뭐냐. 철로 만든 골렘 종류인가? 이것 참, 말도 안 되게 큰데! 저런 게 온다면 한시도 못 버티겠어! 우리 쪽에서 공세로 나선 게 정답이었군!"

"아, 아키사메 님, 재미있으시다는 건 알겠으니까 물러나십시오! 위험하니까요!"

"흠……. 제국 녀석들, 저런 병기까지 준비했다니. 왕국도 저것에 대항해서 무언가 큰 대포라도 만들어 볼까, 사마카여."

"예. 전쟁이 끝나면 쓸모없는 물건입니다만, 대비책으로서는 재미있을지도 모르겠군요."

"저것과 비교하면 작지만, 골렘 같은 녀석들의 부대도 잔뜩 있다고! 또 재밌을 것 같은 여행담이 늘어나겠구나!"

"우와— 이 사람들 분위기가 태평해……."

정말로 전쟁을 하러 왔느냐는 느낌이지만, 반대로 말하면 이 상황에서 그렇게까지 침착하게 행동할 수 있으니까 나라를 움직일 수 있는 걸까.

이런 최전선에서 오히려 희희낙락하는 각국 중진 여러분을 보고 나는 조금 크게 한숨을 내쉬었다.

……정리하느라 고생이었지!

삼국동맹 자체는 간단하게 맺었지만, 이 사람들이 시종일관 이런 상태니까 회의가 주제에서 잔뜩 탈선해 버리고는 해서 큰일이었다.

여하튼 다들 툭하면 다른 곳으로 정신이 팔리는 데다가 지위가 어마어마한 것이었다. 나는 배려해야 하는데, 상대는 마음대로 할 수 있으니 너 피곤했다.

"게다가, 어째서 너희까지 온 거냐?"

흘끗 본 곳에는 상업 길드 동료들.

나는 특례로 이 전쟁 하나에 대해서만 길드장한테 국가와 엮이는 것을 허락받았지만 다른 사람들은 아니었다.

다들 돈 한 푼 안 되는데 굳이 이 배를 타러 왔다. 유별난 녀석들이었다.

"정 없는 소리 말라고, 제노."

"그래그래, 제국은 상업 길드한테도 순종인지 멸망인지를 강요했어."

"이럴 때는 역시나 일치단결해야지. 그래그래, 돈보다도 소중한 것, 그건 우리의 인연이야."

"……진심은?"

"'''통화 체제가 바뀐다면 우리는 파산이잖아, 웃기지 마.'''"

"그럴 거라고 생각했어!!"

스스로에게 솔직하니까 의심할 것 없다, 그런 부분은 장점일지도 모른다.

바보에다 돈의 망자이지만 일단 지금은 아군이다. 다음에 만나면 장사 경쟁자겠지만.

"자자, 괜찮지 않나, 제노 군. 내가 준비한 이것도 도움이 되겠어."

"이그지스터 씨……."

옆의 쇳덩어리를 땅땅 두드리며 적발의 정령이 웃었다.

자칭 아르제 씨의 언니인 대금고의 주인은 옆에 있는 아르제 씨와 무척 닮은 아이의 머리를 쓰다듬고,

"너희가 상인 마법으로 빼낸 에너지를 포격으로 바꾸는 기구를 탑재한, 그렇지, 말하자면 '마포(魔砲)'로서의 기능을 갖춘 대포야. 저기 산처럼 커다란 골렘 정도는 아니지만 일단 지금의 내가 할 수 있는 모든 기술의 결정이지."

"감사합니다."

상인 마법은 시릴 동화에 되어 있는 위조 방지의 마법을 마력으로 바꾸는 것으로, 즉 돈을 들이는 것으로 나도 아르제 씨를 엄호할 수 있다는 의미였다.

무엇보다도 경비는 대금고가 댄다. 사양할 필요가 없었다.

"자, 다들. 미래를 사지 않겠나. 항상 모으기만 하잖아, 가끔은 물처럼 써보자고."

"그래, 어차피 나중에 대금고가 보전해 준다니까!"

"나, 한 번이라도 좋으니까 돈을 이런 식으로 호쾌하게 써보고 싶었거든."

즐거워 보이니 다행이었다.

육지 쪽을 보면 하늘을 나는 검은 갑옷 같은 무언가가 비행선을 차례차례 격추하고 있는데, 저건 아군이겠지.

이따금 날아가는 번개 같은 것은 리셀 씨의 화살인가.

감탄하는 사이, 옆에 있는 대금고의 주인이 잔뜩 별렀다는 모습으로 팔을 빙빙 돌리며 외쳤다.

"자, 그럼. 우리는 슬슬 갈까."

"……확인하겠는데요, 정말 괜찮은가요?"

"응? 그래, 괜찮아. 그것 전용인 물건도 준비했으니까 그렇게 위험하진 않아. 게다가 셜리도 갈 생각이 가득하고."

"……아르제 언니랑 만나고 싶으니까."

"……그렇게까지 말한다면 말리지는 않겠는데요."

제안을 들었을 때는 솔직히 이 사람들 머리가 이상한 게 아니냐고 생각했지만 너무나도 진지했으니까 어떻게 할 수도 없었다.

아르제 씨도 이런 무모한 구석이 있으니까, 역시나 같은 사람의 마력에서 태어난 자매들끼리는 생각하는 게 비슷하다는 걸까 싶었다.

"그런 표정 안 해도, 제대로 귀여운 동생을 지켜주고 올 테니까. 너도 믿어도 되겠지?"

"그럼요! 맡겨 주십쇼!"

너라고 불리자 기운차게 대답을 하는 이가 있었다.

거대한 모습을 올려다보고 있노라면, 확실히 아군으로서 든든

하다고 못할 것도 아니었다.

설마 이런 상대까지 아르제 씨의 지인이라고는 생각하지 않았다.

"게다가 사실은 아르제 누나랑 한바탕해 본 경험이 있슴다. 그

러니까 어떤 느낌인지 암다! ……저는 날려보낸 쪽이긴 함다만."

"……그렇게까지 말한다면, 맡길게요."

전선에 나서고 싶은 마음은 굴뚝같지만 그래서는 폐가 된다는

건 알고 있다.

지나치게 나서는 짓은 하지 않는다. 이곳에 나의 전장이다.

그리고 지금 자신들의 전장으로 향하려는 사람들이 있다.

그녀들을 보내주기 위해서 나는 준비를 하기로 했다.

"……아르제 씨."

틀림없이 그 사람도 싸우고 있겠지.

처음 만났을 때에는 이렇게나 길고 깊은 인연이 될 거라고는 생

각해본 적도 없지만.

그녀를 위해서 무언가를 하는 것은 꽤나 좋은 기분이었다.

"약속은 지켰어요."

아득히 멀리, 지금은 닿지 않는 상대를 향해서 나는 작게 중얼

거렸다.

틀림없이 그녀와 또 만날 수 있으리라 믿고.

전황은 점차 역전되고 있었다.

무한하게 생성되는 상대의 병력에 우리 쪽 전력이 따라가고 있는 것이다.

전면전을 벌이는 소수가 아니라 포격이 가능한 배라는 증원이 온이상, 이제 로봇들이 생산되는 것보다도 부서지는 쪽이 빨랐다.

그럼에도 최전선은 두터운 철벽과 공격에 방해받고 있었다.

"큭……!"

설령 호위 병사를 전멸시키더라도 머리를 제압하지 않고서는 의미가 없다.

그리고 그것은 가능한 한 빨리, 이쪽에서 전사자가 나오지 않은 사이에 달성하고 싶었다.

"아르제 씨, 뒤예요!"

"미안해요, 쿠즈하!"

역시나 모든 방향에서 날아드는 공격에는 대응이 어려웠지만, 쿠즈하와 부시하 덕분에 어떻게든 처리하고 있었다.

서로 피로가 쌓였지만, 증원군 덕분에 기분은 긍정적이었다.

"아마도 제노 군이 해준 거겠죠."

"예. 정말로…… 제가 아무 말도 안 해도 다들 자기 멋대로 도우러 오고. 그저 고마울 따름이에요."

"그럼 고맙다고 하러 가야겠네요."

"예. 그러니까…… 여길 빠져나가겠어요!"

말과 함께 또 한 기를 쇠 부스러기로 바꾸었다.

무수하게 몰려오는 공격을 피하며 앞으로.

"너무 커서 가까워지는 느낌이 안 드네요……!"

"그래도, 조금만 더 가면 될 거예요!"

이만큼 전진했다. 앞으로 조금만 더 있으면 다다를 터.

전투의 소리를 제쳐두듯이 우리는 더욱 전진했다. 이 귀찮은
일을 끝내기 위해서.

"아르제 씨! 앞이에요!"

"앗…… 쿠즈하, 뒤!!"

"어……?!"

나를 너무 신경 쓰고 있었는지 쿠즈하가 뒤를 잡혔다.

"큭……."

들어 올려진 것은 두꺼운 칼날. 저런 것에 당한다면 조각조각
이 되어버린다.

그녀의 방패가 되기 위해서 나는 반사적으로 쿠즈하를 감쌌다.

튼튼한 흡혈귀라면 아슬아슬하게 어떻게든 될지도 모른다. 아
니, 견뎌내겠다.

"아르제 씨──."

"──언니를, 괴롭히지 마아아아아아!!"

"허?!"

칼이 떨어지는 순간, 날아온 무언가가 로봇에게 직격했다.

철답지 않은 소리를 내며 기계 병사는 완전히 으스러졌다.

무슨 일인가 싶었더니 익숙한 목소리가 들렸다.

"아야야야. 아니, 괜찮을 거라고는 생각하지만 꽤나 허리가 아픈데, 이거……. 포격으로 날아가는 건 앞으로는 그만두자……."

"이그지스터?! 시릴 노트 씨까지?! 게다가……."

"안녕하심까! 오랜만임다, 아르제 누나! 이것 참, 던지는 거랑 날아가는 건 역시 다르네요!"

시릴 대금고의 주인인 이그지스터와 대금고에 봉인되어 있던 시릴 노트 씨.

그리고 내가 과거에 어느 숲에서 만난 미노타우로스 오즈왈드 군.

정령 둘을 어깨에 태우고 오즈왈드 군이 하늘에서 내려왔다.

"어, 어째서 여기에……?!"

"아니, 임금님 녀석이 제가 사는 숲을 나라의 보호구역으로 만들어 줬슴다. 덕분에 인간이 숲을 지켜주게 되어서 짬이 났슴다."

"아……."

그러고 보니 그런 약속도 했다.

정말로 모두가 나와의 약속을 지켜준 것이었다.

그리고 약속이 이어져서 지금 이 상황이 있었다.

또다시 가슴속이 확 뜨거워졌다.

"시릴 노트 씨에 이그지스터도 와줬군요."

"……으음."

"저기…… 시릴 노트 씨?"

뭘까, 어쩐지 전이랑 분위기가 다른 느낌이었다.

전에 그녀와 만났을 때는 좀 더 쿨하다고 할까, 차분한 분위기 였던 것 같은데.

나랑 무척 닮았지만 눈물점이 있는 얼굴로, 상대는 어쩐지 불 만스럽게 말했다.

"……셜리."

"허?"

"이그지스터 언니가 붙여준 거야. 새 이름."

"……아아, 그렇군요."

시릴 노트라는 이름은 시릴 씨의 노트라는 의미다.

그러니까 이그지스터가 배려를 해서 새로운 이름을 생각해 준 거겠지.

누군가를 대신하는 게 아니고 누군가가 준 역할도 아닌, 셜리 라는 그녀로서의 이름을.

"그러니까 아르제 언니도 제대로 셜리라고 불러 달라고……?"

"어, 어어, 그게, 언니라는 건……?"

이름이 바뀐 이유는 알겠지만, 언니라는 호칭은 뭘까.

논리는 알겠다. 시릴 씨라는 같은 사람의 마력에서 태어난 우 리는 자매라고 불러도 무방했다.

하지만 갑자기 그런 식으로 부르는 것은 역시나 곤혹스러웠다. 나도 아직 이 세계에서는 생후 일 년이 되지 않았는데. 존재를 확 립한 타이밍으로 말한다면 오히려 내 쪽이 동생 아닐까.

"……안 돼?"

"어, 아니, 안 되지는 않는다고 할까…… 으음…… 잠깐, 셜리,

어쩐지 가깝지 않나요⋯⋯?"

"응~⋯⋯ 언니 냄새⋯⋯ 언니, 좋아⋯⋯."

뭘까, 그런 식으로 응석을 부리면 어쩐지 두근두근하고 만다.

내게 달라붙은 시릴 노트, 가 아니라 셜리의 냄새는 달콤하고 감촉은 부드러웠다. 나와 닮은 얼굴의, 충분한 미소녀.

그런 상대가 남들의 눈길도 상황도 신경 쓰지 않고, 나를 언니 언니라고 부르며 따르는 것이었다.

알 수 없는 가슴의 고동을 느끼고 나는 허둥지둥하고 말았다. 당연히 그렇게 되자 셜리는 거리낌 없이 내 가슴에 얼굴을 파묻고, 몸을 비비고, 끌어안았다. 이건 뭘까, 어쩌면 좋을까.

"하아하아, 내 귀여운 동생이 둘이서 알콩달콩하고 있어⋯⋯. 웃, 후우. 나, 나도 끼고 싶은 것도 같고, 보고 싶은 것도 같고."

"아르제 누나한테 언니와 동생이 있다는 건 몰랐습다만, 사이가 좋군요."

"여러분, 슬슬 주변도 좀 봐달라고요—?!"

쿠즈하의 비명을 듣고 역시나 정신이 들었다.

적진 한복판, 다시 말해 모든 방향이 적이었다. 오히려 이제까지 공격을 당하지 않은 것이 이상했다.

상대가 분위기라도 파악해 줬나 싶었는데, 실제로는 쿠즈하가 부시하와 함께 막아준 모양이었다.

나의 의식이 밖으로 향한 순간, 쿠즈하에게 한계가 오고 공격이 재개되었다.

"음머어어!!"

오즈왈드 군이 즉각 반응했다.

가까운 상대에게 도끼를 휘두르자, 기계 병사는 그야말로 압살 당해 버렸다.

……든든해졌군요.

오랜만에 보는 도끼 솜씨는 전보다도 훨씬 날카롭고 무거웠다.

틀림없이 그 후로 계속 스스로를 단련했을 테지. 그는 진지하 고, 성실하고, 착한 소 씨니까.

"블러드 암즈,『도끼』."

엄호를 위해서 나는 자신의 피로 거대한 도끼를 만들었다.

말을 건네지 않더라도 의도는 전해졌는지 오즈왈드 군은 미소 와 함께 내게서 도끼를 받아들었다.

"오랜만임다, 이렇게 무기를 받는 것도."

"이게 마지막이었으면 좋겠네요. 평화가 최고니까요."

"동감임다. 아쉬움이 남지 않도록 실컷 해치우겠습다!! 음머어 어어어어!"

사납게 포효하고 오즈왈드 군은 날뛰기 시작했다.

내 쪽도『꿈의 수련』으로 공격을 처리하고 반격을 가해서 기계 병사를 파괴했다.

쿠즈하도 부시하와의 콤비네이션으로 차례차례 적을 잔해로 바꾸었다.

"셜리, 할까."

"응…… 마침 재료도 잔뜩…… 있으니까."

이그지스터가 말을 건네자 셜리는 고개를 끄덕이더니 가지고 있던 지팡이를 높이 들었다.

그것은 이그지스터가 가진, 『울려 퍼지는 금화수(金貨樹)』와 모양이 닮았다.

"노래해, 『울려 퍼지는 은화수(銀貨樹)』."

지팡이로 땅을 두드리자 동전을 떨어뜨린 것 같은 소리가 터졌다.

소리의 파도가 거품처럼 주위로 퍼지며 마력을 부여한다.

"어…… 이건……?!"

"부서진 것이라도 재활용…… 자원은, 소중해……."

우리가 파괴한 기계 병사의 부품이 비틀리고, 구부러지고, 깎이고, 다른 것으로 다시 조립되었다.

만들어진 그것은 인간 형태가 아니라 둥글고 어쩐지 사랑스러운, 시릴 대금고에서 보던 골렘이었다.

"그쪽 병력이 무한이라면 이쪽 병력도 무한으로 만들도록 하지. 자, 춤춰볼까, 『울려 퍼지는 금화수』!"

셜리가 만들고 이그지스터가 강화한다.

자매의 콤비네이션으로 우리의 전력이 단숨에 늘어났다.

"자, 밀어내지 않겠나! 쩨쩨하게 굴지 말고 피해 없이 완전한 승리로 가자! 언니 노력할 거라고!"

"이그지스터 언니…… 멋져……."

"오—, 그거 괜찮네. 좀 더 말해보렴! 자, 아르제도 이렇게, 오랜만에 언니를 만났잖니! 달라붙거나 쪽하거나 해도 된다고?!"

"어, 아니, 쪽은 아무래도 부끄러우니까, 으음…… 어음…… 언니, 힘내♪"

"후오오오오오오!! 좋아! 끓어올랐어! 지금이라면 언니, 뭐든 할 수 있을 것 같아!"

이제까지 열심히 해준 것은 사실이니까 혼신의 미소로 응원해주자 이스지스터의 마력이 부풀어 올랐다.

무슨 일일까 싶었는데, 인공 정령인 이그지스터는 정신체라서 기세가 올라가면 마력도 대폭 올라가는 거겠지. 응, 아마도, 틀림없이, 어쩌면, 메이비.

실제로 골렘의 움직임이 명백하게 좋아져서 로봇들을 밀어내기 시작했다. 그 성과를 올린 본인이 언니 파워라고 그런다면, 그런 걸로 해두자.

성과에 만족하는 사이, 나와 같은 얼굴의 자칭 동생이 내게 불만스러운 표정을 드러내고,

"이그지스터 언니만 치사해⋯⋯. 아르제 언니, 셜리한테도 포상⋯⋯ 토닥토닥 해줘⋯⋯. 쪽—도 괜찮다고⋯⋯?"

"왜 둘이서 쪽—을 요구하는 건가요⋯⋯?!"

"큭⋯⋯ 그 괴상한 집단은 뭐냐?!"

역시나 가엾다고 할까, 쿠로가네 씨가 딴죽을 걸고 싶어지는 기분도 알 수 있었다.

자랑하는 부대가 파괴된 것은 물론이고 끝내는 이용까지 당하기 시작한 것이다. 짜증도 날 테고, 불평 한마디 정도는 하고 싶겠지.

하지만 안타깝게도 이그지스터는 남의 이야기를 안 듣는, 자아

가 강한 타입이다. 지금도 손을 들어 『골리앗』을 가리켰다.

"괴상하다니 실례구나. 나는 이 세계에서 가장 강하고 누구에게도 지지 않는 생물. 그래, 다시 말해서 언니다. 귀여운 동생이 있는 한, 언니는 최강. 알겠지?"

"언니를 괴롭힌다면…… 거세, 후, 두들겨 팬다……. 이것이, 세계의 규칙…… 오케이……?"

"으음, 뭐냐고 묻는다면……. 일단은 제 언니랑 동생이라고 그러는데요."

"너는 이 세계에서 어떤 인생을 보낸 거냐……?!"

"그건, 이야기하면 길어지니까요."

정말로, 긴 이야기가 된다.

이 세계에 태어나서 다양한 사람과 만나고, 많은 접촉과 엇갈림이 있었다.

도저히 몇 마디나 짐깐의 시간으로는 표현할 수 없을 만큼, 지금의 나는 수많은 사람과 이어져 있다. 모두가 둘도 없는, 소중한 인연이다.

"저 커다란 걸 멈출게요. 도움을 부탁해요."

"물론임다, 누나!"

"동생의 부탁을 거절하는 언니가 있을 리 없겠지."

"언니의 부탁을 거절하는 동생도 없어……."

"그래. 마지막까지, 제대로 어울릴게요."

정말로 의지가 되는 원군이 와주었다.

가슴속에 따듯한 것을 품고 나는 주저 없이 앞으로 나섰다.

263 혼자가 아니야

지평선을 집어삼키듯이 우뚝 선 위용에, 가까워지고 있었다.

제노 군이 준비해 준 증원군 덕분에 반란군이랑 다크 엘프들의 사기도 대폭 상승한 듯했다. 먼저 전진한 나를 따르는 게 아닐까 싶을 만큼 모두의 목소리가 가까워졌다.

"하하하, 골렘 소재가 부족하지 않다는 건 좋은 일이야. 나중에 살짝 빼내서 동전으로 바꿀까?"

"이그지스터 언니…… 나이스, 아이디어…….."

"잘은 모르겠습다만, 박살내면 되는 거죠!"

"예, 생물이 아닌 냄새가 나는 건 전부, 적이에요!"

최전선이라고도 할 수 있는 장소에서 나는 많은 동료들에게 보호를 받고 있었다.

……혼자가 아니야.

고독하지 않다. 고작 그것뿐인데도 깨닫는 것이 무척 늦어버렸다.

그런데도 다들 당연하다는 듯이 나를 도와주고, 정말로 유별난 사람들이다.

"게으르고, 뭐든 귀찮아하고, 잠만 자는 둔감한 나한테……."

"그래도 된다고 생각할 수 있으니까요."

"그래, 그렇구나! 내 동생은 게으르지만 다정하고 귀여워!"

"언니는 뭐든 귀찮아하지만…… 하지만 우리를 위해서…… 진지하게 행동해 줬어…….”

“확실히 누나는 잠만 잔다지만…… 깨어 있을 때는 정말로 참
견쟁이니까요!”

“둔감하지만, 제가 울고 있을 때 곁에 있어준 사람인 거예요.”

평소 같은 딴죽이 아니라 진지한 말이 돌아오는 바람에 나조차
뺨이 뜨거워졌다.

아아, 정말이지. 어째서 이렇게 다들 부끄러워하지도 않고 나
를 칭찬하는 걸까.

시릴 대금고에서의 일은 그렇게 해야 한다고 생각했기 때문이
고, 숲에서의 일은 잠자리에 대한 은혜 갚기, 울고 있는 쿠즈하
곁에 있었던 것은 그것 말고는 떠오르지 않았으니까.

이제까지 만들었던 다른 인연도 그중 다수가 그저 변덕이나 은
혜를 갚으려던 결과로 생긴 것이었다.

그것이 이렇게나 따듯한 것으로 가득해질 정도의 인연이 되고.

이런 거, 영원히 살더라도 도저히 갚을 수 없을 것만 같이 고맙
고 행복했다.

“아아, 정말. ……다들, 좋은 사람들뿐이에요.”

나는 이제 쿠온이 아니다.

낙오자나 실패작조차 될 수가 없다.

이미 이 따듯함을, 이 온기를 알고 말았으니까.

가슴속이 달콤하고, 뜨겁고, 수줍다. 차오른 이 감촉의 이름이
행복임을 깨닫고 말았으니까.

쿠온 긴지가 아니라 아르젠토 밤피르라고 불리는 것을 둘도 없

는 일이라 생각하고 말았으니까.

그 마음을 준 모두를 지키기 위해서 나는 그저 달렸다.

"보인다…… 발끝이야!!"

다수의 기계 병사를 부순 그곳. 『골리앗』의 발끝이 이제야 보였다.

멀리서 봐도 거대했던 그 모습은 가까이서 봐도 현실감이 들지 않는 스케일이었다. 멀리서부터 쏜 포격이 『골리앗』에 닿고 있지만, 꿈쩍도 하지 않는다.

이곳 이세계에 어울리지 않는 거대한, 과학과 기술의 산물이 그곳에 있었다.

"칫…… 들러…… 붙지 마라!!"

"으……! 위험해!"

철의 거인이 팔을 높이 쳐들었다.

그대로 두들기기만 해도 훌륭한 파괴병기다. 속도는 느리지만 공격 범위가 너무도 넓다.

나 혼자라면 쿠즈하를 안고서 아슬아슬 회피는 가능하겠지. 하지만 지금 이쪽에는 언니와 동생, 그리고 소 친구가 있었다.

"다들, 도망——."

"——그 일격만이라면, 막아줄게."

"페르노트 씨?!"

등 뒤를 지키겠다고 말했던 사람이 따라왔다.

여기까지 상당히 열심히 해준 거겠지. 페르노트 씨는 부러진 검을 버리고 맨손으로 섰다. 마법으로 검을 정제할 생각일까.

"미안해, 아르제. 물량에 좀 밀려서…… 늦어졌어."

"아뇨, 그건 괜찮은데요……. 저건 아무래도…… 페르노트 씨가 아무리 뇌까지 근육이라도 힘들지 않을까요?"

"그런 거예요! 아무리 페르노트 씨가 마법으로 검을 만들어서 쾅쾅해도 무리가 있어요!"

"내 평가가 뭐든 베려고 드는 위험인물처럼 되지 않았니……?!"

어, 아니었나요?

우리의 말에 미묘한 표정을 띠면서도 페르노트 씨는 내 쪽으로 손을 뻗고 말했다.

"아르제. 피의 계약, 쓸 수 있을까?"

"후에?"

"아무리 그래도 지금 나로서는 출력이 부족해. 그러니까 저걸 받아치려면 조금 더 힘이 필요하거든."

"……쓸 수는, 있는데요."

페르노트 씨한테 사용해도 괜찮은지, 나는 솔직히 고민했다.

물론 친구한테 사용하는 것을 주저하는 건 아니다. 이미 오즈 왈드 군이랑 네구세오한테 써버렸다.

……성기사, 잖아요?

전직이라는 말이 붙기는 해도 페르노트 씨의 속성은 빛 쪽이다.

반면에 흡혈귀인 내 속성은 어둠이라 그녀와 정반대 속성이다. 계약을 맺는다고 해서 그것은 플러스가 될까.

"괜찮나요? 빛과 어둠의 힘이 합쳐지고 머리가 이상해져서 죽지는 않을까요?"

"걱정 안 해도 제어는 해낼게. ……못 한다면 최악의 경우에는 폭주한 몸뚱아리를 저기에 던져 주겠어."

"저기저기 아르제, 이 성기사, 역시 뇌까지 근육 아니야……?!"

"……정상적인 판단력은 가슴으로 흡수됐어……?"

"너희들, 자매가 나란히 실례되는 부분은 정말 닮았는데……?!"

이그지스터와 셜리까지 가차 없는 코멘트를 했다.

그렇지만 역시나 시간이 없었다. 생각할 틈도 없으니까 그렇게 할 수밖에 없을 듯했다.

"음…… 피의 계약!"

손가락 가운데를 깨물고 흘러나온 피를 페르노트 씨에게 떨어뜨렸다.

그녀는 마치 임금님한테 검을 받은 기사처럼 양손으로 떨어지는 내 피를 받았다.

"……감사히, 받을게."

"딱히, 페르노트 씨를 종자로 삼는다는 생각은 없다고요?"

"그래. 알아. 알고 있으니까…… 이어지고 싶은 거야."

페르노트 씨는 미소로 그리 말하고 일어섰다.

피부를 쓰다듬는 마력은 이제까지 이상으로 강해서 명백하게 그녀의 힘이 늘어나는 것을 느낄 수 있었다.

허공으로 손을 뻗고 페르노트 씨는 드높이 외쳤다.

"길을 비추는 성검이여. 내 몸에 깃들어 현현하라……. 머티리얼라이제이션!!"

빛이 넘쳐 주위를 밝게 비추었다.

알고 있다는 그녀의 마음을 표현하듯이 검은 어둠의 색깔로 물들지 않고 눈이 부실 만큼 하얀 빛을 띠고 있었다.

들어 올리는 것만으로 농밀한 마력에 공기가 떨리고 풍경이 바뀌었다.

"윽…… 그딴 걸로, 뭘 할 수 있느냐!!"

"소중한 사람을 지키는 것."

우리를 향해 휘두른『골리앗』의 팔을 향해, 페르노트 씨는 퍼 올리듯이 빛의 검을 움직였다.

빛의 기둥처럼 하늘을 향해 검이 뻗어나갔다. 돌진하는 빛은 에너지 덩어리가 되어 거대한 질량과 정면으로 맞부딪쳤다.

모조리 쏟아부은 마력의 흐름은 바람을 일으키고 주위를 거칠게 쓰다듬었다.

그럼에도 압도적인 질량은 조금씩 점점 이쪽으로 들이닥쳤다.

"……페르노드 씨!"

"……걱정할 필요 없어."

들리는 목소리는 다정하고, 보이는 뒷모습은 한없이 든든했다.

걱정할 것 없다고, 그 말을 의심도 않고 믿을 수 있었다.

페르노트 씨는 빛의 검을 놓지 않고 드높이 외쳤다.

"그 누구도, 사라지게 둘까 보냐아아앗!!"

외침에 응하듯이 빛의 검은 더더욱 출력을 높였다.

질량을 집어삼키듯이, 대질량의 타격을 밀어내는 게 아니라 꿰뚫었다.

철의 팔을 날려버리고 하늘로 솟구친 빛은 비행선을 끌어들이면서 더욱 상승했다.

이제는 하늘 너머까지 뻗어나간 빛이 천천히 사라졌다. 마력의 잔재가 반짝반짝 빛나고, 그것도 이윽고 소멸되었다.

"헉, 허억……. 가, 아르제!!"

"아…… 예!!"

팔을 막아낸 것은 물론이고 방해되는 비행선까지 떨어뜨려 줬다. 갈 거라면 지금밖에 없다.

내디디려던 그 순간, 누군가 손을 잡아당기는 감촉이 있었다.

"……쿠즈하."

"……더 이상, 놔두고 가진 않을 거죠?"

"예. 돌아오기 위해서, 갔다올게요."

"……약속, 이에요."

"예. 약속이에요."

내가 이 세계에 태어나서 몇 번이고 나누었던 것.

떨어지는 우리의 손. 서로의 새끼손가락을 아쉽다는 듯이 걸고, 이윽고 스르륵 풀었다.

"잠깐 다녀올 테니 기다리세요. 확실하게, 돌아올 테니까요."

말을 남기고 나는 하늘로 도약했다.

몸이 변화하는 것은 순식간. 등에서 박쥐의 날개를 꺼내어 목적지를 향해 일직선으로 날아갔다.

더 이상 무엇 하나 가로막는 것은 없고 기다리는 사람이 있을 뿐. 빛의 검으로 구름마저 날아가 버린, 방해꾼 하나 없는 하늘을 날아 올랐다.

"……아아, 정말로."

이 세계에 태어나서, 다행이다.

전생해야 한다는 말을 들었을 때, 그때의 나로서는 의미를 알수 없었다.

하지만 지금이라면 알 수 있다. 행복이라는 말의 의미는 알아도 온기를 모르고 죽은 나를 위해 이 전생이 있었노라고.

몇 명의 얼굴이 머릿속에 떠올랐다. 모두가 나와 함께해주고 지금의 내 모습을 만들어준 둘도 없는 사람들이다.

"행복하네요."

가슴에 깃든 감정의 이름을 입에 담았더니 더욱 부끄러워졌다.

하지만 싫지 않았다. 싫을 리가 없었다. 이렇게 웃을 수 있게 됐으니까.

이 마음을 나는 이제 알았으니까.

아르센토 뱀피르로서 이 세계에 살아간다.

"출입구…… 우선은 가슴부터 확인할까요."

『골리앗』의 컨트롤 룸이 있는 곳으로 예상하는 지점은 머리와 가슴.

시야가 트인, 통상적으로 이 세계의 주민이라면 좀처럼 올라올 수 없는 높이. 그곳이 가장 안전하리라고 판단했다.

물론 그런 곳에 들어갈 수 있는 문 같은 걸 딱 맞추어서 두었을 리도 없다. 들어간다면 억지스러운 수단이 되겠지.

하늘 높이 날아올라 높아진 시야 가운데 나는 몸을 비틀고 말을 꺼냈다.

"바람 씨, 부탁해요."

대화를 건네는 듯한 말을 통해 마법이 정확하게 발동되었다.

아래쪽에서 퍼 올리는 것 같은 바람에 실려 나는 더욱 가속했다.

극한의 속도에 더해 뒤로 바람을 받으며 나는 일직선으로 날아갔다.

"보였어…… 흉부 장갑!"

"정말로, 당신은 터무니없는 생각만 하네요."

"아오바 씨?!"

어느샌가 그녀가 따라오고 있었다.

철의 거구에 덩굴을 휘감아서 올라온 듯했다. 어쩌면 나보다도 먼저 오르기 시작했던 걸까.

그녀는 평소처럼 머리의 방울을 울리더니 고개를 절레절레 내젓는다.

"바람을 받고 날아간다니, 그런 무모한 비행 방법이 있나요."

"가능한 게 늘어나지는 않았으니까요."

각오를 다지고 더는 도망치지 않겠다며 마음을 먹었다고는 해도 그것뿐이었다.

전생했을 때부터 내가 할 수 있는 일은 변함이 없었다.

약간의 마법과 굉장히 빠른 스피드, 그리고 흡혈귀의 신체 능력을 얻었을 뿐.

"이게 끝나면 마법이나 기술을 갈고닦는 건 어때요?"

"……생각은 해볼게요."

"우—와, 지금 눈을 피하는 걸 보니 나중에 얼버무리겠다는 의미겠네요…….”

곤란하네, 오래 알고 지낸 상대라 거짓말이 통하질 않는다.

아오바 씨는 잠시 나를 빤히 바라본 뒤, 또다시 고개를 절레절레 내저었다. 딸랑딸랑 방울이 울리고, 소리가 그쳤을 무렵에는 어쩐지 체념한 듯 미소를 띤다.

“발판을 만들게요. 최후의 마무리는…… 긴지 씨가.”

“예. 제대로 끝낼게요. 진정한 의미로, 다시 태어나기 위해서.”

쿠온이었던 자신을 버릴 수는 없다.

아무리 말이나 마음을 겹치더라도 내가 쿠온 긴지로서 살고, 결과를 남기지 못하고 죽었다는 사실은 변함이 없다.

하지만 ‘지금부터’는 바꿀 수 있다.

출생은 고를 수 없고, 일어난 일은 지울 수 없고, 당장은 바꿀 수 없을지라도.

“저는 이제 아르젠토 밤피르라고 정했으니까요.”

아오바 씨가 덩굴로 짜준 즉석 발판에 나는 거침없이 탔다.

“……『꿈의 수련』.”

몇 번이나 쥐고, 몇 번이나 휘둘렀던 애도(愛刀)를 살며시 만졌다.

“미숙한 사용자라서 미안해요. 그래도…… 힘을 빌려주세요.”

자세를 낮추고, 칼에 손을 대고 나는 집중했다.

자세도, 베는 방법도 모두 쿠온에서 배운 것.

쿠온 가문의 사람들에게는 미치지 못하는 미숙한, 수준 낮은 일격.

이곳에 다다를 때까지도 수많은 사람들이 뒤를 밀어주었고, 이

끌어 주었고, 말을 건네어 주었고, 생각해 주었다.

나는 아직 그런 고마운 일들을 전부 받아들일 수 있을 만큼 강하진 않다.

"그래도 이것이…… 지금의 저예요."

미숙함도, 감사도, 응석도, 후회도.

모든 것을 실어서 나는 칼을 휘둘렀다.

사용자의 미숙한 솜씨를 보충하듯이 발판은 탄탄하게, 손의 감촉은 힘차게, 흡혈귀의 완력이 소리마저 앞질렀다.

키잉, 가벼운 소리를 내며 『골리앗』의 장갑은 잘려나갔다.

"……다녀올게요!"

돌아온다는 약속을 지키기 위해서 다녀오겠다는 말을 두고, 나는 철의 거인 내부로 돌입했다.

264 소중한 것

"웃…… 쿠로가네 씨!"

"……와버렸나."

조작 패널로 보이는 것에서 손을 떼지 않고 쿠로가네 씨는 나를 노려봤다.

주위에는 여러 종류의 계기판이 있고 케이블이 빙 둘러쳐져 있는 방은 생물의 몸속 같았다.

쿠로가네 씨의 등 뒤에는 의자가 하나 더 있고, 그곳에는 제국의 황제가 앉은 상태에서 눈을 감고 있었다. 저건 잠들어 있는 걸까.

"쿠온 가문은 결과를 낸 자는 인정하지. 지금의 너라면 충분히 쿠온으로 지낼 수 있을지도 모르겠네."

"……저는 이제 그런 건 바라지 않아요. 이곳에 쿠온은 없으니까요."

"……그래. 그렇군."

부정할까 싶었는데 돌아온 것은 긍정이었다.

"이곳에 쿠온은 없지. 아무리 내가 쿠온을 자칭해도 그런 건 이미 어디에도 없어. 전생해서 괜찮은 능력과 괜찮은 인생이라고 그러면 듣기에는 좋을지도 모르겠지만, 그건 다시 말해서…… 그 세계에서 바랐던 것을 다른 세계에서 손에 넣으라는 소리야."

"……그러네요."

"하지만 다른 세계에서 그것을 얻고…… 뭘 어쩌라는 거야. 그 세계에서 바랐던 것은 더 이상 손에 들어오지 않아. 대용품이 필요해서 살아있는 게 아니라고, 우리는!!"

들리는 말은 틀림없는 외침이자 통곡이었다.

확실히 그가 말하다시피 다른 세계에 왔다고 해도, 그것으로 전에 있던 세계에서 겪은 슬픔이나 후회나 무력감이 사라지는 것은 아니다.

쿠로가네 씨는 틀림없이 납득을 못 하는 것이다. 쿠온으로 결과를 내어 인정받기를 바랐는데 그러지 못했고, 전생한 이 세계에 쿠온은 없다.

틀림없이 이제 필요한 것은 무기가 아니겠지.

상대하며 대화를 나누어야 한다는 생각에 나는 칼을 내렸다.

무엇보다도 그것은 내가 이곳에 온 이유니까.

나는 그와, 대화를 나누고 싶다.

"……어째서냐."

"뭐가, 말인가요?"

"너는 원래 쿠온의 실패작이겠지. 아무것도 이루지 못했던 인간이, 전생했다고 해서 이렇게까지 될 수 있는 거냐?"

"……몰라요, 그런 건. 게다가 제가 여기까지 올 수 있었던 것은 그저 주위에서 도와줬기 때문이에요."

나는, 전생에서는 아무것도 할 수 없었던 인간이다.

여기까지 올 수 있었던 것도 많은 사람들의 도움이 있었기 때문이다.

하지만 그런 내 전생에서도 나를 걱정해준 사람은 있었다.

아오바 씨나 류코. 혹은 내가 기억을 못 할 뿐이지 그 밖에도 있었을지도 모른다.

그것을 깨닫지 못하고 나는 그 세계를 떠나버렸다.

"도움을 받고 있다는 걸, 그렇게 해주는 사람이 있다는 걸 깨달 았을 뿐이에요."

"그렇다고 해서…… 그런 걸로 이런 곳까지 왔나?!"

"……저도 물어보고 싶었거든요. 쿠온에서 전생한 사람이 어째 서 쿠온으로 살고 있는지. 그리고…… 그 사람에게 저는 어떻게 보이는지를."

"……네가 전생한 이유는 알았다. 너 같은 녀석이, 쿠온으로는 살 수 없었을 테지."

그렇게 말할 거라고 생각했다.

이곳에 올 때까지는, 그런 말을 듣는 것이 어쩐지 무섭게도 여 겨졌다.

하지만 지금의 내게는 확고한 부정이 고맙다고 느끼는 심정마 저 있었다.

"그렇다면 정말로 제게는 전생한 의미가 있었던 거겠죠. 그 무 렵의 일이 사라지지는 않더라도…… 아뇨. 사라지지 않았기에, 지금의 제게 의미가 있을 테니까요."

"……나는 그런 식으로는 생각할 수 없어. 쿠온으로 살았다. 그 세계에서 사는 것을 허락받았다. 하지만…… 만들고 또 만들어 도…… 결과를 내기 위한 장소가 없었어!"

"……쿠로가네 씨."

"전생해서, 다른 세계에 와서, 새로운 목숨……. 하지만! 이곳에는, 쿠온 가문이 없잖아!!"

전생해서도 그는 의지할 곳을 잃었다.

그 세계에서 쿠온은 절대 강자였고 수많은 약자로부터 착취하는 쪽이었다.

얼핏 보면 그것은 악인일지도 모른다. 약한 존재를 짓밟고 빼앗을 뿐인 존재일지도 모른다.

하지만 그런 장소가 자신을 지키고 필요하다 말해준다면.

그것은 그 사람에게 너무나도 안심할 수 있는 곳이 아닐까.

쿠로가네 씨는 마치 길을 잃은 어린아이처럼 떨고 있었다. 눈에 깃들어 있는 것은 분노가 아니라 공포였다. 적어도 내게는 그렇게 보였다.

"……어째서 너는 그렇게 서 있을 수 있지? 무엇을 위해서 싸우고, 무엇을 위해서 살지?! 이 세계에서 쿠온의 비호도 없는, 실패작이었던 몸으로! 무엇을 의지해서 살고 있다는 말이다!!"

"……그러네요."

그에게 있고 내게 없는 것.

그것이 이 세계에서 우리의 입장을 결정지었을 테지.

……무엇을 소중하게 생각하는가.

그런 건 진즉에 정해져 있는 일이다.

망설임 없이 나는 숨을 들이마시고 말을 꺼냈다.

"삼시세끼 낮잠에 간식 포함인 생활일까요."

"······허?"

그가 엄청난 얼굴이 되었다.

"아뇨, 그러니까. 삼시세끼 낮잠에 간식······ 그, 그리고 흡혈이
네요. 그거면 느긋하게 살 수 있는 거예요."

"············."

"아, 그래그래. 그리고 그 옆에 친구가 있다면 더 이상은 말할
것도 없으려나요."

지금 내게 쿠즈하를 비롯한 친구들은 무척 소중한 존재다.

그런 사람들과 느긋하고 태평하게 유유자적 낮잠을 자면서 생
활할 수 있다면 얼마나 행복하고 즐거울까.

"···기지 마."

"기지 마?"

"웃기지 말라고, 하는 거다!!"

어찌된 영문인지 엄청나게 화를 냈다.

이상하네, 물어봐서 대답했을 뿐인데.

물어본 상대는 조금 전까지의 공포는 어디로 가버렸느냐는
느낌으로, 분노로 어깨를 파들파들 떨면서 손을 들어 나를 가리
킨다.

"그런······ 그런 웃기는, 개그 같은 적당한 이유로 너는 여기까
지 온 거냐?! 진심이냐?!"

"으음, 뭐······ 완전 진심이에요."

"바······ 바보 아니냐?! 머리가 완전히 꽃밭이냐, 너는?! 정말
로 쿠온의 피가 들어는 있냐?!"

"음, 실례네요. 그쪽이야말로 바보 아닌가요."

그다지 똑똑하지 않다는 자각은 있지만 그런 말까지 듣는 것은 유감이었다.

나는 상대를 똑바로 바라봤다. 더 이상 무섭지 않았다. 뭐가 쿠온의 일원이냐, 하고 싶은 말을 해줬다.

"전생에서 쿠온 가문도 없다면서 언제까지고 매달려서, 그렇게 어린애 같은 이유로 전쟁같이 바보 같은 일에 가담하는 그쪽이야말로 엄청난 바보가 아닌가요!"

"아니…… 뭐라고?!"

"애당초 쿠온에 안 맞는다니 당신이 남더러 뭐라고 할 처지인가요! 그나마 낮잠을 위해서 주변에 잔뜩 투정을 부렸던 제가 더 쿠온다울 정도예요!!"

"무슨, 소리를……."

"그린 식으로 뒤에 소중한 사람을 두는 행동, 쿠온의 인간은 안 해요!!"

"윽……."

그의 뒤에는 눈을 감은 채로 앉아 있는 황제의 모습이 있었다.

이 두 사람 사이에 무슨 일이 있었는지 나는 모른다. 묻는 것도 귀찮으니까 아무래도 상관없다.

하지만 그에게 그녀가 소중하다는 것은 보면 알 수 있는 일이었다.

그렇게 자신보다도 고급스러운 의자에 앉히고, 자신보다도 위에 두고 있다.

소중하니까 견고한 갑옷을 만들고, 아까도 『골리앗』과 함께 짓밟아도 상관없었을 텐데 굳이 회수해서 지키려고 했다.

"누군가를 생각하고 지키려 한다. 당신 같은 사람을 저는 알고 있어요. 하나가 아니라 잔뜩."

"그건……."

"그 세계에서도 그렇게 해준 사람이 있었어요. 그 사람은 이 세계로 전생했죠."

그가 전생한 이유는 결과를 남기지 못했기 때문이 아니었다. 본인은 그렇다고 생각할지도 모르겠지만, 틀림없이 아니다.

전생하는 조건은 '영혼이 세계와 적합하지 않은 것'.

그러니까 아오바 씨와 나는 전생했다. 나는 쿠온답지 않을 만큼 뭐든지 귀찮아하고, 아오바 씨는 쿠온으로 살기 힘들 만큼 나를 소중하게 생각하고 말았다.

"당신도…… 틀림없이, 같아요."

누군가를 생각할 수 있는 사람이니까 전생한 것이다.

아오바 씨와 마찬가지로 누군가를 위해서 자신 안의 무언가를 바칠 수 있으니까.

"쿠온처럼 살 수 없는 거예요. 저도, 아오바 씨도, 당신도. 그러니까…… 이 세계에 왔어요. 쿠온이 아니라 다른 무언가로서 살기 위해."

"……아아."

내 말에 쿠로가네 씨는 몸의 힘을 뺐다. 조작 패널에서 손을 내리며 힘이 빠진 것이었다.

멀리서 울리는 바깥의 전투 소리를 들으며 나는 그에게 손을 내밀었다.

서로를 이해하지는 못하더라도 손을 맞잡을 수는 있다고 생각하니까.

"쿠로가네 씨. 돌아가죠, 그 사람을 데리고. 머리를 숙이면 알아준다……는 생각까지는 없지만요. 하지만…… 당신은 틀림없이 모든 것을 버리고 자기만 살면 된다고 생각할 수 있을 만큼 제멋대로 굴지는 않을 테니까요."

"……황제님."

그가 돌아본 것에는 진홍색 머리카락을 늘어뜨리고서 잠든 여성이 있었다.

아주 잠깐의 시간이 흐르고, 이쪽을 돌아본 쿠로가네 씨의 눈에는 강한 결의의 빛이 드리워 있었다.

"안 돼."

"어…… 어째서?!"

"나는 결정했어. 그녀가 바라는 것을 전부 주겠다고."

말을 꺼내며 그는 수중의 패널 조작을 재개했다.

"그럴 수 없다면 나는 그녀의 부하 실격이야. 쿠온으로 살지 못하고, 바치고자 했던 사람에게조차 아무것도 남길 수 없다면……나는 더더욱 실패작이야."

"쿠로가네 씨……!"

"……미안해, 황제님."

쿠로가네 씨가 중얼거리는 것과 동시에 상황이 급변했다.

천장의 기계 부분이 움직이고 구멍 같은 공간이 생겼다. 황제가 앉아 있던 옥좌가 그곳을 향해 상승했다.

갑작스러운 이동에 반응했는지 황제가 눈을 떴다.

"응…… 쿠로가네……?"

"미안, 황제님. 실패해 버렸어. 그러니…… 여기서 이별이야."

"어, 무, 무슨 소리냐, 쿠로가네, 기다려라, 설명을──."

"──잘 가."

그녀가 무언가를 말하려던 순간에 옥좌가 가속했다.

순식간에 황제의 모습은 보이지 않게 되어버렸다.

"저건…….."

"탈출 장치야. 황제님을 불꽃에 휘말려 들게 할 수야 없잖아?"

"윽…… 설마 자폭을?!"

"바로 그 설마다. 아아, 지금 생각해 보면 이것도 내가 그녀에게 심취했던 증거겠지. 그렇지 않았다면 목숨과 맞바꾸어서 주위를 파괴하는 자폭 장치 따위는 못 만들었을 테니까."

납득을 해버린 탓인지 행동이 빨랐다.

쿠로가네 씨의 아직도 수중의 기계를 조작하고 있었다. 무엇보다도 아직 황제님이 막 이탈한 참이었다.

그러니까 자폭 버튼을 누를 때까지는 조금 더 시간이 있을 터.

"읏……!"

생각할 여유도 없이 나는 달려갔다.

어느 정도의 위력인지는 정확하게는 모르지만 일단 이만한 크기의 물건이다. 폭발하면 주위가 초토화되는 정도는 당연하게 벌어지겠지.

피아의 거리는 그리 멀지 않다. 내 속도라면 금방이다. 붙들어서 무력화시켜야 한다.

"쿠로가네 씨……!"

"……미안하네. 어울리게 해서."

"큭…… 아아아아앗!"

외침을 집어삼키듯이 눈앞의 세계 모두가 새하얀 빛으로 뒤덮였다.

또 늦어버렸다는 분노마저도 하얗게 물들어 사라졌다.

허공으로 뻗은 손을 아무것도 붙잡지 못하고.

이윽고 내 의식을 내던져졌다.

265   이곳이 아닌 어딘가에서

"……하얀, 방이네요."

눈을 뜨고 처음으로 흘린 감상은 그것이었다.

주위에는 아무것도 없이 그저 새하얀 세계. 어디에 벽이 있고 어디에 천장이 있는지도 분명치 않은 공간.

명확하게 존재하는 것이라면 자신이 잠들어 있던 침대뿐. 어쩐지 기억이 있는 장소였다.

"여긴…… 혹시 전생 룸?"

"오랜만이구나, 아르젠토."

"……로리 영감님."

"이름을 가르쳐 줬을 텐데, 제대로 부르지 못하겠느냐."

들리는 목소리는 나를 이 세계로 전생시켜준 신의 사자가 말하는 것이었다.

듣기에는 고지식한, 또랑또랑한 목소리. 아마도 이름은——.

"——미코 씨. 어째서 저는 이곳에? 혹시 저, 또 죽었나요?"

"걱정 안 해도 죽진 않았다. 신의 권한을 이용해서 이 공간으로 너를 끌어들였을 뿐이야."

"……어째서 그런 일을?"

분명히 조금 전까지 『골리앗』 안에서 쿠로가네 씨와 대치하고 있었을 터.

거기에 끼어들면서까지 나를 이 공간으로 부른 이유는 뭘까.

의문에 대한 대답은 바로 나왔다.

"본래라면 신들은 세계에 간섭하지 않아. 하지만…… 이전, 쿠로가네 쿠온이 일으킨 이레귤러한 전이를 맞닥뜨리고 특례로 내게 몇 가지 권한을 부여한 게야."

"권한, 인가요?"

"음. 그중 하나는 지금 사용해 버렸지만…… 나머지 둘을 여기서 사용할 생각이라서 말이다."

"으음, 지금 무척 바쁜데요……."

"음. 보고 있었으니까 알고 있다마다."

내 말에 고개를 끄덕이는 기척이 느껴진 것과 동시에 로리 영감님 미코 씨가 내 눈앞에 나타났다.

여전히 이 공간은 뭐든지 되는 모양이라, 미코 씨가 공중으로 손을 뻗자 그것만으로 침대가 사라져 버렸다.

"히얏."

갑자기 앉아 있던 것이 사라지는 바람에 나는 가볍게 엉덩방아를 찧고 말았다.

"걱정 안 해도, 주어진 권한 중 하나로 멍청이의 자폭은 어떻게든 하지."

"으음, 고맙습니다……. 하지만 괜찮나요? 그게…… 쿠로가네 씨가 사라지는 편이, 신께는 더 나은 게……."

미코 씨가 상사──신들에게 받은 권한이라는 것은 다시 말해 신들의 세계에 발길을 들일 가능성이 있는 병기를 만드는 쿠로가네 씨를 어떻게든 처리하기 위해서 받은 것일 터.

지금 여기서 그의 자폭을 저지해버린다면 신들의 의도와는 반대가 되어버린다고 생각하는데.

"……여기까지 보고서 내가 내린 판단이다. 신들도 설득해 뒀으니까 안심하여라."

"……잘은 모르겠지만 미코 씨가 그렇게 말한다면."

이 사람은 공평하고 거짓말을 안 하는, 즉 좋은 사람이다.

아마도 전생 담당으로서 일을 하는 것도 사람이 너무 좋아서 그렇다든지 그런 느낌이겠지.

그런 미코 씨가 하는 말이라면 믿어도 될 것으로 여겨졌다.

"하지만 그렇다면 또 하나의 권한이라는 녀석은 어떻게 할 생각인가요? 들은 느낌으로는 횟수 제한으로 신의 기적을 쓸 수 있는 티켓 같은 것인 모양인데요."

"음. 그건…… 이렇게 할 게다."

손가락을 딱 튕기는 소리가 들린 순간, 세계가 일변했다.

그때까지 색이 없었던 세계에 급격하게 무수한 색채가 나타났다.

구축된 것은 내게 익숙한, 그와 동시에 머나먼 것이 된 풍경이었다.

"이건……."

"너로서는 그리울 테지."

그립다, 라고 그럴 것은 아니었다.

그것은 이미 내 기억에서 진즉에 빛바래 버린 풍경이었다.

모든 것을 기억하지만, 이제는 손을 뻗을 수도 없게 된 세계.

눈에 비치는 것도, 바람의 냄새도, 추억에서 현실로 돌아갔다.

잊으려던 기억이 모두 선명해지며 싫어도 떠오르고 만다.

"쿠온의…… 본가……."

집이라고 부를 수 있는 장소를 눈앞에 두고 나는 서 있었다.

당황한 나와는 달리 미코 씨는 가벼운 분위기였다. 그녀는 가벼운 태도로 나를 돌아보고,

"그럼 가도록 할까."

"자, 잠깐만요! 어째서 이런…… 그보다도, 어쩌려는 건가요?!"

"걱정 안 해도 지금 네 모습은 누구에게도 보이지 않아. 그리고 지금부터 만날 사람에게는 쿠온 긴지의 모습으로 보이겠지."

"만난다니, 누구를——."

"——미즈시로 류코."

들려온 그 이름에 심장이 뛰는 것을 느꼈다.

"만나고 싶다는 생각을 했을 테지. 그러니까 남는 권한으로 이루어주기로 했다."

"읏…… 어, 어째서 갑자기?"

"……본래라면 나는 신의 권한 세 가지…… 이른바 기적을 사용해서 쿠로가네 쿠온이 신의 세계로 발길을 들이는 걸 저지할 예정이었다. 그리고 그 기회는…… 뭐, 솔직히 말해서 얼마든지 있구나."

미코 씨의 말 그대로였다.

어디까지 이치가 통할지는 불명이지만 이런 정도의 기적을 일으킬 수 있다면, 쿠로가네 씨를 막을 기회 따위 얼마든지 있었을 테지.

『골리앗』의 기능을 정지시켜도 되고, 천재지변 하나라도 일으켜서 제국 수도를 파괴해도 된다. 그 밖에도 다양한 방법으로 막을 수 있었을 터.

"……전생자의 인생은 자기 마음대로 살게 두는 것이 기본적인 규칙이야. 그러지 않고서는 사죄로 전생시키는 의미가 없으니까 말이다."

"……그래서 지켜봤나요?"

"음. 자기 집에 무단으로 들어왔으니까 그걸 당한 상사의 기분도 모를 건 아니지만……. 자신들의 세계가 위협받는다고 해서 스스로 정한 규칙을 깨는 건 그다지 칭찬받을 일이 아니겠지."

어디까지고 공평한 견해였다. 어쩌면 미코 씨 쪽이 신으로서 더 적합하지 않을까.

앞서 걷는 그녀는 한숨과 함께 고개를 내젓고,

"결과적으로 너희 덕분에 권능을 사용할 필요는 없어졌지. 보면서 무척 안타깝다는 느낌은 들었다만 말이다."

"으음…… 어쩐지 죄송하네요."

"괜찮다. 네 안타까움은 알고 있다. 여하튼 전생이라는 큰 이벤트를 앞에 두고는 희희낙락하지도 않고서 다시 자려고 했을 정도니까 말이다."

음색이 어쩐지 즐거워 보이니까 칭찬을 하는지 깎아내리는 건지 미묘한데 반반 정도일까.

내 손을 붙잡고 미코 씨는 척척 앞으로 나아갔다. 고용인 몇몇이나 쿠온의 인간과 엇갈렸지만 그들 누구도 알아차리기는커녕 이쪽으로 돌아보는 일조차 없었다.

상대한테는 안 보인다, 그런 그녀의 말은 진실인 듯했다.

"……흠, 여기구나."

"류코의 방 앞, 인가요?"

"음. 그 녀석은 고용인 중에서는 급이 높으니까. 전용 개인실이 주어졌지."

"……그런 거, 전혀 몰랐는데."

정말로 전생의 나는 타인에게 흥미가 없었던 거겠지.

그만큼 신세를 지고서 그 정도 일도 모르니까 스스로 생각해도 너무나 둔감하다.

미코 씨는 내 말에는 반응하지 않고 가벼운 태도로 문을 열었다.

"자, 가도록 해라. 네 마지막 미련이잖으냐?"

들어가도 되는지 망설인 것은 아주 잠깐.

……만나고 싶어.

마음속으로 솔직하게 떠올린 심정에 나는 따랐다.

"……류코?"

방 안으로 들어서서 말을 건네자 상대가 어깨를 움찔 떨었다.

이쪽으로 돌아본 그녀는 확실히 내가 아는 인물이었다.

윤기 나는 흑발에 어린 느낌이 강하게 남아서 도저히 20대로는 보이지 않는 얼굴.

자기 방에서도 메이드 옷을 제대로 차려입은 그녀는 내 얼굴을 보더니 눈을 크게 뜨고,

"긴, 지…… 씨……?"

류코의 표정으로 헤아리기에, 정말로 나는 상대에게 '쿠온 긴지'로 보이는 거겠지.

나를 포착한 류코의 눈이 놀라서 일그러졌다.

넘쳐흐르는 것은 투명한, 감정의 증표였다.

"긴지 씨……!!"

"저기…… 오랜만이에요, 류코."

뛰어든 류코를 나는 받아내어 안았다.

류코는 커다란 눈물방울을 흘리며 나를 보고 뺨을 만졌다.

나는 그 무렵과는 다른 모습이지만 그녀의 눈에는 그리 비치지

않았다. 일찍이 이 세계에 있던, 쿠온 긴지로 보인다.

"긴지 씨……. 정말로 긴지 씨군요. 다행, 히끅, 다행이야……!"

"……미안해요."

눈물이 너무도 뜨거워서, 내 마음을 강하게 흔들었다.

이 세계에서 쿠온 긴지라는 인간은 이미 죽었다.

그리고 틀림없이 그의 유해를 처음으로 발견한 것은 실패작들의 전속 고용인인 류코였을 터.

"저, 당신이 죽었다고 생각해서…… 계속, 계속, 후회하고…… 좀 더, 좀 더 빨리, 알아, 히끅, 차렸더라면……."

"……괜찮아요, 류코. 나는 이렇게 살아있으니까요."

정확하게는 전생해서, 다른 세계에서 살고 있다는 게 옳다. 하지만 그 사실을 나는 말하지 않았다.

말해봐야 설명이 길어지고, 무엇보다 그녀에게 중요한 것은 내가 죽지 않았다는 사실이리라 판단했으니까.

안고 있는 사이에 조금 진정되었는지 류코는 눈물로 새빨개진 눈을 비비며,

"하지만, 어떻게……. 혹시 아오바 씨가 뭔가 했나요……? 그 사람, 긴지 씨 뒤를 따라서 세상을 떠나고 말았으니까 이상하다고 생각했는데……."

"그게, 뭐, 그런 거예요. 아오바 씨랑 같이 다른 곳에서 생활하고 있어요."

"아오바 씨랑…… 다, 단둘이서, 말인가요?"

"아뇨, 그쪽에 친구가 잔뜩 생겼으니까 둘만 지내지는 않아요."

나한테는 과분하게 여겨질 만큼 많은 인연이 생겼다.

내 말에 안심한 듯이 류코는 탄식했다.

"긴지 씨, 그런 표정을 띠게 되었군요."

"……무슨 이상한 표정이라도 지었나요?"

로리 영감님 미코 씨가 말하기로는, 나는 류코에게 전생 그대로의 모습으로 보일 터. 어쩌면 이상한 외모가 되었을까.

내 의문에 류코는 고개를 절레절레 내젓는다.

"이상하지 않아요! 그게…… 다정하고, 부드럽고…… 좋은 얼굴이에요. 어쩐지 다시 태어난 것 같아요."

"……좋은 얼굴, 인가요."

어떤 얼굴인지는 스스로도 잘 모르겠다.

하지만 혹시나 그런 표정을 띨 수 있게 되었다면.

"틀림없이 좋은 사람을 잔뜩 만나서 그래요. 다양한 사람이 있고, 다양한 사람과 대화를 나누고……. 진심으로 즐겁다고 말할 수 있게 되었어요."

"……긴지 씨는 지금, 행복한가요?"

"예. 무척 행복해요."

긍정은 의심할 여지가 없을 만큼 자연스럽게 말로 할 수 있었다.

지금 나는 행복하다고 누구에게든 가슴을 펼 수 있었다.

"그러니까…… 류코와 만나고 싶었어요. 단 한 번이면 되니까…… 만나서 사죄하고, 전하고 싶었어요."

"……무엇을 전하러 와주었나요?"

"……아무런 말도 하지 않고 사라져서 미안해요. 잔뜩 돌봐줘서 고마워요."

내 말에 류코는 간신히 웃어주었다.

눈물을 흘리며 눈에 호를 그리는 그 모습은 무척 아름다워서.
언제까지고 이 광경을 잊지 않으리라 여겨졌다.

"정말이지, 긴지 씨는 어쩔 수 없는 사람이니까 용서해줄게요."

"……고마워요."

"……저도, 그 곳에, 갈 수 있을까요?"

"저기…… 아마도 어렵지 않을까 싶은데."

전생은 그 세계에 영혼이 맞는지의 문제고, 혹시 전생하더라도
같은 세계로 올 수 있다고 단정할 수는 없었다.

절대로 못 만난다고 하지는 않고, 류코라면 혹시 모른다는 생
각도 있지만, 단언할 수는 없었다.

"그런가요……. 그럼 이것으로 이별, 이네요."

"예. 제내로, 작별 인사를 하러 왔어요."

"……긴지 씨. 저는 당신이 틀렸다고 생각하지 않아요. 쿠온 가
문의 사람들처럼 살 수 없더라도…… 반드시, 행복하게 살아갈
수 있어요."

"……고마워요, 류코. 계속…… 계속, 기억할게요."

"예. 저도 계속…… 당신을 잊지 않겠어요. 저의 소중한…… 소
중한, 주인님이니까요."

"그렇게 불리는 거, 역시 부끄럽네요."

주인이라고 불리는 게 싫어서 이름으로 부르도록 했을 정도
였다.

변한 지금도 그렇게 불리는 것은 어쩐지 근질근질하게 느끼고 말았다.

멋쩍은 심정을 얼버무리듯이 나는 목에 걸고 있는 보석을 풀었다.

"저기, 류코. 이게, 뭔지 아나요?"

"보석…… 루비, 인가요? 예쁜 색깔이네요. 갑자기 꺼냈는데, 어디서 꺼냈나요?"

시험해본 결과, 아무래도 몸에 달고 있는 것을 풀면 평범하게 보이는 모양이었다. 참고로 이세계 물건이라서 루비인지 어떤지는 알 수 없었다.

이세계에 전생한 내가 착용한 몇 안 되는 장식류였다. 무언가 부적이라고 제노 군이 그랬던가.

"……이걸 류코한테. 행운의 부적, 그런 모양이에요."

"어…… 괜찮나요?"

"예. 가지고 있어줘요. ……하나 정도, 소중한 사람에게 선물을 해도 벌을 받지는 않을 테니까요."

류코는 내가 건넨 붉은색 보석을 소중하게 받아들고 단단히 고개를 끄덕였다.

미련이 사라졌다고는 하지 않겠다. 이야기를 나눌 수 있다면 좀 더 나누고 싶고, 이룰 수 있다면 손을 잡고서 내가 지금 살고 있는 세계를 보여주고 싶었다.

틀림없이 류코라면 그 세계의 많은 사람들과 사이좋게 지낼 수 있겠지.

하지만, 나와 그녀는 이제 다른 세계에 살고 있다.

"······류코, 잘 지내요."

"긴지 씨도, 잘 지내세요. ······너무 잠만 자면 안 된다고요?"

"그건······ 으─음, 선처할게요."

"우와, 적당하게 흘려 넘기는 그 느낌, 틀림없는 긴지 씨네요!"

아오바 씨만이 아니라 류코까지 그렇게 여기고 있었나 보다.

잠시 함께 웃고, 누가 먼저라고 할 것도 없이 몸이 떨어졌다.

맞닿아서 느껴지던 체온은 금세 사라지지만 상관없었다.

분명히 조금 전까지의 온기를 언제까지고 기억할 수 있을 테니까.

아쉬움에 흐르려는 눈물을 참고 나는 최대한의 미소로 그녀에게 이별을 고했다.

"······잘 있어요, 류코."

"······예. 긴지 씨. 저도 계속······ 기억할 테니까요."

최후의 아쉬움을 덧칠하듯이 시야가 점차 하얗게 물들었다.

류코의 모습이 멀어지고 더는 보이지 않을 때까지, 나는 그 미소를 눈에 새겼다.

267   소중한 것을 쥐고

"……어째서냐?!"

쿠로가네 씨의 목소리에 나는 깨어났다.

……돌아왔군요.

미코 씨에게 인사 정도는 하고 싶었는데, 필요 없다는 의미겠지.

주위의 풍경은 계기와 케이블, 철판.『골리앗』의 내부로 돌아왔음을 한눈에 알 수 있었다.

이것도 신의 기적인지 불러내기 전과 비교해서 시간은 거의 경과하지 않은 모양이었다.

"어째서 자폭 장치가 작동하지 않지?!"

"……신의 기적이라는 게 아닐까요?"

"그, 그런, 그런 형편 좋은, 진부한 말이……!!"

그가 말하다시피 적당주의인 전개였다.

그야말로 신의 권능이라도 작동했다고 여길 수밖에 없을 정도로.

……정말로 난 도움을 받기만 할 뿐이야.

많은 사람이나 사물, 끝내는 신의 사자에게까지 도움을 받아서 나는 간신히 이렇게 서 있을 수 있다. 그러니까 최후 정도는 열심히 해보자.

평소 그대로 냉큼 끝내고 아무런 마음 부담 없이 낮잠을 자기 위해서.

"훗……!"

속도에 몸을 맡기고 나는 단숨에 나아갔다.

방해되는 조작 패널을 『꿈의 수련』의 빛이 잘게 절단했다.

더 이상 둘 사이에는 아무것도 없는 지근거리에서 우리는 마주했다.

"큭······."

"이걸로 이제 최후의 수단도 끝이에요."

"······죽여라."

"당신을 어떻게 할지는 좀 더 높은 사람이 정하겠죠."

틀림없이 무죄가 되지는 없겠지.

그럼에도 나는 칼날을 내리고 손을 뻗는 것을 주저하지 않았다.

이미 무수히 피가 흘렀다지만 그럼에도 더 이상의 슬픔이나 아픔은 막고 싶다 생각했으니까.

"제 친구는 혼자가 되려는 제게 손을 내밀어 줬어요."

"······그게, 뭐가 어쨌다는 거냐."

"······당신의 소중한 사람은 이곳에 없으니까 제가 대신하는 것뿐이에요. 영차."

"우왁?!"

흡혈귀의 완력을 활용해서 나는 쿠로가네 씨를 안아들었다.

상대방의 키가 크니까 그림으로 따지면 좀 그렇지만 그렇게 무겁지 않으니까 여유로웠다.

"잠깐, 이 꼴은 뭐냐?! 이상하게 굴욕적이야, 내려놔!"

"날뛰면 위험해요."

파고드는 것은 단숨. 가속은 한순간.

시야는 고속으로 움직이며 풍경을 제치고 나아갔다.

조작 패널을 부숴버린 것이 잘못이었는지, 아니면 자폭하지 않았을 뿐 자멸하는 것은 잘 작동했는지. 『골리앗』의 내부가 무너지기 시작했다.

떨어지는 기계 부품을 피하며 나는 달려갔다.

"젠······장! 이게, 웃기지 마라! 이렇게, 이렇게 끝나는 걸 참을 수 있겠느냐! 아직 나는····· 아무것도 못 이루지 않았나!"

"그렇다면 무언가를 이룰 때까지 살아가면 되잖아요!"

"뭐······?!"

"아무리 실패해도, 그것이 사라지지 않고, 후회로 남아서, 돌이킬 수 없더라도····· 아직, 당신은 숨을 쉬고 있으니까!"

"윽····· 이게, 무슨 아는 척을······."

"몰라요. 당신 따윈 몰라요. 알아준다고 생각도 안 해요. 하지만····· 이제 이 이상 누구도 상처받을 필요는 없을 테죠!!"

서로를 이해할 일은 틀림없이 없을 거라 생각한다.

그러니까 이것은 어디까지나 충돌이고 싸움 같은 것이다.

죽고 싶다며 떼를 쓰는 사람을 죽이지 않겠다는 투정으로 끌고 가는, 그것뿐인 이야기.

어느 쪽이 옳은지 그른지, 그런 게 아니라 양쪽 모두 제멋대로인 것이다.

"······보였다!"

『골리앗』 흉부 장갑. 내가 베어서 뚫은 구멍이 간신히 보였다.

돌입한 뒤로 계속 기다리고 있었는지 아오바 씨가 내게 손을 내밀었다.

"아르제 씨, 빨리 이쪽으로! 무너져요!"

"웃…… 혀 깨무니까 조용히 하세요!"

쿠로가네 씨를 단단히 다시 안고 나는 더욱 가속했다.

아오바 씨가 덩굴로 침입구가 무너지지 않도록 받쳐주고 있었다.

……정말로, 마지막까지 누군가에게 도움을 받는구나.

마음속에서 솟구친 기분은 미소로서 표정에 드러났다.

"아르제 씨!"

"쿠즈하, 부탁할게요!!"

친구에게 부탁하는 것은 더 이상 나쁜 일이라고 생각하지 않는다.

아오바 씨와 쿠즈하의 손길에 의지해서 나는 『골리앗』 내부를 빠져나왔다.

"후우…… 쿠즈하도 와줬군요."

"예, 무너질 것 같은 느낌이 들었으니까 걱정되어서 아오바 씨의 덩굴을 타고 올라왔어요!"

"아르제 씨도 쿠즈하도, 터무니없는 짓을 하는 부분은 친구들끼리 빼닮았네요……."

"예. 그게 말이죠, 저희는 사이가 좋은걸요."

"후후. 그러네요. 그럼 사이좋게 돌아갈까요."

무너져 내리는 철의 거인에게 작별을 고하지 않고 우리는 그 자리에서 벗어났다. 아오바 씨가 올라오기 위해서 펼친 덩굴을 타고 미끄러지듯이 지면으로 향했다.

비명 같은 소리를 내며 거구가 점점 분해되었다.

컨트롤을 잃었기에 지상의 기계 병사들도 모두 기능을 정지한 모양이었다.

"아르제 씨, 그 짐 가져갈게요."

"짐?!"

"아, 고마워요, 아오바 씨."

제안을 받았기에 쿠로가네 씨를 아오바 씨의 덩굴에게 맡겼다.

일단 경계하고 있는지 아오바 씨는 쿠로가네 씨를 공들여서 덩굴로 감고 옮기기 시작했다.

"……어, 아르제 씨, 저기. 다들 손을 흔들고 있어요."

"다들 무사한 모양이네요. 나중에 돌아가서 맛있는 밥이라도 먹을까요."

"그러네요. 하지만 우선은 느긋하게 목욕을 하고 싶어요……."

덩굴에 휘감긴 상태인 쿠로가네 씨에게 시선을 보내자 그는 어쩐지 불편하다는 표정.

"……정말로, 그런 분위기로 너희는 여기까지 왔군."

"예. 정말로 이런 분위기로. 그게…… 제게는 그걸로 충분했으니까요."

미숙해도, 사려 깊지 않아도.

자기 혼자서는 아무것도 못 해도, 잘못하기만 해도.

도와주는 사람이 있고, 곁에 있어주는 사람이 있고, 설령 멀리 있어도 생각해주는 사람이 있다.

그런 소중한 행복을 깨닫게 해준 사람들이 있다.

"아무리 바보라고 그래도 이것이 저의…… 자랑해도 될 만한, 소중한 친구예요."

"……말이 안 통하는 바보한테 승부를 건 내 패배인가."

온몸의 힘을 빼고 쿠로가네 씨는 깨달았다는 듯이 눈을 감았다.

간신히 패배를 인정해준 모양이었다.

"……이걸로 간신히 끝이네요."

틀림없이 이제부터는 전후 처리로 이것저것, 잔당으로 남은 제국의 전력을 어떻게 하느냐는 등등 여러모로 귀찮은 일이 남아 있을 테지만.

그럼에도 이것으로 쿠온이 가담한 전쟁은 끝났다.

바람이 탄 냄새를 싣고서 흘러들었다.

상흔은 깊고, 상처는 나아도 마음의 상처는 그리 간단하지는 않고, 틀림없이 이제까지 잃은 것도 많을 테지만.

"……그래도 우리는 살아있으니까."

다시 태어난 이 세계에서 나는 앞으로도 살아간다.

이제 쿠온 긴지가 아니지만, 그게 내 과거였다는 것을 잊지는 않고. 아르젠토 뱀피르로서 소중한 사람들과 함께.

"하아, 지쳤어요. 느긋하게 낮잠을 자고 싶네요."

평소처럼 하품을 하고 나는 옆에 있는 쿠즈하와 손을 잡았다.

소중한 사람들이 손을 흔들며 기다려 준다. 그 사실이 너무나 소중해서.

"……행복해요."

가슴속에 있는 말을 나는 다시 한번 입에 담았다.

"자, 케이크 준비가 됐어요—!"

"오오, 이것이 소문의……!"

사츠키 씨가 서빙한 케이크를 보고 시온은 눈을 반짝였다.

제국이 멸망하여 반란군이라는 것이 필요 없어지고 전후 처리
도 일단락된 무렵. 영웅이라 불린 나도 정식으로 역할에서 물러
나서 시온을 데리고 귀향하기로 했다.

그리고 시온과 약속했다시피 카페 '메이'의 케이크를 맛보기 위
해 이렇게 발길을 옮긴 것이었다.

"이것 참, 긴카가 오랜만에 오고, 게다가 신부까지 데려온다고
그러니까 사츠키 제대로 분발했어요! 오늘은 이미 전세 낸 상태
예요!"

"고마워요, 사츠키 씨."

"아뇨— 아뇨—, 긴카네는 할아버지의 할아버지, 거기서 또 할
아버지 정도부터 단골로 다녀줬으니까요!"

가끔 생각하는데 정말로 이 사람은 몇 살일까.

몇 번을 물어봐도 얼버무리고 마니까 영원한 의문이었다.

"호오, 이것이 긴카의 단골집인가. 좋은 분위기로군."

"당당하게 밖에서 돌아다닐 수 있게 되어서 어때, 크롬?"

"당당하게, 까지는 안 되겠지만."

반란군 전력의 중추였다고 하여 크롬이 과거에 저지른 비합법

적인 용병 일에 대해서는 처벌하지 않기로 결정되었다.

파격적인 대우지만 그 전투에는 그만한 가치가 있었고, 내 쪽에서도 이것저것 연줄을 의지해서 움직인 결과였다. 전우가 음지의 사람이 되지 않은 것은 기뻤다.

물론 그것으로 과거에 산 원한이 사라진 것은 아니라서 여전히 싸움은 끊이지 않는 모양이지만, 그녀도 다소 안정이 된 모양이었다.

"란츠크네히트 협회에 등록했으니까 일단 앞으로는 나도 정규 용병이 되었다는 건데……."

"저주의 바람 크롬이 둥글둥글해졌군."

"흥. 어딘가 지붕 밑에서 사는 것도 나쁘지는 않을까 싶었을 뿐이야. 반란군에서 같이 싸운 녀석도 몇 명인가 용병이 되었고."

새로운 직장과 새로운 동료를 얻어서 이러니저러니 해도 그녀는 즐겁게 지내는 듯했다.

달콤한 냄새에 이끌리듯이 케이크를 입으로 옮기자 그립다고 느껴지는 맛이 났다.

"긴카는 여전히 치즈케이크를 좋아하는군요. 그러고 보니 아르제도 마음에 들어 했던가요. 또 와준다면 좋겠는데."

"처음 먹었을 때부터 사츠키 씨의 치즈케이크는 계속 좋아했으니까요. 또 먹으러 올 수 있어서 다행이에요. ……그 아이도 반드시 또 오겠다고 그랬어요."

"와, 굉장해! 이거, 엄청 달고 맛있어요!"

"후후. 신부님에게도 호평인 것 같아서 잘 됐네요."

옆에 앉은 시온도 처음 먹는 케이크에 눈을 반짝이며 기뻐했다.

긴 싸움의 나날이 끝나고 사랑하는 사람과 느긋하게 생활하는 가운데 친구와 대화를 나눈다.

마음속에 그리던 생활이 분명히 이곳에 있었다.

"자, 커피 가져왔어. 거기 아가씨 두 사람은 코코아."

"시노 씨, 감사합니다."

"그래. 느긋이 있다가 가. 어차피 이미 밤이니까 묵고 가도 된다고."

여전히 여장부라기보다는 형님 기질인 분위기의 시노 씨가 가벼운 분위기로 손을 들었다.

"와후—! 샌드위치 가져왔어—!"

"사츠키도 앉을래? 오늘은 이제 휴식이니까."

"수고했어요, 언니."

"……어쩐지 떠들썩하게 보이는 게 잔뜩 나왔는데."

"그래. 다들 내 오랜 지인이야."

카페 '메이'의 종업원인 쿠로 씨에 아이리스 씨, 그리고 후미츠키 씨.

어릴 적부터 다닌 단골 가게. 그곳의 점원들은 변함이 없어서 일상으로 돌아왔다는 실감을 강하게 주었다.

행복을 느끼며 나는 한숨을 내쉬었다.

"이것 참, 정말로. 영웅 따윈 필요 없는 게 제일이네."

"맛있는 케이크와 맛있는 차가 있다면, 전쟁 따윈 벌어지지 않는 세계였다면 좋겠는데요."

"와후—, 사츠키 그거 좋아! 그런 나라로 만들어 달라고 쿠로가 다음에 아키사메 씨한테 부탁하고 올게!"

"후후후, 틀림없이 가볍게 흘려 넘기겠죠. 왕국어로 말하자면 스루……!"

그리운 대화를 들으며 나는 거리낌 없이 등을 의자에 기댔다.

옆에는 사랑하는 사람이 있고 주위에는 다정한 동료들.

이렇게나 기쁜 기분을 느낄 수 있다면 칼로 태어나지 않아서 다행이라 생각하는 것도 나쁘지 않다.

"후후. 긴카 씨의 지인은 재미있는 사람이 많네요?"

"그래, 내가 자랑하는 친구들이야. 저기, 그런데 사츠키 씨. 부탁하고 싶은 게 하나 있는데요……."

"어머, 뭘까요. 제가 할 수 있는 일이라면 뭐든지 들어줄 거라고요?"

"으음, 사실……."

전부터 생각하던 것을 나는 사츠키 씨에게 상담했다.

틀림없이 앞으로 계속될 행복을 위해서.

269 부흥의 시간을

"……저기, 이자벨라."

"예, 무슨 일입니까, 무츠키 군?"

"어째서 서류가 이렇게나 있는 걸까."

"발레리아령의 부흥을 돕고, 덤으로 르뤼에라고 하는 영문 모를 국가와의 교역을 결정했으니까 그렇겠죠."

"……사츠키네 놀러가도 돼?"

"안 됩니다."

굉장히 멋진 미소로 부정당했다. 군주라고 하는 것치고는 입장이 약했다.

도움을 줄 생각으로 나는 상대에게 머리를 숙였다.

"죄송합니다, 조금만 더 정리되면 괜찮은데요."

"어, 아니. 신경 쓰지 마, 제노. 나도 결국에 좋아서 이런 일을 하는 거니까."

마대륙에서 한 나라를 통치하는 흡혈귀, 무츠키 씨.

여행 도중에 그와의 인연을 얻은 나는 이따금 마대륙을 들러서 장사를 진행했다.

본래 마대륙으로 오는 여정은 무척 위험하지만 신흥 국가인 해마의 나라, 르뤼에의 협력으로 안정된 여행을 할 수 있게 되었다.

그런 르뤼에의 여왕인 크틸라는, 지금은 무츠키 씨의 알현실에 와 있다.

"음! 무츠키 경의 수완은 훌륭하구나! 모쪼록 우리나라의 경영에도 참고했으면 좋겠어!"

"무츠키 군도 오랫동안 서류 작업을 했으니까요. 불평하면서도 솜씨는 좋습니다. 너무 칭찬하면 까부니까 적당히 때립니다만."

"아니, 적당히 때리는 건 그만두지 않을래?"

딴죽을 완전히 무시하는 만큼 한 바퀴 돌아서 도리어 사이가 좋은 거겠지. 이 두 사람에게는 독특한 분위기가 있었다.

납득을 한 참에 알현실 문이 열렸다.

"제노 님. 추가 서류를 가져왔어요."

"고마워요, 리셀 씨."

마대륙에서 발레리아라는 영지를 가진 귀족 리셀 씨. 그녀가 가져온 서류다발을 나는 받아들었다.

기재되어 있는 것은 발레리아 영지를 부흥시키기 위해서 필요한 것이나 그에 대한 예산으로, 다시 말해서 내게는 중요한 내용이었다.

받아든 자료에 나는 만족스러운 한숨과 함께 고개를 끄덕였다.

"……예, 이거면 충분하겠네요."

"후후. 제노 님, 고대 정령 언어가 능숙해졌네요."

"장사에 필요한 건 익히려고 하니까요. 리셀 씨도 왕국어나 공화국어를 공부하고 있죠?"

"예. 다음에 만날 때, 쿠즈하 님이나 페르노트 님과도 잔뜩 대화를 나누고 싶으니까요."

그 전투 이후, 우리는 각자의 일상으로 돌아갔다.

다들 각각 가야할 장소가 있어서 그를 위해 헤어진 것이었다.

하지만 영원히 헤어지는 것이 아니다. 언젠가 또 만나서 담소를 나눌 수 있다. 리셀 씨도 그를 위해서 언어 공부를 시작했다.

······차차 변하는구나.

좋든 나쁘든, 세계나 사람은 점차 변한다.

특히 나와 리셀 씨는 수명도 다른 것이다. 내가 늙어버려도 눈앞의 다크 엘프나 뒤에 있는 해마 여왕, 흡혈귀 임금님 등등은 여전히 젊겠지.

어쩐지 쓸쓸하다는 기분도 들지만 나쁜 일은 아니라고 생각한다.

그들은 틀림없이 나를 기억해 줄 테니까.

"······그럼 저는 슬슬 갈게요."

"음, 벌써 가나? 느긋이 있다 가면 될 텐데."

"아직 마대륙에서는 왕국이나 공화국으로 편지를 보내지는 못하니까요."

"그런가. 또 와라, 제노. 재밌는 물건은 솔직히 나도 기대하고 있으니까."

손을 흔들며 배웅을 받고, 나는 기분 좋게 알현실을 뒤로했다.

"자, 그럼 이제부터 바빠지려나."

상인에게는 그 정도가 딱 적당한 일상이다.

발걸음이 가벼워지는 것을 자각하며 나는 귀로에 접어들기로 했다.

아직은 더 벌 수 있을 것 같다.

"……아아앗, 정말이지! 어째서 서류가 이렇게나 많은 거야!!"

탕, 힘껏 책상을 두드리자 서류의 산이 무너졌다.

한숨을 내쉬며 종이를 모으고 다시 한번 산을 만들어내는 것은 오랜 지인이었다.

"페르노트 경. 화내도 서류는 사라지지 않는다고요."

"사마카, 그렇게 생각한다면 조금은 돕는 게 어때……. 그리고 네 아내 하나 정도 빌려줘! 몇 명이나 있잖아, 서류 작업이 가능한 애!"

"화가 났다고는 해도 무리한 이야기를……. 우리 아내들은 저를 위해서만 움직입니다."

시끄러워, 나도 안다고.

하지만 이런 산더미 같은 서류를 앞에 두면 불평 한마디 정도는 하고 싶어지는 법이다.

"애초에 왜 내가 관직에 있어야 하는 거야! 이미 은퇴했는데!"

"저한테 그러셔도……. 그렇게나 성대하게 제국을 상대로 활극을 펼치고서 추대되지 않을 거라 생각하는 게 이상하다고 생각합니다만?"

"으윽……. 어, 어쩔 수 없잖아, 그런 분위기였으니까!"

"여전히 그런 일이 맞지 않는 사람이야."

체질에 맞지 않으니까 크게 출세하지 못하다 실명을 계기로 은퇴했는데, 어찌된 영문인지 왕국 기사로 돌아온 것이었다.

게다가 마음 편한 현장이 아니라 서류의 산더미와 씨름하거나 신인을 교육하는 후방에서의 지루한 일.

덤으로 가는 곳곳에서 영웅으로 추어올렸다. 이거 뭐야, 지금 당장 다시 한번 은퇴하고 싶다.

"보는 이들로서는 낙오되었던 기사가 씩씩하게 구국의 영웅으로 복귀, 지금은 후방에서 엘리트 코스겠죠. 부러워할 겁니다."

"나는 그런 거 거북하다고! 알잖아?!"

이러니저러니 해도 이 이상한 버섯 머리랑은 오래 알고 지냈다.

몇 번이고 곡예가 통할 수 없다며 주의를 주거나, 끝내는 언젠가 누군가에게 걸려서 전사하지나 않을지 걱정이니까 신부가 되라는 말까지 들었다.

물론 구혼은 후려쳐서 거절했고, 좋으냐고 그러면 그렇지도 않지만, 가끔씩 술을 마시는 만큼은 싫지 않으니까 대하기 곤란한 상대이기도 했다. 상대가 달변이라 화도 나고.

"자자, 괜찮지 않습니까. 후방이라면 어느 정도 자유롭게 쉴 수도 있죠. 빈틈없이 휴가를 받아서 그동안에는 좋아하는 사람이랑 보낸다든지 취미 생활을 한다든지, 그런 식으로라도 쓰면 괜찮지 않습니까?"

"……그렇게 말하면 나쁘지 않다는 생각이 들어버리니까, 너를 그다지 좋아하지 않는 거야."

"옛날부터 가차가 없네, 당신은……."

미묘하게 원래의 태도로 돌아가는 것을 보면 상대도 나를 상대로 복잡한 거겠지.

그렇지만 이렇게 상황을 보러 와주는 만큼, 남을 잘 돌보는 남자니까 인기가 있는 것도 이해할 수 있었다. 그렇다고 해도 일부다처는 어떨까 싶고, 이렇게나 달변인 상대와 대화를 나누는 것은 화가 난다만.

"······즐거워 보이네, 당신들."

"······지금 나는 기분이 나빠. 무엇보다도 여긴 폐하가 계시는 왕국이야. 지금 당장 떠나지 않겠다면, 베겠어."

들린 외부인의 목소리에 나는 즉각 반응했다.

검을 허공으로 들이대자 칼끝 너머에 상대의 모습이 나타났다.

"······금색 흡혈 공주?!"

"예에, 전직····· 아니, 지금은 다시 왕국 기사인가?"

"······어째서 네가 여기에 있지, 엘시."

"어머, 나도 어째서 여기로 왔는지 알고 싶어. 아르젠토의 냄새를 좇아왔더니 어찌된 영문인지 여기에 다다랐을 뿐이라고?"

갸우뚱, 귀엽게 고개를 갸웃거리는 동작은 가련했지만 그것은 겉모습뿐. 눈앞에 있는 존재는 사악 그 자체다.

제국과의 전투가 끝났어도 여전히 이런 위협은 제멋대로 돌아다니고 있다. 아아, 기왕이면 현장으로 돌아가서 이런 녀석들을 베고 싶은데.

"아르제와 피의 계약을 맺었으니까 그 때문이겠지."

아르제의 냄새를 따라서 여기까지 왔다면 아마도 그건 나와 아르제 사이에 계약을 맺었기 때문이다.

잔향처럼, 혹은 종자의 증표처럼 주인 쪽인 아르제의 냄새가 내게 묻어 있어도 이상하지는 않았다.

내 대답에 엘시는 잠시 생각하는 모습을 보이고,

"흐응…… 그렇구나. 그럼 당신, 지금은 아르젠토의 종자구나."

"형태만이야. 하지만 스킬의 효과는 확실하게 있어. 지금의 나라면 너라도 죽일 수 있을지도 모른다고, 거기 버섯도 방패 역할은 될 테고."

"내 취급, 아무렇지도 않게 너무 지독하지 않나?!"

"어머나, 무서워라. 하지만 그만둘래. 귀찮기도 하고, 나도 아직 완전하지 않은걸."

아무래도 목표로 하는 상대가 없다는 사실에 의욕을 잃었는지 엘시는 아무래도 상관없다는 듯이 한숨을 내쉬었다.

상대는 금색 트윈 테일을 흔들며 말을 덧붙였다.

"당신도 참 큰일이네."

"……뭐가?"

"아니, 이제부터 왕국을 위해서 계속 애쓸 거라 생각하면, 아무리 그대로 조금은 동정하게 된다고 생각했을 뿐이야."

"……은거 정도는 생각하고 있어. 나는 그쪽이랑 다르게 나이도 먹으니까 빨리 은퇴하겠다고는 폐하께도 전해뒀어."

은근슬쩍 원래대로 돌아와 버렸지만 나도 한 번은 은퇴한 몸이다.

애당초 모아놓은 돈도 있고, 기사 자리에도 미련이 없다. 그저 한 번은 모셨던 상대인 폐하와 얼굴을 마주한 상태에서 매달리니까 미처 거절하지 못했던 것뿐이었다.

10년 뒤일지 20년 뒤일지는 몰라도 빨리 일을 그만둘 생각은 있다. 물론 그동안에도 가능한 한 휴가를 받아서 아르제를 만나러 갈 생각이고.

"뭐?"

"……어?"

뭔가 이상하다. 상대의 표정이 뭐라고 할까, 어딘가 치명적으로 이야기가 어긋나기라도 했거나 전제를 그르친 것 같은 느낌.

"……일단 확인하겠는데, 당신은 조만간에 나이를 이유로 은퇴할 생각이지?"

"어, 어어. 폐하께서도 어느 정도 나이가 되면 은퇴해도 된다고 이야기 해주셨어."

"……당신네 임금님, 혹시 나보다 성격이 나쁜 게 아닐까."

"아무리 그대로 폐하를 험담하는 건, 내린 검을 다시 한번 들 이유가 된다고."

"됐으니까 끝까지 들어. 아무리 그래도 불쌍하니까 가르쳐 주겠는데, 당신은 이제 나이를 안 먹어."

"……예?"

귀에 들어온 충격적인 말에 그만 되묻고 말았다.

엘시는 한숨과 함께 고개를 절레절레 내저으며 말한다.

"피의 계약을 맺은 상대는 그 계약자가 사라지거나 무언가의 이유로 목숨을 잃을 때까지, 열화되지 않는 생명이 돼. 늙지 않은 존재인 흡혈귀의 종자가 나이를 이유로 은퇴한다면 끝이 없잖아?"

"……그거, 그럼."

싸악, 스스로도 핏기가 가시는 것을 알 수 있었다.

내 오한을 긍정하듯이 금색 흡혈 공주는 미소 지었다.

"그래. 당신은 더 이상 나이를 안 먹어. 있는 것은 누군가가 해를 입고서 사라지거나 주인인 아르젠토의 죽음으로 자멸하거나, 둘 중 하나. ……다시 한번 말하겠는데, 그걸 알고서 나이를 먹으면 은퇴해도 된다고 그랬다면 당신네 임금님은 무척 짓궂은 사람일 거라 생각해."

"그, 그…… 그게 뭐야아아아아아아?!"

"지, 진정해, 페르노트! 반대로 생각하자고. 그게, 이제는 먼저 떠날 걱정이 사라졌잖아!"

"그런 문제가 아니야, 버섯! 그, 그럼, 나는……."

"나이를 이유로 삼을 수 없는 이상, 계속 왕국의 높으신 분으로 지내게 되겠네."

태평한 표정으로 절망적인 소리를 했다.

폐하는 박식한 사람이다. 흡혈귀의 종자 계역에 대해서 모를 리가 없다. 그러니까 모든 걸 이미 계산을 마쳤다는 이야기였다.

"아, 아…… 정마아아아알! 이럴 거라면 아오바한테 부탁해서 몸을 숨길 걸 그랬어어어어어어어!!"

그리 외쳐봐야 때는 이미 늦었다.

나는 분노에 몸을 맡기고 다시 한번 서류의 산더미를 흩뿌렸다.

아아, 어떻게 폐하를 설득하지.

나도 빨리 은거해서 느긋하게 낮잠이라도 자면서 살고 싶은데.

271 들개는 어딘가로 사라지고

"······후우."

빈터가 된 '전' 제국 수도 한가운데에서 나는 한숨을 내쉬었다.

그 전투 가운데 도시의 벽은 최종 병기의 일부가 되고 건물은 모두 파괴되었다.

그럼에도 파편 안에는 아버님이 정성을 쏟아서 만든 바보 같은 병기 다수가 묻혀 있었다. 그것들은 언젠가, 누군가가 파내어 사용할지도 모른다.

"두목, 괜찮습니까? 팔면 돈이 될 법한 것도 있을 거라 생각하는데."

"이 파편 더미 안에서 보물찾기인가? 치와와, 우리는 도적이지 광부가 아니라고."

확실히 그렇다며 닥스가 웃었다.

치와와 쪽은 납득했는지 고개를 끄덕이는 것과 함께 주위를 둘러보고,

"······그 녀석들, 없군요."

"마지막까지 결판이 나진 않았지."

사냥개 부대는 그 전투 가운데 대부분이 붙잡혔다.

하지만 시바와 아키타, 그리고 스피츠는 아마도 붙잡히진 않았다.

아버님이 꺼낸 거대 병기로 연구소가 완전히 파괴되고, 그렇게

어수선한 상황에 승부는 흐지부지된 것이었다.

"두목, 다친 곳은 괜찮습니까?"

"걱정 마라, 스친 것뿐이다."

전투 와중에 당한 부상 회복이 더뎠다.

딱히 독을 당한 것은 아니었다. 그만큼 내가 쇠약해졌다는 뜻이겠지.

앞으로 얼마나 숨이 붙어 있을까. 아버님이라면 알지도 모르겠지만 아무래도 상관없는 일이다.

설령 언제 뒈지더라도 후회가 남지 않도록 나는 이렇게 살고 있으니까.

"인마, 답답한 표정 말라고. 그 녀석들도 스스로 어떻게든 할 테니까."

"……그렇군요."

"자, 그럼 가볼까."

"벌써 말입니까, 두목."

"인생은 짧아. 나는 말이야, 움직일 수 있을 때는 움직이고 싶거든."

우리의 목숨은 짧다.

그 짧은 목숨을 어떻게 사용할지는, 틀림없이 우리가 정해야 한다.

그리고 나는 사육당하며 사는 것을 달갑게 여기지 않았다.

"너희는 어떻게 하겠느냐?"

"물론."

"따라가겠습니다, 두목."

뒤의 두 사람도 스스로 나를 따라오는 것을 선택했다.

그러니까 우리는 이렇게 살아간다.

누군가의 비호 없이, 내일도 모르는 그날을 살고, 진창에 빠진 채라도.

이렇게 사는 것에 후회는 한 조각도 없다.

"······뭐, 그 녀석들처럼 내버려 두면 영원히 산다는 것도, 꿈이 있지만 말이야."

"뭐라고 그랬습니까, 두목?"

"아무것도 아냐. 가자고, 다들."

머릿속에 떠오른 치녀의 존재를, 고개를 내저어 몰아냈다.

그 녀석과 엮이면 변변한 일이 없다. 그만 나답지도 않게 옛날 일을 떠올리기도 하고, 요전에는 도움을 받은 은혜가 있었다고는 해도 쓸데없는 참견까지 하고 말았다.

"······더 이상은 만날 일도 없겠지."

정확하게는 만나고 싶지도 않은 거지만.

그 치녀는 지금쯤 숲속에서 은거하는 생활을 보내고 있다. 보물도 없는 곳에 사니까 이제 얼굴을 마주할 일은 없겠지. 있을지라도 이번에야말로 모르는 척하자.

"자, 그럼. 이번에는 어디서 보물을 찾아볼까."

"수명을 늘려주는 보물의 소문이라든지, 어디 없을까요."

"하핫, 그건 꿈이 있는데. 좋아, 일단은 그걸로 갈까."

그런 게 있을지는 알 수 없지만 찾아볼 가치는 있을지도 모르겠다.

그리고 그런 것을 발견하지 못하더라도 우리는 상관없다는 생각마저 있었다.

미래의 일 따윈 아무것도 모르고, 누군가에게 도움을 받을 수도 없는 인생.

아아, 최고 아닌가. 적어도 누군가가 정해준 방식으로 사는 것보다는 훨씬 낫다.

"……마음대로 살고, 마음대로 죽기로 하지 않았나."

사냥개가 아니라 들개처럼.

우리는 자신의 의지로 선택한 길을 걸어간다.

272 쿠온이 있을 곳

"정말이지, 감옥 시큐리티가 무른 데도 정도가 있지."

전생자로서 흘린 감상은 그것이었다.

감옥에 들어갔다고 해도 경비는 조악하고 시큐리티도 싱거웠다.

전쟁을 일으킨 중요인물로 특별한 수용 시설에 들어간다고 그러길래 어떤 곳일까 싶었더니 대단치는 않았다.

나갈 생각만 있다면 당장에라도 나갈 수 있는 상태에서, 나는 깨끗하다고는 할 수 없는 침대에 누웠다.

"……황제님은 무사히 도망쳤을까."

그때, 『골리앗』의 자폭 장치는 불발이었지만 탈출 장치는 틀림없이 작동했다.

전쟁을 일으킨 죄인으로 심판을 기다리는 입장인 내게는 외부의 정보가 들어오질 않으니까 황제님이 어떻게 되었는지는 알 수 없었다.

"……아아, 정말이지. 이야기를 듣고 나서야 깨달았어."

떠오른 것은 쿠온 가문에서 전생한, 같은 처지라고도 할 수 있는 상대의 말.

……소중한 사람이었어.

내게 황제님이라는 존재는 정말로 소중했을 테지.

그리고 나는 어리석게도 그녀를 자신이 쿠온이라는 사실보다도 우선시하고 말았다. 그것은 확실하게 쿠온 가문의 인간에게는 없는 감정이다.

"정말로, 내가 생각해도 둔감하네."

새삼스럽게 자각해도 이미 늦었다.

나는 이미 이 세계에서 셀 수 없을 만큼의 과오를 저질렀다.

그것은 내가 바랐기에 그 결과로 쌓아올린 것이니 후회는 없다. 생각한 그대로 살았으니까 뉘우칠 일도 아니다.

하지만 그런 나라도 앞으로 한 번, 단 하나만 이룰 수 있다면.

"한 번만 더, 너와 이야기를 나누고 싶었어. 황제님——."

"——한 번만이 아니라 몇 번이든 가능하다마다."

"?!"

갑자기 들린 그리운 목소리에 놀라서 벌떡 일어났다.

환청인가 싶었던 것은 잠시. 목소리에 분명한 발소리가 따라붙었고, 이윽고 감옥 앞에 아는 얼굴이 나타났다.

"황제님……?!"

"음. 오랜만, 이라고 할 정도도 아닌가, 쿠로가네여."

"어, 어째서 여기에……."

"……나 자신의 의지로, 이곳에 왔다."

의외였다.

그녀는 총명하다. 내세우는 이상이라고 할까 야망은 지나치게 클 정도라 바보 같다는 느낌마저 있었지만, 어리석지는 않다.

내 의도를 헤아리고 냉큼 도망쳤을 거라 생각했는데 위험을 무릅쓰고 굳이 만나러 오다니 그녀답지 않았다.

"쿠로가네. 나는 모든 것을 잃고 말았어."

"……미안해. 내 탓이야."

그녀는 아무것도 갖지 못하고 태어났다.

부모님의 사랑도, 세계의 축복도 없이. 그렇기에 전 세계를 손에 넣기를 바랐다.

그리하여 실력주의의 제국에서 출세하여 이전의 황제를 죽이고, 그 지위에 다다랐다. 스킬의 도움도 없이, 그저 노력과 지혜만으로.

그녀가 쌓아올린 모든 것을 나는 지키지 못했다.

이렇게 얼굴을 마주하자 깊은 후회와 분노가 일었다.

"신경 쓰지 마. 너는 잘 해줬어."

"하지만……."

"……모든 게 사라지고 잠시 생각했어. 내게 지금 가장 필요한 것은 무엇일지."

"황제님……?"

철창 너머에 있는 상대의 눈빛은 흔들리고 있었다.

말을 찾는 것 같은, 혹은 자신의 마음을 확인하는 것 같은, 망설임이 담긴 눈빛.

천천히, 고르듯이 말을 꺼냈다.

"나라일까, 아직 나를 따라주는 '전' 제국의 백성들일까, 혹은 강한 무기일까……. 이것저것 생각했을 때, 처음으로 명확하게 떠오른 게 너였어."

"윽……!"

"기억하나, 쿠로가네. 처음 만났을 때, 우리는 서로 고아였지만 나는 아무것도 지니지 않았고 너는 많은 것을 지니고 있었지."

"……그래, 물론 기억해."

전생한 내게는 처음부터 큰 힘이 있었다.

고아라는 신분이었지만 전생하며 얻은 스킬을 통해 고생하지 않고 자유를 얻었다.

하지만 그녀는 아니었다. 세계의 축복을 받지 못한 그녀는 스킬을 가지지 않았기에 다른 고아들 이상으로 괴롭고 비참한 생활이었다.

그런 입장이면서도 그녀는 이 세계를 '아름답다'라며, 동경하여 손을 뻗으려 했었다.

나는 그런 그녀를 아름답다고 생각했다.

"그때, 너는 내게 말해줬어. ……기억하나?"

"……네게 그 힘이 없다면 내가 대신해서 그걸 휘두를게. 그러면 그건 이제 네 힘이나 마찬가지니까."

"……그 말은 지금도 유효한가?"

아아, 뭐야.

나는 진즉에 결정하지 않았던가.

그때 그녀와 만나서 빠졌으니까.

"……쿠온으로서가 아닌가."

애당초 이 세계에 쿠온 가문은 존재하지 않는다. 그렇다면 누가 나를 쿠온으로 인정해준다는 것인가.

틀림없이 그때부터, 나는 그냥 나로서 그녀에게 인정을 받고 싶었던 것이다.

눈앞의 사람에게 인정받고 싶다. 고작 그것뿐인데, 과거의 회한에 사로잡혀서 깨닫지 못했다.

"……황제님. 아직 세계의 전부를 원한다고 생각해?"

"……모르겠어. 하지만 적어도…… 지금 내게는 네가 필요하다고 생각해."

눈에서 보이는 것은 길을 헤매는 소녀같이 불안한 표정.

별일은 아니다. 나와 똑같이 그녀 역시도 고민하고 있는 것이다.

그러니까 해야 할 말은 정해져 있었다.

"나는 보잘것없는 기술자라서 물건을 만드는 것 정도밖에 못해서, 도저히 황제님의 바람을 모두 이루어줄 수는 없을 남자야."

"……쿠로가네."

"……하지만 네가 땅 끝을 보길 원한다면 차를 만들겠어. 하늘 끝을 보고 싶다면 비행선을 만들겠어. 그리고 바다 끝을 보고 싶다면 배를 만들어 내겠어. 많은 사람과 함께 있고 싶다면 성을 만들고…… 어딘가에 정착하고 싶다면 집을 만들겠어."

"……그래."

"네 바람을 도울 수 있는 것을, 나는 반드시 만들어 내겠어. 그러니까…… 다시 한번, 손을 내밀어 주겠어?"

"후후. 어쩐지 마치 고백 같네."

"어, 아니, 그런 생각으로 한 말은……?!"

예상 밖의 대답에 조금 당황하고 말았다.

내가 생각해도 조금 지나치게 거만한 말이었을까. 역시 나는 기술자라 말솜씨는 별로다.

"······감옥을 열게. 물러나 있어, 쿠로가네."

"그래. 그건 괜찮아."

이 정도 감옥이라면 굳이 황제에게 수고를 끼칠 것까지도 없었다.

가벼운 동작으로 철창을 건드리자 그것만으로 쇠막대는 간단히 구부러졌다.

"뭐, 스킬을 사용하면 이 정도는."

이름하야 물질 조작. 만지고 있는 사물의 형태를 어느 정도 조작할 수 있는 스킬이다.

생물에게는 효과가 없고 아티팩트처럼 소유자가 정해진 물건도 건드릴 수는 없지만, 도구가 없이 기계 부품을 만들거나 지금처럼 방해되는 것을 치우는 정도는 가능했다.

"여전히 내가 보기에는 마치 마술 같아. 더없이 부러워."

"내가 가진 것은 네가 가진 것. 그러니까 이 힘도 네 것이야."

내민 손길을 분명히 받아들였다는 사실을 기쁘게 여기며 나는 감옥을 나왔다.

틀림없이 큰 소동이 벌어질 테고, 수배자로 쫓기는 신분도 되겠지.

이제부터 무슨 일이 벌어질지는 알 수 없고, 핵심인 모셔야 할 주인의 방침도 '생각 중'이라고 한다.

"······숨을 쉬고 있으니까, 인가."

무언가를 이룰 때까지 살아가면 된다고 했던 은색 소녀를 떠올렸다.

그녀는 틀림없이 이것을 찾아냈을 테지. 행복이라는 하나의 대답을.

"……나도 그렇게 할게, 쿠온의…… 아니. 흡혈귀 아르제."

"뭐라고 그랬나, 쿠로가네?"

"아니. 아무것도 아니야. 그럼 냉큼 도망치기로 할까."

그 바보 같은 흡혈귀에게 패배를 인정하는 것 같아서 정말로 아니꼽지만, 내게 닿은 온기는 참으로 놓기가 어려우니까 어쩔 수 없었다.

앞으로의 길에서 그녀가 무엇을 선택할지라도 내가 곁에 있자.

여정 앞에 무엇이 있을지 알 수 없어도 그녀와 함께라면 걸어갈 수 있을 테니까.

"……음. 아무래도 괜찮을 것 같구나."

어느 세계를 들여다보고 나는 크게 고개를 끄덕였다.

머릿속에는 안도한 상사의 한숨이 들리는 것을 보니 어지간히도 걱정했을 테지.

여하튼 저런 태평한 분위기의 신들이, '권능을 좀 나눠줄 테니까 어떻게든 해라'라고 나왔다. 개인적으로는 최근에 그것이 가장 통쾌한 일이었을지도 모르겠다. 가끔은 조금이라도 위기감을 가지는 게 좋은 것이다.

어쨌든 이것으로 쿠로가네 쿠온이 위험한 병기를 만들 일은 없겠지. 일단 지금으로서는, 말이지만.

"……정말이지, 전생자들은 재미있구나."

사람이란 본래 누구 하나, 똑같은 인생을 살지 않는다.

그런 사람들 중에서도 전생한 이들은 역시나 재미있다.

첫 번째와는 다른 길을 걸어가려고 하는 이도 같은 길을 걸어가려고 하는 이도, 동등하게 보고 있으면 빛이 느껴진다.

"……그렇게 생각하면 보람이 있는 일인 게야. 저 게으름뱅이도 그렇게까지 변할 줄은 몰랐어."

쿠온 긴지. 그 역시도 내가 전생시킨 존재다.

아르젠토 뱀피르로 다시 태어난 그는, 처음에는 생전과 변함없는 길을 걸어가려고 했다. 하지만 지금은 조금 다른 모양이었다.

"……불완전한 세계 역시도 하나의 방식일지도 모르겠구나."

영혼이 세계에 적합하지 않으니까 전생시킨다는 시스템은 신들의 설계가 불완전하다는 것을 나타낸다.

신이라 자칭하며 세계를 바라보는 그들 역시도 완전하지 않은 것이다.

하지만 그런 불완전한 세계이기에 다른 세계에서 행복을 손에 넣을 수 있는 이들이 있다.

"내가 생각해도 책임이 중대한 일이야."

그렇지만 휴식은 제대로 취하는 성격이다.

나는 이미 육체를 잃고 신의 하인이 되었다고 해도 달콤한 것도 먹기를 바라고, 마사지 의자에 앉아서 느긋하게 보내고 싶기도 하다.

"뭐, 너무 뒹굴뒹굴하다가 흡혈귀가 되어서도 안 되니까 슬슬 일을 할까."

가볍게 손가락을 내리면 그것만으로 세계를 들여다보는 창을 닫을 수 있었다.

내가 앉아 있던 의자도, 과자도, 그리고 자신의 육체마저도 사라지고 나는 일할 준비를 마쳤다.

"……소중한 사람들과 마음껏 살도록 해라. 그건 전생자만이 아니라 틀림없이 모든 이에게 허락되어야 할 일이야."

누구에게도 전해지지 않는다는 것을 알면서도 나는 말을 건넸다.

그쪽 세계를 향한 것이 아니라 그저 바람으로써.

"자, 그럼 일을 시작할까."

재개를 원하면 금세 이 공간에 전생자가 나타난다.

갑작스러운 일에 눈을 끔벅이는 상대에게 나는 애써 느릿한 태도로 말을 건넸다.

"어서 오거라, 새로운 전생자여."

자, 이번 전생자는 어떤 인생을 바랄까.

나는 여기서 느긋하게 지켜보기로 하자.

"……예뻐."

수중에 있는 빛을 바라보고 나는 솔직한 감상을 입에 담았다.

붉은 색채를 띤 보석은 마치 이 세계의 물건이 아닌 것처럼 아름다웠다.

차가운 감촉을 확인할 때마다 입가가 풀어지는 것을 막지 못하는 내가 있었다.

"후후, 긴지 씨가 무언가를 선물해 주다니, 처음이에요."

만나러 와준 그는 분명히 더 이상 못 만날 거라고 말했다.

그러니까 이 보석은 처음이자 마지막인 그의 선물이라는 의미다.

상대를 떠올리며 나는 한숨을 내쉬었다.

"……정말로, 긴지 씨는 쿠온으로 살아서는 안 되었을 테죠."

그 사람은 쿠온 가문의 사람들처럼 차갑지 않았지만, 동시에 스스로에게 지독히 무관심했다.

귀찮다고 그러면서 묘하게 성실하고 몰두하는 성격이라 내버려 둘 수 없는 사람.

언젠가 아오바 씨가 말했던 것처럼, 정말로 그는 이곳이 아닌 어딘가에서 살아야 했을 테지.

"……신기한 사람이었어요."

나는 쿠온 가문에서 쓸모가 없다고 여겨지는 이들을 돌보는 전속 고용인으로 채용되었다.

이제까지 몇 번이나 쓸모가 없다고 여겨진, 쿠온이었던 이들은 망가져 있었다. 하지만 그는, 긴지 씨만큼은 달랐다.

필요 없다는 사실을 담담하게 받아들이고, 체념이 아니라 느긋한 시간이라 말해버릴 수 있을 만큼의 정신.

그것은 마음이 강하다기보다는 무언가 결정적인 부분이 뒤틀려 있다는, 나는 그런 느낌마저 받았다.

"그런 사람에게 저는 구원을 받았어요."

매번 끌려가서는 점차 망가지는 '쿠온이었던' 사람들.

온갖 욕설을 뒤집어쓰는 것도 시체를 정리하는 것도, 이제는 익숙한 일이었다.

어느샌가 나는 그것을 그저 의무로만 느끼게 되었다. 낙오된 그들을 다른 쿠온의 인간과 마찬가지로 물건처럼 보고 있던 것이다.

나 역시도 도구처럼 취급되는 인간을 보는 것에 지치고 익숙해져 버렸으니까.

"……인간이에요."

쿠온 가문이 그렇다고 인정하지 않더라도, 그들이 아무리 절망해도, 아니, 절망할 정도의 마음을 가진 사람이기에.

그들은 틀림없는 인간이며 가능한 한 조금이라도 편하게 살았으면 좋겠다고, 지금은 망설임 없이 그렇게 생각할 수 있었다.

그런 지하 감옥 안에서도, 이 가문의 누구보다도 인간답게 살았던 사람이 있었으니까.

뭐든 귀찮아하고, 잠만 자던 사람. 하지만 어쩐지 미워할 수가, 내버려 둘 수가 없던 사람. 내가 진심으로 모신 주인인 사람이.

"그건 그렇고 긴지 씨……. 어쩐지 무척 어른스러워졌어요."

오랜만에 만난 그는 내가 기억하는 것처럼 졸린 얼굴이었지만, 내가 알던 것보다 훨씬 다정하고, 부드러운 눈빛을 하고 있었다.

어딘가 뒤틀려 있는 것처럼 느꼈던 분위기가 사라지고 한 아름 성장한 것처럼도 여겨졌다.

틀림없이 지금쯤 아오바 씨나 새로운 친구들과 함께, 어딘가의 하늘 아래에서 건강하게 지내고 있겠지.

그 성장을 이 눈으로 볼 수 없다는 것은 아쉽지만 그는 나를 만나러 와주었다. 그것만으로 충분했다.

"잊지 않아요. 살아있는 한…… 아니, 틀림없이 다시 태어날지라도."

쿠온 긴지라는 사람이 있었고 내게는 소중한 존재였다는 것을, 나는 계속 기억한다.

받은 보석을 소중한 추억으로, 나는 살며시 책상 안에 집어넣었다.

"……부디, 건강하기를."

닿지 않는다는 것을 알면서도 말을 건넸다.

언젠가 만날 수 있다는 기대 따위는 하지 않는다. 하지만 언제까지나 잊지 않는다.

내게 긴지 씨는 소중한 사람이다. 그 사실과 추억이 있다면, 나는 이 세계에서도 스스로를 속이지 않고 살아갈 수 있으니까.

더 이상 후회와 절망에 사로잡힐 일은 없다.

"으으, 아르제 언니······."

"아—직도 그러니, 셜리."

"하지만······ 아르제 언니, 같이 사는 건 안 된다고······."

"안 된다고 그러지는 않았잖아. 단순히 이미 살 곳이 정해졌다고 그랬을 뿐이지."

하염없이 우는 귀여운 동생의 머리를 나는 살며시 쓰다듬었다.

그 전투 이후, 당연하지만 우리는 아르제를 데리고서 돌아오려고 했다.

하지만 본인에게 거절당하고 만 것이었다. 대금고는 본가 같은 곳이고, 제대로 따로 집이 있다는 말을 듣고 말았다.

셜리로서는 자매들끼리 사이좋게 살고 싶었던 모양이라 그런 부분이 납득되지 않는 거겠지.

"자자, 그렇게 슬퍼할 것 없어. 자, 언니라면 여기도 있잖니?"

"······아르제 언니 쪽이 반응이 귀여우니까 좋아. 꼭 안으면 귀까지 새빨개지는 게 좋은걸."

"셜리는 의외로 짓궂구나."

돌아올 때까지 잔뜩 아르제한테 달라붙어서 떨어지지 않았기에 주위에서 무척 곤란해했다.

외로움을 잘 타는 것 같으면서 의외로 계산적인 것은 시릴과 닮은 느낌이었다.

"뭐, 아르제도 이 집이 본가라고 생각하니까 조만간 귀성하러 올 거야."

"그런 소리를 해도, 아르제 언니는 뭐든 귀찮아하니까 좀처럼 돌아오지 않을 것 같아……."

"……솔직히 나도 살짝 그렇게 생각해."

같은 마력에서 태어났을 터인데, 아무래도 아르제는 우리와 비교하면 게을러서 그다지 움직이고 싶어 하질 않는다.

살고 있는 곳은 무척 쾌적한 모양이라, 가끔 편지를 보내는 정도이고 돌아오는 일은 적을지도 모르겠다.

"후후, 그렇게 말할 것 같아서 사실은 이런 걸 준비해 뒀어!"

당연히 유능한 언니인 나는 뭐든 꿰뚫어 본다.

반대로 생각하는 것이다. 아르제가 멀리 살아서 이쪽으로 돌아오지 않는다면, 우리 쪽에서 가면 된다고 생각한 것이다.

"짜—안!"

"……언니, 이건?"

의아하다는 표정을 띠는 셜리의 눈앞에는 대형 골렘이 한 대 있었다.

디자인의 기초는 평소의 골렘으로 동그랗고, 하지만 평소 이상으로 둥글둥글한 모습이었다. 커다란 만두 같아서 조금 귀엽다고 자부한다.

"비행형 골렘이야!"

"비행형 골렘……?!"

"응. 그 제국에서 사용되던 하늘을 나는 배를 보고 살짝 흉내를 내봤어."

제국은 병기로 운용했지만, 그것은 다시 말해서 포탄이나 병사를 채워 넣을 만큼의 공간이 있다는 의미였다.

비슷한 것을 흉내 내어 만들어도 전투용만 아니면 딱히 문제없겠지. 오히려 사용 방법만 생각하면 운송 수단으로 육로나 해로보다 안전하지 않나.

숲을 지나거나 언덕을 넘지 않아도 되고, 마법으로 공격을 받지만 않으면 습격 걱정도 없다. 굳이 말하면 하늘을 나는 타입의 몬스터에 대한 대비와 지상에서 가하는 마법 공격 방어가 과제인가.

"현재 내 기술력으로는 이런 크기로 몇 명을 옮기는 게 한계고 연료 문제도 있지만 말이지. 일단 마력을 흘려 넣으면 움직이지만, 연비가 꽤 나빠."

"하지만 이게 있다면 언제든지 아르제 언니랑 만나러 갈 수 있겠네……!"

침울하던 표정은 어디로 갔는지 셜리는 반짝반짝 눈을 빛내며 신작 골렘에 크게 기뻐했다. 음음, 언니가 철야로 열심히 한 보람이 있었구나.

"뭐, 일단 몇 번인가 시운전을 거듭하고 괜찮을 것 같다면 아르제랑 만나러 갈까."

"응! 고마워, 언니, 좋아해!"

"후후, 좀 더 말해도 돼, 좀 더 말해도 되니까."

중요한 이야기니까 두 번 말하자 셜리는 내게 뺨을 비비며 기쁨을 어필했다.

아르제와 같은 얼굴인데 반응이 응석꾸러기라니 반칙이다. 쿨 계열 동생과 스위티 계열 동생으로 두 가지 맛이라니, 언니는 어 쩌면 좋을까. 코피를 흘리면 될까.

끌어당긴 상대를 안고서 냄새를 맡으면 동생의 좋은 향기가 난 다. 이제는 평생 맡고 싶다.

품속에서 간지러운 듯이 몸을 움직이며 설리는 숨을 내쉬고,

"……아르제 언니, 잘 지내고 있을까."

"……그래, 잘 지낼 거야. 그 아이한테는 소중한 사람이 잔뜩 있으니까."

많은 사람들에게 사랑을 받는 것이 행복이라고 단정할 수는 없다.

하지만 그녀에게는 그것이 행복이 된 것이겠지.

사랑을 받는 게 능숙한 동생을 생각하고 나는 비행형 골렘을 올 려다봤다.

그 아이는 지금쯤 평소처럼 게으르게 낮잠이라도 자고 있을까.

276 전생 흡혈귀 씨는 낮잠을 자고 싶어

"……에춰!"

바람에 실려온 이파리가 간지러워서 재채기가 나와 버렸다.

"아르제 씨, 감기인 거예요?"

"으—음, 어떨까요. 건강하니까, 누가 제 이야기를 하는 걸지도 모르겠네요."

쿠즈하의 걱정스러운 표정에 나는 가벼운 태도로 대답했다.

제국과의 전투 이후로 한동안 시간이 지나고, 나는 아오바 씨와 약속했다시피 셔우드라는 나라로 초대받았다.

전생한 아오바 씨가 살고 있는 위험한 몬스터들을 그야말로 실력으로 통치하여 탄생한 나라는, 아직 발전하는 중이지만 바람이 기분 좋고 밥이 맛있었다.

기후도 안정적이라 낮잠에는 최적이었다. 로리 영감님, 어째서 여기로 전생을 시켜주지 않았을까.

셔우드의 여왕이자 전생 전부터의 지인이기도 한 아오바 씨가 살짝 어이없다는 듯 한숨을 내쉬고,

"아르제 씨는 너무 자니까요. 몸이 차가워진 건 아닌가요?"

"후후. 그럼 오늘 밥은 따듯한 스프가 좋을지도 모르겠네요."

"……뭐, 쿠즈하의 밥은 맛있으니까 뭐든 환영이에요."

주로 들어오는 식재료는 과일이랑 들풀, 버섯 종류이지만 쿠즈하가 매일 사냥하러 가서 고기도 가져다준다.

문명에서는 조금 먼 생활이지만 그만큼 자유로웠다. 무엇보다도 소중한 친구가 곁에 있는 것이다.

"네구세오는, 오늘은 당근이면 될까요?"

"그래. 여기 당근은 맛있다고, 다음에 오즈왈드 녀석한테도 보내줘."

요리한 것도 맛있으니까 생으로도 맛있겠지. 다음에 샐러드나 절임으로 먹어봐도 괜찮을지도 모르겠다.

나는 네구세오의 검고 윤기 나는 털을 쓰다듬고 품에서 봉투 하나를 꺼냈다.

"아르제 씨, 그건?"

"요전에 제노 군이 전달해 준 편지예요. 결혼식 초대장이라고 그러네요."

"결혼식, 이라면…… 긴카 씨랑 시온 씨겠네요."

반란군의 수장으로 그 전투를 함께 헤쳐 나온 두 사람.

더 이상 싸울 필요는 사라졌기에 긴카 씨의 고향인 공화국에 정착했다는 두 사람은 이번에 결혼할 생각이라나.

그 예식에 초대한다며 이렇게 편지를 전달한 것이었다.

"저는 외출을 싫어하지만 아무리 그래도 경사에는 얼굴을 비추어야겠죠."

"아르제 씨, 그런 부분은 옛날부터 이상하게 성실하네요……."

"축하할 자리이고, 사츠키 씨의 특제 웨딩 케이크라는 건 신경 쓰이니까요."

항상 신이 난 그 흡혈귀 점장이 얼마나 화려한 케이크를 만들지, 조금 흥미가 있었다.

제쳐놓고, 그 일정은 아직 앞날의 이야기. 정장이라도 하나 준비해야겠지만 그건 다음에 또 제노 군한테 부탁하면 되겠지.

"하아, 아직 낮잠이 부족하니까 조금 잘게요."

"아르제 씨, 조금 전까지 푹 자지 않았던가요……?"

"하루에 서른 시간 정도 안 자면 제 상태가 아니니까요."

"그러니까 그건 물리적으로 무리라고 계속 그랬잖아요?!"

그럼 영원히 채울 수 없겠다고 생각하니까 조금이라도 만족할 때까지 자둘 생각이었다.

아오바 씨를 무시하고 완전히 잘 태세에 들어간 내 옆으로 여우 귀를 흔들며 쿠즈하가 다가왔다.

"아르제 씨, 옆자리 괜찮은 거예요?"

"아, 그러세요."

"쿠스하까지?!"

"그게 아르제 씨, 너무나도 기분 좋아 보이는걸요. 보고 있으면 저까지 졸려요."

"에헤헤, 부끄러워라……."

"일단 말해두겠는데, 칭찬하는 건 아니에요, 아르제 씨……."

이상하네, 칭찬을 받았다고 생각했는데.

그도 그럴 게, 눈앞에 있는 친구는 미소를 띠며 즐거워 보였다. 나까지 가슴이 가득해지는 것 같은 다정한 미소였다.

"……에헤헤."

"……후훗."

누가 먼저인지도 모르게 웃고 우리는 손을 잡았다.

서로의 체온이 확실하게 느껴지고 가슴속이 채워지는 것을 느꼈다.

"홋. 정말로 아가씨들은 사이가 좋군."

"저희는, 친하니까요. 그렇죠, 쿠즈하?"

"예, 저희는 정말 친한 거예요."

"으으, 어쩐지 치사해요! 저도 끼워줘요!"

아오바 씨가 비어 있는 쪽 옆에 누워서 나를 끌어안았다.

그것을 싫다고 생각하지 않고 나는 순순히 받아들였다.

행복한 시간을 쓰다듬듯이 마음 편한 바람이 불었다.

초목과 머리카락을 흔드는 바람에 이끌려서 나는 눈을 감았다.

……행복해요.

전생하고 처음에는 귀찮다고 느낀 적이 더 많았기에 어째서 내가 선택되었나 하고 의문을 품었다.

하지만 지금은 이 세계에 와서 다행이라고 생각한다.

그 세계에서는 결코 얻을 수 없는 행복을 얻을 수 있었으니까.

옆에 있어주는 소중한 사람만이 아니라 그런 고마움을 깨닫고 행복이라 생각할 수 있을 만큼의 마음을 가질 수 있었으니까.

이 행복한 기분으로 가득하다면 나는 틀림없이 언제까지고 웃을 수 있겠지.

정말로 편안하게 눈을 감을 수 있는 장소를 간신히 발견했으니까.

잠의 기척에 몸을 맡기고 나는 의식을 천천히 놓았다. 눈을 감고 있어도 소중한 사람들의 온도와 냄새를 느낄 수 있다는 사실에 더없이 안심했다.

과거는 지울 수 없고 세계는 바뀌어 간다.

그럼에도 나는 이 세계에서 살아가는 것이다.

아르젠토 밤피르로서 소중한 사람들과 함께.

"······후아아."

좋아하는 사람들이 곁에 있어주니까.

이제 과거의 후회를 꿈으로 꾸는 일은 없다.

"······안녕히 주무세요."

행복한 잠기운에 이끌려서 나는 기분 좋은 낮잠에 몸을 맡겼다.

따듯한 행복이 언제까지고 내 마음을 채우고 있었다.

단편 네가 태어난 날

"후아아."

수중의 봉투를 바라보고 나는 하품을 흘렸다.

셔우드 숲도 조금씩 생활 관련으로 정비되고 있어서 이제는 제노 군이 직접 가져오지 않더라도 편지 정도는 전달이 되었다.

덕분에 많은 사람들로부터 연락이 오게 되었는데, 얼마 전에 사츠키 씨한테 다도회 초대를 받았다.

그렇게 되어서 지금, 나는 오랜만에 공화국 수도인 사쿠라노미야에 와 있었다.

오랜만이라도 해도 얼마 전에 긴카 씨와 시온 씨의 결혼식을 위해 방문했었지만.

"왜 그러나, 아르제. 오랜만에 쿠즈하랑 아오바와 따로 행동해서 외롭나?"

"아, 듣고 보니 그러네요. 하지만 네구세오가 있으니까 외로울 정도는 아니에요."

애마이기도 하고 친구이기도 한 상대에게 그런 말로 대답하자 네구세오는 만족스럽게 콧김을 뿜었다.

아오바 씨와 쿠즈하는 사츠키 씨와 아이리스 씨한테 요리를 배운다고 그러면서 며칠 전부터 '메이'에 다니고 있었다.

"아오바 씨는 몰라도 쿠즈하는 요리 수업을 받을 법한 실력이 아니라고 생각하는데요."

"그 흡혈귀 점주의 실력이 각별한 거겠지. 가게 밖에 있어도 좋은 냄새가 나니까."

"확실히 그건 인정해요."

사츠키 씨도 아이리스 씨도 요리를 잘 한다. 항상 놀러가서는 얻어먹고, 그만 과식하고 만다. 흡혈귀의 몸이 아니라면 살이 쪘을지도 모른다.

오늘은 어떤 요리가 나올지 기대하던 참에 뒤에서 목소리가 들렸다.

"아르제, 와 있었구나."

"아, 페르노트 씨."

지인의 목소리에 돌아보니 오드 아이 눈동자가 나를 바라보고 있었다.

"페르노트 씨도 지금부터 가려는 참인가요?"

"응, 좀처럼 일이 끝나질 않아서 말이지……. 시간이 아슬아슬해져 버렸어."

페르노트 씨는 전직 왕국 기사라는 직함을 반납하고 사관으로 돌아갔다.

물어봤더니 매일 서류 정리로 비명을 지르고 있다는데, 책임감이 강한 사람이니까 내팽개칠 수도 없는 모양이었다.

"왕국은 어떤가요?"

"제국을 편입하며 이 대륙에서는 으뜸가는 대국이 되었으니까 그만큼 관리가 큰일이야. 폐하는 폐하대로, 바다 너머까지 알 수 있도록 지도를 만들 테니까 원정을 간다드니 이야기를 시작했고.

인편 정리를 대체 누가 한다고 생각하는 거야, 정말이지…….."

마대륙 이외에도 바다 너머에는 많은 땅이 있다고 한다. 스바루 씨는 그곳을 개척, 혹은 그곳에 사는 사람들과 인연을 맺고 싶은 모양이었다.

"어…… 미안해. 이럴 때에 일 이야기는 너무 딱딱하지."

"페르노트 씨가 고생한다는 건 어찌어찌 알겠어요."

"그래. 좀 도와줄래? 아르제가 차 같은 걸 따라주는 것만으로도 의욕이 나오겠는데……."

이런, 이대로는 노동을 당한다.

"아, 페르노트 씨. '메이'가 보여요. 저, 먼저 가서 네구세오를 묶어두고 올게요."

"어, 잠깐만 아르제?!"

상대의 대답을 기다리지 않고 나는 도망치듯이 앞으로 나아 갔다.

하마터면 일을 하게 되어버릴 참이었다. 느긋하게 뒹굴뒹굴하며 사는 것이 나의 기본방침이니까 그런 건 절대로 피하고 싶다.

"그럼 네구세오, 다녀올게요."

"그래. 즐기고 와라, 아르제."

폭신폭신 삐친 갈기의 감촉을 즐기고, 나는 '메이'의 문을 열었다. 기분 좋은 벨 소리가 울렸다.

"어……?"

가게 안의 분위기는, 평소와는 무척 달라져 있었다.

보통은 시크하고 차분한 분위기인 가게의 색깔은 평소보다도 훨씬 화사했다.

여기저기에 장식이 되어서 보기에도 활기찬 분위기였다.

그런데도 주위의 커튼은 모두 쳐둔 상태라서 햇빛을 꺼리는 것처럼도 보였다.

"이건……."

""""해피 버스데이—!!""""

곤혹스러워하면서도 문을 닫은 순간에 수많은 목소리가 날아들었다.

모여 있는 멤버들은 모두 내가 아는 사람들로 일찍이 여행에서 신세를 진 사람뿐이었다.

쿠즈하나 아오바 씨, 종업원인 메이의 멤버들만이 아니라 마대륙에 사는 리셀 씨랑 무츠키 씨, 나라의 높으신 분인 스바루 씨랑 아키사메 씨, 사마카 씨에 크틸라에, 전 반란군의 긴카 씨와 시온 씨, 크롬까지.

"어, 어어……."

"정말이지, 먼저 갈 것까지야 없잖아. 모처럼 봤으니까 조금 더 잡아두려고 했는데."

"아, 페르노트 씨, 이건……."

"보다시피, 네 생일 축하야."

이상하네, 내 생일 따윈 아무도 모를 텐데.

아니, 정확하게는 아오바 씨는 알고 있을 테지만, 이 세계와 저쪽 세계는 달력이 다르다. 당연히 끼워 맞추는 것은 어렵다고 생각하는데.

의문스럽게 생각하는데 제노 군이 싱긋 웃는다.

"저랑 만난 날, 막 태어났다고 그랬으니까 제멋대로지만 그날을 생일로 하기로 했어요."

"아……."

광대들에게 습격당하고 있던 제노 군을 구하고 내가 여행을 시작한 그 날.

그는 그것을 기억하고, 그것을 내 생일이라는 것으로 해주었나.

"자자, 주인공이니까 멍하니 있지 말고 앉아 앉아!"

"아, 아이리스 씨."

"오늘은 사츠키도 나도 아르제가 좋아하는 것을 잔뜩 만들어 뒀으니까, 사양 말고 먹으면 되니까!"

"후후후, 아이리스는 여전히 아르제를 좋아하는군요. 물론 선물도 잔뜩 있으니까요. 자자, 태어나서 처음 맞는 생일을 우리가 잊지 못하게 해줄게요!"

"자, 마실 거야. 오늘은 벌꿀이 좋은 게 들어왔으니까 그걸 사용한 레모네이드야."

반쯤 억지로 잡아당겨서 나를 의자에 앉혔다.

금세 시노 씨가 음료를 서빙하고 쿠로가 기운차게 거대한 케이크를 가져왔다.

"우와, 커다래……."

"와후—! 초호화 케이크야—!"

"핫핫핫, 리셀 씨나 쿠로가 먹을 테니까요! 더는 싫다고 그럴 정도로 커다란 걸로 했어요!"

"······이거, 초는 어떻게 세우지? 밤피르의 키로는 안 닿을 거 아냐?"

"이런, 좋은 부분을 알아차렸군요, 크롬. 사실은 여기서 쉽게 끌 수 있도록 적당한 케이크도 준비해뒀어요."

"사츠키의 쓸데없이 준비가 좋다는 느낌, 언제 봐도 굉장하네."

"그러네요, 무츠키 군도 보고 배우는 건 어떻습니까? 조금은 일이 빨리 끝날 거라 생각합니다만."

"너는 하루에 한 번은 나를 공격하지 않고서는 만족을 못 하는 거냐, 이자벨라······?"

떠들썩한 분위기가 만들어지고 모두가 와글와글 떠들기 시작했다.

그중에는 이미 요리를 집어먹는 사람까지 있었다.

"아, 이건 맛있네요······. 이거랑 이것도, 더 주실 수 있을까요?"

"리셀 씨, 벌써 그렇게니 먹은 거예요······?!"

"기분은 알겠어. 아이리스 씨의 요리는 무척 맛있으니까······ 우물우물."

"그러네요, 긴카 씨. 다음에 시온도 배우고 싶어요."

"으음, 이건 맛있어······. 왕국의 요리사에게도 뒤지지 않겠 군······. 우리 쪽으로 오지 않겠나?"

"후후, 왕국의 임금님이 그렇게 말해주는 건 기쁘지만 나는 여기가 마음에 드니까."

"빼돌리는 판단이 빠르군······."

"메이는 단독으로도 사쿠라노미야의 경제에 큰 영향을 주고 있으니까, 요츠바 의회로서도 부디 떠나지 않아 줬으면 하는 참이로군."

"……혹시 맛있는 요리를 전해주는 서비스 같은 건 돈이 될까?"

"호오, 제노 군. 재미있는 이야기로군, 나한테도 자세히 들려줬으면 하는데."

"제노 경도 사마카 경도 참 열심히 장사를 하는구나. 하지만 이 몸도 그건 무척 흥미가 있어. 해산물도 쉽게 상하니까 빨리 옮길 수 있게 된다면 괜찮은 장사가 되지 않겠나?"

이미 모두가 즐기고 있는 가운데, 쿠즈하가 자연스러운 태도로 내 옆에 앉았다.

그녀는 여우 색 귀를 기쁜 듯이 흔들며 내 접시에 몇몇 요리를 담기 시작했다.

"후후, 아르제 씨, 놀란 거예요?"

"예, 무척……. 그렇다고 할까, 어느새 이런 준비를?"

"그건 뭐, 몰래. 놀라게 하고 싶어서 다들 엄청 열심히 준비했거든요."

"……그런, 모양이네요."

주위를 보면 이 준비를 위해서 다들 이래저래 열심히 해주었다는 것은 알 수 있었다.

가게의 장식에 요리와 케이크. 무엇보다 이만한 사람들이 타이밍을 맞추어서 이곳으로 와준 것이다.

내가 태어난 것을 축하하기 위해서.

"내 비행형 골렘으로 이동 시간도 엄청 줄었으니까 이렇게 모이기 쉬워졌지. 조금만 더 있으면 상용화도 꿈이 아닐 거야."

"이그지스터, 셜리도⋯⋯."

"에헤헤, 언제든지 언니랑 만날 수 있네⋯⋯. 매일 묵으러 갈 테니까⋯⋯?"

"아뇨, 아무리 그래도 매일 오는 건 너무 많지 않나요?"

"으응, 이틀 만인 언니의 냄새⋯⋯ 스읍, 하아──⋯⋯ 좋아⋯⋯."

"아니, 잠깐, 냄새를 맡는 건 부끄럽다니까요⋯⋯. 셔, 셜리, 듣고 있나요⋯⋯?!"

만날 수 있다는 것이 어지간히도 기쁜지 동생은 무척 들떠서는 뺨을 비볐다.

마음은 기쁘지만 조금 상황을 살펴 줬으면 좋겠다고 할까, 그 부분은 이그지스터가 조금 더 상식을 가르쳐 줬으면 했다.

자신과 같은 얼굴, 그러니까 미소녀가 남들의 시선도 거리끼지 않고 들떠서는 응석을 부리는 것은 아무래도 익숙해지지 않는 느낌이었다.

"⋯⋯아르제 씨는 확실히 좋은 냄새가 나거든요."

"쿠, 쿠즈하까지, 보고 있지만 말고 도와달라고요⋯⋯?!"

구체적으로는 뒤쪽에서 아오바 씨가 덩굴을 꿈틀꿈틀하며 엄청난 표정을 띠고 있는 게 무섭다.

내가 무언가 말하기 전에 아오바 씨는 덩굴을 뻗어 셜리를 내게서 떼어냈다.

"자자, 주인공을 독점하면 안 된다고요?"

"아으으⋯⋯. 이 녹색 피부, 언니랑 매일 만날 수 있는 주제에

독점하고 있어……."

버둥버둥 날뛰는 셜리를 천장에 매달아두고 아오바 씨는 어쩐지 해냈다는 듯이 멋들어진 표정으로 말했다.

"자, 파티를 계속할까요?"

"아뇨, 아무리 그래도 저건 불쌍하니까 내려주세요."

"그래, 저래서는 팬티가 훤히 보이잖아! 검은색에 귀여워! 하지만 언니로서는 조금 지나치게 섹시하다고 생각해! 응, 좋네!!"

"……이그지스터 언니, 나중에 걷어찰 거야……."

"이그지스터, 어째서 빤히 보고 있나요……?"

일단 그다지 좋지 않은 광경이니까 내리기로 했다.

아오바 씨와 셜리는 한동안 서로를 노려봤지만 이윽고 어찌된 영문인지 아이리스 씨의 요리를 함께 즐기기 시작했기에, 사이가 좋은지 나쁜지 영 알 수가 없었다. 나쁘지는 않을 테지만 무언가 앙보할 수 없는 부분이 있는 거겠지.

미묘하게 납득하는 동안에 아이리스 씨가 말을 전했다.

"아르제, 뭔가 앞에 소포가 있었는데 아르제 앞으로 왔다고 적혀 있어."

"허? 누가 보냈나요?"

"으음…… 엘시가 보냈다고 적혀 있는데?"

"……뜯어보는 게 무서우니까 구석에 놔두지 않겠어요?"

대체 어디서 알아냈는지 의문이지만 엘시 씨도 축하 선물을 보낸 모양이었다.

무언가 저주가 걸려 있거나 변변치도 않은 물건이라면 곤란하니까 위험하지는 않을지를 확인한 다음에 내용물을 살펴보자.

"그럼 슬슬 불 끌게요—!"

사츠키 씨의 신호와 함께 방의 조명이 꺼졌다.

차광성 높은 커튼은 바깥의 태양빛을 완전히 막아서 가게 안은 캄캄한 어둠으로 뒤덮였다.

이윽고 내 눈앞에 있는 자그마한 케이크에 부드러운 빛이 밝혀졌다.

"그럼, 아르제는 왕국 출신이니까 왕국식으로 축하할까요."

"왕국식이라니……."

"예, 함께 노래를. 자, 다 같이 갈게요, 하나— 둘— 셋—, 자!"

아련한 불빛 가운데서 모두가 노래하기 시작했다.

Happy birthday to you,

Happy birthday to you,

Happy birthday, dear Arge,

Happy birthday to you.

많은 이들의 노랫소리는 번역 스킬을 통해서, 다시 태어나기 전부터 알고 있는 하나의 노래로 변환되었다.

그것은 지독히 흔한, 하지만 과거에 한 번도 들은 적이 없었던 말.

해피 버스데이라는 목소리가 몇 번이고 귀에 닿으며 마음속으로 스며들었다.

……내가 태어난 날.

쿠온 긴지가 아니라 아르젠토 밤피르로 태어난 날.

정확하게는 전생하고 며칠 정도 잠만 잔 것 같기는 하지만, 그 래도 이렇게 모두가 축복해주고 있다.

행복하기를 기도하고, 노래하고, 기뻐해 준다. 내가 있다는 사 실을 인정해 주고, 웃어준다.

노래가 끝나고 양초의 불을 끄자 박수와 함께 가게 안을 또다 시 조명이 비추었다.

"……고마워요, 여러분."

"……아르제 씨, 우는 거예요?"

"그게 말이죠, 기쁘니까요."

눈물은 슬픔만으로 넘치는 것이 아니다.

기쁨으로 흘리는 눈물은 슬플 때의 눈물보다 훨씬 뜨겁고 마음 편했다.

넘치는 감정을 의미하는 눈물을 그치지 않고 나는 미소를 띠었 다. 눈물의 열기가 뺨을 타고 흐르는 것을 행복하다고 생각했으 니까.

아아, 정말로. 이 세계의 사람들은, 내가 정말 좋아하는 사람들 은, 이렇게나 울 수 있을 만큼 다정하고, 따뜻하고, 사랑스럽다.

"……태어나서, 다행이에요."

행복으로 마음을 가득하게 만들어주는 사람들이 주위에 있다 는 사실을 고맙게 생각하며, 모두와 함께 웃을 수 있는 행복을 느 끼며.

나는 진심으로 태어난 것을 기쁘게 여길 수 있었다.

"생일 축하해요, 아르제 씨."

"예. 고마워요, 쿠즈하."

미소와 함께 다가오는 친구의 손을 붙잡고 나는 자신의 생일을 최대한 즐기기로 했다.

틀림없이 앞으로도 이런 나날이 계속될 거라 믿으며.

후기

우선은 여기까지 읽어주셔서 감사합니다.

안녕하세요, 초킨교。입니다.

전생 흡혈귀 씨의, 쿠온 긴지의, 그리고 아르젠토 밤피르의 이야기는 이것으로 끝을 맺습니다.

원래 이 이야기는 인터넷에 올린 것으로, 1권이나 2권처럼 단행본의 구성이 아니었습니다.

그 이야기를 이렇게 마지막까지 계속할 수 있었던 것은 무척 고맙고 얻기 어려운 행복이었습니다. 데뷔작을 이렇게나 계속할 수 있는 경우는 좀처럼 없으니까요……

그렇게 될 때까지 응원해주신 팬 여러분, 도움을 준 가족이나 편집자 분이나 많은 동료들에게는 감사가 끊이질 않습니다. 감사합니다.

이 이야기는 아르제라는 어린아이라고도 어른이라고도 할 수 없을 법한 아이가 조금은 어른이 되어 진정한 의미에서의 평안을 깨닫는 이야기였습니다.

그리고 그 주변의 사람들도 마찬가지로 변질 되어가는 모습도 조금은 전해드릴 수 있기를 바랐습니다. 아르제의 여행에 계속 함께한 쿠즈하나 보이지 않는 곳에서 대성장한 크롬 등등이겠네요.

그리고 작가인 저 자신도 이 작품을 쓰는 3년하고 반년의 세월로 성장하거나 변하거나 했습니다. 힘들고, 후회도 있고, 아직 미숙하고, 하지만 소중하고, 즐겁고, 사랑스러운 작품이 되었습니다.

아르제에게도 제게도, 소중한 여행이 되었습니다.
정말로 감사합니다.

아르제의 시끌벅적한, 자신을 알기 위한 여행은 끝.
이것들은 떠들썩하고도 편안한 나날이지만, 그 세계는 틀림없이 앞으로도 어딘가에서 무언가가 구축될 것이라고, 그런 생각을 합니다.
늙지 않는 존재가 된 아르제는 그런 세계를 바라보고 분명히 또 조금씩 변하며, 하지만 근본은 변함없이 느긋하게 낮잠을 자며 살아갈 거라 생각합니다.
동시에 한정된 수명 안에서 행복하게 살아가는 것이, 들개 광대 여러분이나 제노 군의 역할이었습니다. 신작 단편의 해피 버스데이라는 말에는 그런 의미도 담겨 있습니다.

틀림없이 모두가 행복하기를 바랐으리라 생각하며.
부디 그 세계에서 구축되는 것들이 그들에게 둘도 없는 것들로 가득 채워지도록.
제 안에서 태어난 그 세계와 그곳에서 사는 사람들에게 축복을.
태어나줘서, 고마워.

그럼 마지막 인사를.

데뷔작, 마지막까지 일러스트를 담당해주신 47AgDragon 선생님.

시루도라 선생님은 삽화 데뷔이고 제게는 프로 작가 데뷔였습니다. 대단원을 맞이할 수 있어서 다행입니다. 공과 사 모두 친하게 지내주셔서 감사하기 그지없습니다.

고마웠습니다. 앞으로도 잘 부탁드립니다, 언젠가 또 함께하죠!

저를 발탁해주신 담당 편집자 I 씨.

저와 아르제를 발견해주셔서 감사합니다.

업무가 특수한 저를 위해서 여러모로 분주하게 움직여주셔서, 이제까지 감사했습니다. 어쩐지 항상 폐만 끼치고 부탁만 드렸습니다만……

이번에 바다 저편, 외국에서도 전생 흡혈귀 씨가 발매되니까 더욱 많은 사람의 손에 닿으면 좋겠다고 생각합니다.

앞으로도 잘 부탁드립니다.

만화 담당 사쿠라 선생님.

제 원작을 시루도라 선생님과는 다른 매력으로 표현해주셔서 감사합니다.

제게서 태어난 이야기입니다만 항상 신선한 기분으로 읽고 있습니다.

원작은 끝났지만 만화판은 아직 계속 된다고 하니까 팬 여러분과 함께 기대하겠습니다.

창작 관련 동료들.
항상 제 이야기를 들어주고, 도움을 주십니다.
저도 여러분께 무언가 보답할 수 있다면 좋겠다고 생각합니다. 응원, 감사합니다.

여기까지 도와준 가족.
항상 함께 있었으니까 가장 고생을 끼쳤을 겁니다.
이 긴 여행을 끝낼 수 있었던 것은 가족의 도움이 있었기 때문에 가능했습니다.
무엇보다도 붓을 놓으려던 제게 하라고 말해준 것은 당신이었습니다. 고마워요.

그리고 여기까지 읽어주신 여러분.
지금 다시 생각해보면 좀 더 이렇게 썼으면 좋았을 거라 생각한 적도 많고, 읽기에 불편하기도 했을지도 모르겠습니다. 그럼에도 여기까지의 여행을 아르제와 함께 해주셔서 감사합니다.
여러분도 행복하게 낮잠을 주무실 수 있기를. 그리고 괜찮으시다면 기억 한구석에라도 이 이야기가 있었다는 것을 기억해주신다면, 행복하겠습니다.

그럼 또 인연이 있다면 어딘가에서 만날 수 있기를 바라겠습니다.

이것으로 벌써 몇 번째냐, 그런 느낌이지만 이제까지 정말로 감사했습니다.

안녕히 주무세요.

초킨교。

일러스트 담당 47AgDragon의 후기

인사로 시작하고 인사로 끝낸다. 다시 말해서 엘시 님 만세로 시작한 후기니까 엘시 님 만세로 최종권입니다. 생각해보면 3권까지 그저 기대하며 계속 기다렸다든지, 딱히 지정된 점은 아무것도 없지만 새삼 아르제를 만나러 간다면 외출복이겠지 했던 것 같습니다.

작가 초킨교。씨나 편집자 I 씨한테는 잔뜩 신세만 진 3년이었습니다 히야호!! 감사합니다 감사합니다.

그리고 무엇보다 독자 여러분께 가장 큰 감사를 담아서.

엘 시 님
만 세 !!

엘시 님으로 시작하고
엘시 님으로 끝낸다.

수고하셨습니다!! ♥♥ 만화판 작화 담당 사쿠라

A transmigrationvampire would like to take a nap 8

ⓒ2019 by Tyokingyo-maru / 47AgDragon
First published in Japan in 2019 by Tyokingyo-maru / 47AgDragon
Korean translation rights reserved by Somy Media, Inc.
Under the license from EARTH STAR Entertainment Co., Ltd. Tokyo JAPAN
Korean translation rights 2023 by Somy Media, Inc.

전생 흡혈귀 씨는 낮잠을 자고 싶어 8

2023년 3월 15일 1판 1쇄 발행

저　　　　자	초킨교。
일 러 스 트	47AgDragon
옮　긴　이	손종근
발　행　인	유재옥
본　부　장	조병권
담 당 편 집	정지원
편 집 1 팀	김준균 김혜연
편 집 2 팀	정영길 조찬희 박치우 정지원
편 집 3 팀	오준영 이해빈 이소의
편 집 4 팀	전태영 박소연
디　자　인	김보라 박민솔
라　이　츠	김정미 맹미영 이윤서
디　지　털	박상섭 김지연
발　행　처	(주)소미미디어
등　　　　록	제2015-000008호
주　　　　소	서울시 마포구 토정로 222, 403호(신수동, 한국출판콘텐츠센터)
판　　　　매	㈜소미미디어
제　작　처	코리아피앤피
영　　　　업	박종욱
마　케　팅	한민지 최원석 박수진 최정연
물　　　　류	허석용 백철기
전　　　　화	편집부 (070)4164-3962, 3963 기획실 (02)567-3388
	판매 및 마케팅 (070)4165-6888 Fax (02)322-7665

ISBN 979-11-384-3579-6 (04830)
ISBN 979-11-384-1254-4 (세트)